WE
ARE
ARTISTS

일러두기
* 예술 분야의 관련 용어나 호칭의 경우 외래어표기법에 맞지 않더라도 실제 사용하는 대로 표기했습니다.

우리는 예술가입니다
WE ARE ARTISTS

초판 1쇄 발행일 2024년 8월 5일

지은이 김유나·서정은
펴낸이 허주영
펴낸곳 미니멈
디자인 이지수

주소 서울시 종로구 창의문로3길 29(부암동)
전화·팩스 02-6085-3730 / 02-3142-8407
이메일 natopia21@naver.com
등록번호 제 204-91-55459

ISBN 979-11-87694-29-8 03810

가격은 뒤표지에 있습니다.
잘못된 책은 바꾸어 드립니다.

WE ARE ARTISTS

우리는 예술가입니다

김유나 · 서정은

minimum

"아무것도 아닌 이가 되고 싶은 이들.
그저 '존재하고' 싶은 이들.
그런 식으로 진정 '살아 있고자' 하는 이들의 이야기."

이 책은 우리 모두에게, 특히 예술을 사랑하는 모든 이들에게, 선물과도 같은 책이다. 우리 내면 저 깊은 곳에서 '그리움'의 욕망을 느닷없이 끌어올리는 마음의 선물과도 같은 책이다. 광주 지역에서 활동해온 '예술가'들이 예술에 대한 자신의 오랜 열정을 진솔하게 담았을 뿐인데 이토록 특별한 내면의 떨림을 가져오는 것은 왜일까.

글을 읽는 동안 내내 서이제 작가의 소설 속에 나오는 한 젊은 영화쟁이의 다음과 같은 한 줄 대사가 떠올랐다. "누구는 마약도 하는데 저는 왜 예술 뽕도 못 맞아요?" 다만 이 대사가 강한 '외침'으로 들렸다면, 이 책에 등장하는 작가들의 이야기는 작은 '속삭임'으로 들렸다는 점이 다르다. 작품을 직접 창작하는 이들이 그 창작의 과정이 의미하는 것, 즉 자신을 발견하고 그것을 표현하기 위한 새로운 언어와 세계에 대한 욕망을 키워나가는 일의 의미를 너무나도 생생한 언어로 들려준다. 우리 주위에서 어느 누구보다 가장 앞서서 자기 자신을 느끼는 이들의 이야기로 들린다. 평소 교육을 통해 내가 열심히 찾고 또 기다려온 인간상, '자아의 주관성subjectivity'을 지닌 한국인의 모습을 비로소 여기서 발견한다고 말한다면 너무 거창한 표현일까?

이 책이 광주라는 지역에 대해 많이 알게 한다는 점 또한 특별하다. 예술과 예술가를 위한 그 지역 공공정책의 세심하고 장기적인 배려는 여기가 우리나라가 맞나 하는 생각이 들 정도로 선진적이다. 오늘날 한국 사회를 살아가는 이라면 누구나 광주에 대해 모종의 마음의 빚이 있다. 그런데 그 부채감을 오히려 위안이라도 하듯, 앞선 부모 세대의 어두운 역사를 예술의 정신으로 녹여내고 어루만지며 꿋꿋이 살아내고 있는 이들 젊은 예술가들의 '예술적 삶의 방식'은 든든하면서도 벅차오르는 감정을 느끼게 한다. 그러고 보면, 예술의 혼은 성격상 그런 곳에 머무는 것인지도 모른다. 어찌할 수 없게 슬프고 애잔하여 알게 모르게 우리에게 스며들고 파고들어 끝내 뿌리를 내리는, 그런 정서가 있는 곳에 머무는 듯하다. 이런 의미에서 이들 광주의 예술가들은 한국 사회에서 예술 작업을 위한 매우 독보적인 역사적, 문화적 풍토의 특권을 누린다고 말할 수 있을지 모르겠다. 이렇게 아름다운 존재와 존재 방식들이 이 땅에서 나와 함께 숨을 쉬고 있다는 사실이 가슴 벅차고 또 감사하다.

아무것도 아닌 이가 되고 싶은 이들. 그저 '존재하고' 싶은 이들. 그런 식으로 진정 '살아 있고자' 하는 이들의 이야기. 성공이란 이름으로 과속 경쟁 속에서 질주하듯 살아온 부모 세대로부터 어떻게 이렇게 섬세하면서도 강인하며 아름다운 영혼을 가진 건강한 개인들이 나올 수 있는지, 문득 우리 사회의 미래가 밝다는 생각을 한다. 그리고 예술이 교육에서 왜 핵심적 역할을 해야 하는지에 대해 다시 한번 확신하게 된다. 다음 세대를 걱정하며 교육에 관심을 가진 이라면 누구나 이 책을 읽었으면 좋겠다. 그리고 스스로에게 한 번 물어보면 좋겠다. 우리 사회에 진정 어떤 인간들이 등장하기를 고대하냐고. 여기에 한 가지 답이 있다.

곽덕주

서울대학교 교육학과 교수

"다양성을 지켜온 예술가들이 예향藝鄕 광주의 명맥을 잇는 깊고 질긴 '끌텅'이다. '그들'의 존재야말로 흔들리지 않는 지역의 고유성이요 질곡의 역사를 헤쳐온 자존심이다."

그러께 일이다. 갑자기 찾아온 손님은 탁자 위에 작품을 풀어놓았다. 순간 영화 〈서편제〉가 생각났다. 소리꾼 유봉(김명곤)이 서양 문물 탓에 판소리가 설 땅이 없다며 한탄하던 장면이다. 그와 대폿잔을 기울이던 친구 낙산거사(안병경)가 장터에서 그려 팔았던 그림, '혁필화'였다. 옛이야기 같은 그림이 와락 반가웠지만 내일을 기약할 수 없어 맘속에 그늘이 졌다.

광주 지역은 각양각색 예술을 품고 있다. '혁필화'처럼 옛 영화에나 있을 법한 희귀 장르와 예술가를 불쑥불쑥 만날 수도 있고, 장르 구분이 의미 없을 만큼 오만가지 예술 활동이 역동적이다. 유생들의 독경 소리부터 첨단기술을 활용한 컬래보 공연까지. 오래 대물림해온 전통과 아직 온전히 도달하지 못한 미래의 영역까지. 최고라야, 혹은 돈이 돼야 살아남는다는 시장의 관점으론 도통 이해할 수 없는 묘한 구석이 있다. 저 홀로 흥에 겨운 자유분방 소리와 춤이 있고, 고집불통 재연도 있다. 그 압도적인 장르 다양성을 지켜온 예술가들이 예향藝鄕 광주의 명맥을 잇는 깊고 질긴 '끌텅'이다. '그들'의 존재야말로 흔들리지 않는 지역의 고유성이요 질곡의 역사를 헤쳐온 자존심이다.

《우리는 예술가입니다》는 광주를 중심으로 활동하는 18명의 예술가를 통해 지역문화의 전형을 간추려낸 탁월한 대화집이다. 동시대를 사는 예술가에 대한 호기심과 궁금증을 밝고 맑은 글쓰기로 군더더기 없이 매우 명쾌하게 풀어준다. 흔히 문답형 글이 읽기 쉬운 만큼 쓰기도 쉬울 거라 오해하기 십상이다. 하지만 너른 예술의 바다에서 누구를 만나야 할지, 개인의 독창적 예술세계를 탐색하면서도 광주라는 공동체 안에서의 의미를 짚어내기까지, 지역 예술의 오늘을 어림잡아 내일을 전망하고, 예술가의 솔직한 속마음과 개인적 삶을 놓치지 않기까지, 이 책에는 단단한 내공을 가진 인터뷰어의 진득한 공력과 정성이 담겨 있다.

고흥 지역 잡지 〈모당모당〉 편집자이자 동화작가 전여울, 미술가 이인성, 판화가이자 사회운동가 김키미, 연극인이자 '소년의서' 대표 임인자, 아쟁 연주자이자 음악감독 유세윤, '광주시민오케스트라' 악장 박새별, '광주시립발레단'의 47세 현역 발레리나 노윤정, 스트릿댄스 팀인 '빛고을댄서스.' 인터뷰이의 선정부터 장르, 세대,

개인, 단체, 출신지 등이 겹치지 않아 대표성을 띨 수 있도록 한 기획의 의도가 돋보인다. 다양한 예술이 공존하는 광주 예술계의 흥미진진한 이야기를 기대하게 한다.

그리하여 《우리는 예술가입니다》에는 역설적으로 예술가임을 앞세우는 자랑과 찬사, 출세와 성공담이 없다. 오히려 끊임없는 시도와 좌절, 그럼에도 꿋꿋하게 예술의 영토에 버티고 서 있는 애틋한 사연이 있다. 삶이 곧 예술인 사람들의 인생이 투명하게 그려져 있고, 예술의 지속 가능성을 향한 치열한 모색이 있다. 지역의 서사가 자연스레 고유성을 형성하고 마침내 보편적 가치로 공감되는 광주 예술의 고갱이가 있다. 누구에게나 통용되는 상투적인 질문과 빤한 답변이 없는 현문현답賢問賢答에서 광주의 삶과 예술을 마주하는 감동이 있다.

임인자는 "예술은 다른 것을 상상할 수 있도록 하는 그 자체로서도 큰 힘을 준다고 생각해요"라고 말한다. 예술가 자신과 우리 사회를 향한 외침이다. 예술가는 우리네 삶을 아름다움과 새로움으로 추동한다. 시대의 첨병, 광주 예술가들이 뿜어내는 충만한 기운을 만나보자.

황풍년

<전라도닷컴> 발행인·전 광주문화재단 대표이사

〈WE, PEOPLE〉 프로젝트는 다양한 직업군의 사람을 만나 인터뷰해 그들의 삶의 진정성을 많은 사람에게 드러내고 서로 더 큰 이해를 하도록 만드는 데 목적을 두고 있다. 〈WE, PEOPLE〉의 두 번째 프로젝트에서는 '예술가'를 만났다.

제주도에서 한달살기를 하면서부터 예술가에 대한 개인적인 호기심이 커져갔다. 제주도에서 농부를 만나 인터뷰를 했고, 열심히 독립서점을 다니며 스탬프를 찍었다. 그러던 중, 강나루 작가님을 만났다. 작가님의 손길을 거쳐 '씨앗'이 가진 생명 에너지는 바른 먹거리가 되었고, 설치 미술의 오브제가 되기도 했으며, 텍스트로 바뀌어 책의 형태가 되어 나오기도 했다. 작가님과의 만남을 통해 씨앗이 예술가를 만나면 어떤 역동성을 갖고 예술품으로 바뀌는지 그리고 그 예술품이 일상을 얼마나 질적으로 풍요롭게 만드는지

간접적으로나마 경험했다. 예술가 인터뷰집에 대한 열망은 제주도에서 만난 '강나루 작가님'으로부터 시작되었다고 할 수 있다.

그 후, 제주도 예술가와의 만남을 고대하며 누구를 찾아갈지 고심했다. 그런데 알아볼수록 매력적인 분들이 너무나 많았고, 그래서 더 욕심이 났다. 하지만 욕심을 부릴수록 내 부족함이 더 크게 다가왔다. 고작 한달살기 두 번과 몇 번의 여행으로만 제주도를 찾았던 내가 다양성으로 가득 차 있고 특별함까지 갖춘 제주도를 담기에는, 그리고 예술가들과 대화를 나누기에는 너무 준비가 안 되어 있다고 느꼈다. '나'를 준비하기 위한 시간을 갖고자 인터뷰를 미루었는데, 그 시간을 예술로 가득 채우지도 못한 채 흘려보냈다.

《우리는 농부입니다》 이후 두 번째 책을 낼 수 있을지 없을지도 모르는 상태에서도 '예술'에 대한 생각이 떠나지 않았다. 게다가 최근 몇 년 동안 다양한 출판물이, 심지어 여행 콘텐츠에서도 '로컬'을 주목하는 흐름을 보았다. 그러다 보니 지역 예술가를 만나고 싶은 마음이 점점 커져만 갔다.

지역에 대한 높은 이해도를 가지고 창의적인 활동을 통해 지역이라는 공간성에 '로컬 문화'를 만들어가는 사람들.

나는 그들을 '만나야만' 했지만 '나'에 대한 부끄러움이 사라지지 않았다. 내가 과연 예술에 대해 어떤 말을 할 수 있을까? 물론 예술가가 아닌 대중의 시선과 언어로 묻는 것도 분명 필요하지만 예술을 감각적으로 받아들일 수 있는 누군가가 함께하면 좋겠다는 생각을 했다.

예술가에 대한 호기심이 최고조에 달할 때 예술교육철학 수업을 들었다. 그 수업에서 함께하고 싶은 동료인 서정은 선생님을 만났다. '해야만' 한다는 생각이 앞섰던 나는 서정은 선생님께 다짜고짜 만나자고 했다. 서정은 선생님과는 같은 교육학과 박사과정에 있지만 세부 전공은 달라 특별한 교류는 없었다. 그럼에도 서정은 선생님이라면 내 취지를 이해해줄 것만 같았다. 사범대 옥상 정원에서 만나 '더 큰 우리를' 만들고자 하는 내 취지를 열심히 떠들었다. 이미 섭외해둔 예술가를 포함해 만나고 싶은 사람을 나열하며 거창한 횡설수설을 했는데 서정은 선생님은 짧고 간결하게 대답했다.

"네, 좋아요! 재미있을 것 같아요. 의미 있는 작업일 것 같고요."

그렇게 서로 이 프로젝트에 '의미'를 부여하며 인터뷰의 시작부터 책으로 만들어지는 마지막 과정까지 함께했다.

서정은 선생님을 만나기 전부터 '광주', '전남'으로 지역을 한정해 예술가를 찾았다. 가장 큰 이유는 그 당시 미치게 만나보고 싶었던 분들이 그곳에 있었고, 노윤정 님으로 시작된 인터뷰를 통해 '광주'만의 특수성을 발견했기 때문이다. 예술가를 통해 만난 광주는 기존에 내가 알던 광주가 아닌 완전히 새로운 지역이었다. 물론 이 인터뷰에 참여해준 모든 분이 광주, 전남에서만 활동하지는 않는

다. 이곳에서 일상을 살아갈 뿐 이들의 활동은 전국적이고 세계적이다. 나는 로컬을 다루었지만 역설적이게도, 아니 오히려 당연하게도 이들의 활동에 지역적 경계는 전혀 없었다.

사실 나의 모든 작업은 '경계'를 허무는 시도가 포함되어 있고, 서로의 이해를 넓혀 더 큰 우리를 만들고자 하는 의도가 숨어 있다. 이를 위해서는 서로를 자세히 들여다볼 필요가 있다고 생각했고 그 밀도 있는 만남을 위해 예술가의 범위를 지역으로 한정하였다.

그렇다면 무엇이 예술일까? 그리고 이들은 왜 '이 지역에서' 예술 활동을 이어나가고 있을까? 나와 나의 동료는 가장 단순한 이 질문을 품은 채, 다양한 분야의 예술인을 만나려고 시도했다. 광주광역시는 시립예술단체가 전국에서 가장 많은 곳인 만큼, 제도권 안팎의 예술인을 고루 담고 싶었다. 더 근원적으로 예술 생태계의 보존과 개선을 위해 목소리를 내는 예술인도 담고 싶었다. 경계를 허물고자 하는 시도로 시민예술가도 담았다. 그러한 노력의 결과 동화작가 전여울, 미술가 이인성, 판화가이자 사회운동가 김키미, 아쟁 연주자이자 음악감독 유세윤, 시민예술가 박새별, 연극인 임인자, 발레리나 노윤정 그리고 스트릿댄스 팀인 빛고을댄서스 팀원 11명까지 총 18명을 다양한 장소에서 다양한 방법으로 만나 인터뷰했다.

예술은 위대하다. 흔한 말일 수 있지만 실로 그러하다. 사회의 큰 변혁에 예술가가 자신만의 특별한 언어로 목소리를 내어왔고, 그 활동은 대중의 마음을 움직였다. 이처럼 인간의 삶에서 예술을 혹은 예술에서 인간의 삶을 분리하기가 어렵다. 그런데도 예술과 내 삶은 별개라고 보는 사람이 더 많은 것 같다. 예술을 이야기하기에는 우리의 현실이 너무 팍팍할지도 모르겠지만, 이 책에 담은 예술가의 인터뷰를 통해 우리의 삶과 결코 유리되지 않은 '예술'의 생동을 느낄 수 있기를 바란다. 가슴속에 담고 있었던 예술의 경계가 있었다면, 그 경계를 무너뜨리고 고고한 관객에서 적극적인 예술 참여자, 향유자가 되기를 바란다. 더욱이 지역에 대한 편견을 없애고 이해와 공감이 일어난다면 더 바랄 것이 없겠다.

책이 나오기까지 너무 많은 분들의 노고가 있었다. 나와 서정은 선생님은 인터뷰 중, 그리고 인터뷰 내용을 정리하는 도중에 감정이 요동치는 경험을 자주 했다. 정리하다 말기를 수차례 반복했고, 그럴 때마다 추가 질문을 몇 개씩 더했다. 인터뷰 이후 더 많은 연락을 밤낮없이 드렸는데 늘 흔쾌히 그리고 정성스럽게 답변해주신 모든 인터뷰이들께 진심으로 감사의 마음을 전한다. 또 한 번의 〈WE, PEOPLE〉 프로젝트가 세상에 나올 수 있도록 기회를 주신 출판사 미니멈 편집장님을 비롯해 출판 관계자님들께도 감사의 말씀을 드린다. 우리의 여정에 무한한 응원을 보내준 김유나의 배우자 이현식과, 서정은의 배우자 이진호를 포함한 가족들 그리고 마지막으로 교육자로서 마음을 담아 제자들의 도전에 깊은 울림을 주는 추천의 글을 써주신 서울대학교 사범대학의 곽덕주 교수님과 그 누구보다도 광주 문화예술에 깊은 애정으로 추천의 글을 써주신 〈전라도닷컴〉 발행인이자 전 광주문화재단 대표이사인 황풍년 선생님께도 진심으로 감사의 말씀을 전한다.

예술가의 '삶'의 면면을 솔직하게 독자들에게 전달하는 데 초점을 두었다. 인터뷰 중에 '사유'의 시간을 갖게 한, 혹은 가슴을 뜨겁게 한, 몇 번이고 귓가에 맴돌던 인터뷰이의 말에는 밑줄을 그었다. 이 밑줄이 독자에게 우리의 생각을 강요하는 것은 아닌가 고민도 했지만 우리의 마음이 움직였던 그 '순간'을 공유하고 싶어 밑줄을 지우지 않기로 했다. 읽는 이들 개개인의 새로운 이야기가 만들어지기를, 저마다의 새로운 밑줄로 가득 채워지기를 상상해본다.

2024년 5월

김유나

Contents

1장

삶을 가로지르는

동화작가 전여울

미술가 이인성

판화가 · 사회운동가 김키미

WE ARE ARTISTS

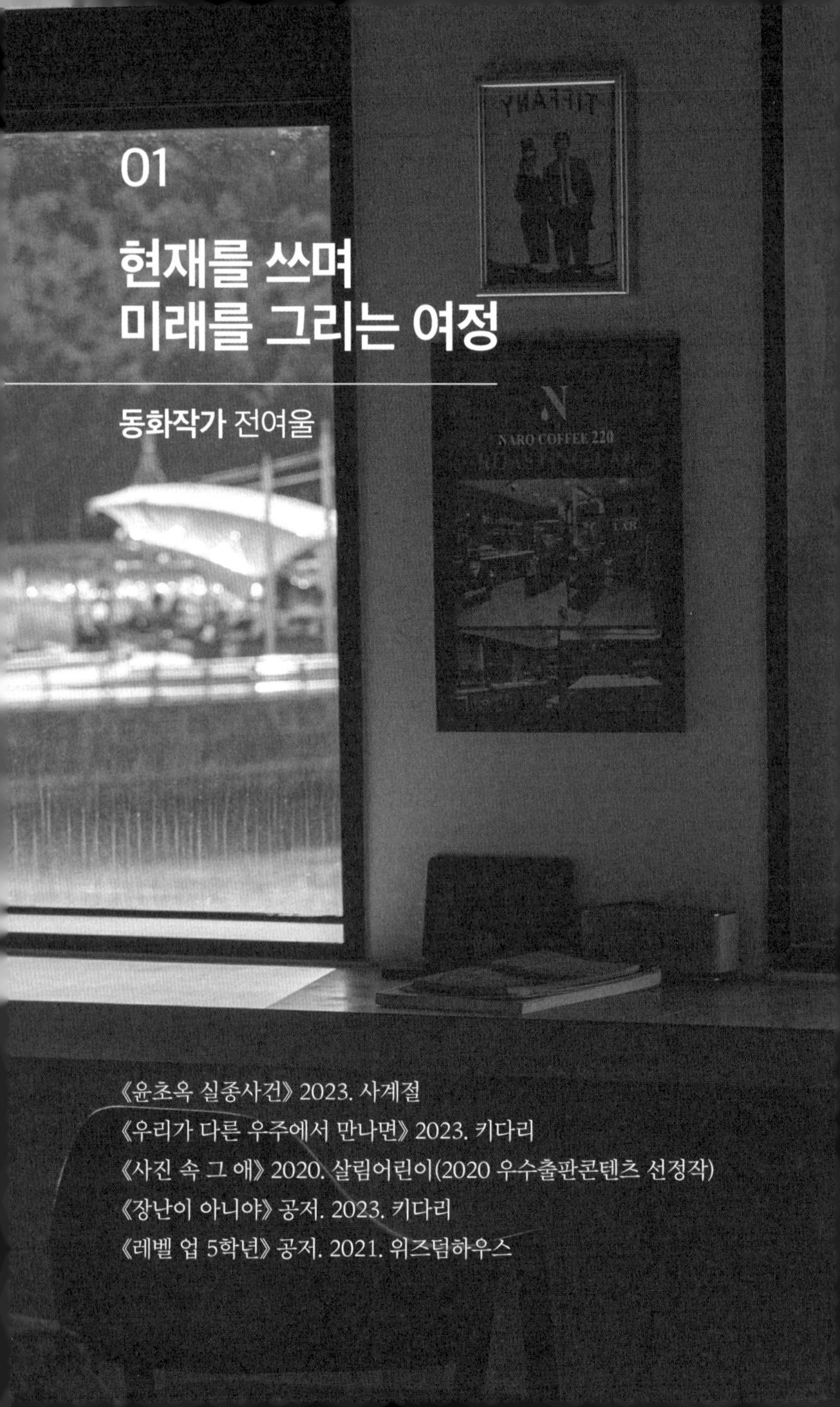

01

현재를 쓰며 미래를 그리는 여정

동화작가 전여울

《윤초옥 실종사건》 2023. 사계절

《우리가 다른 우주에서 만나면》 2023. 키다리

《사진 속 그 애》 2020. 살림어린이(2020 우수출판콘텐츠 선정작)

《장난이 아니야》 공저. 2023. 키다리

《레벨 업 5학년》 공저. 2021. 위즈덤하우스

동화는 어떤 사람이 쓰는 걸까? 아이들의 마음에 가닿는 이야기, 아이들의 반짝이는 눈망울에 꾸밈없이 비추어지는 결코 쉽지 않은 글을 쓰는 사람 말이다. 전여울 작가의 눈망울은 어린아이의 눈망울과 같았다. 크고 반짝이고 투명하기까지 했다. 지금의 우리 사회를, 심지어 '문제'로 여겨지는 것들을 아이들이 스스로 생각하도록 '재미'를 추구하며 담아내고 있다. 대구에서 일산으로 일산에서 광주로 그리고 고흥으로 터전을 옮겨가며 더 풍부해지는 삶을 경험하고 있는 전여울 작가를 만나보았다.

전여울 작가님, 정말 반갑습니다.

네, 안녕하세요. 저는 동화를 쓰고 있는 작가 전여울입니다.

지금까지 작가님께서 쓰신 동화작품들을 소개해주신다면요.

첫 장편동화 《사진 속 그 애》를 시작으로 단편으로 참여한 앤솔러지 《레벨 업 5학년》을 썼고 이후로 장편동화 《윤초옥 실종사건》과 단편집 《우리가 다른 우주에서 만나면》을 출간했습니다. 제일 최근작으로는 인터넷 문화 속 문제점들을 다룬 앤솔러지 《장난이 아니야》가 있고요. 계속해서 청소년 소설, 그림책 분야에도 도전하고 있습니다. 직장생활과 글쓰기를 병행하는 게 쉽지 않다는 걸 실감하면서 글쓰기를 놓지 않기 위해 노력 중이에요.

원래부터 꿈이 작가셨나요?

어린 시절부터 책 읽는 것을 좋아했지만, 진지하게 작가가 되어야겠다고 생각해본 적은 없었어요. 아니, 정확히 말하자면 작가가 되고 싶다는 말을 꺼낼 용기가 부족했지요. 은근히 소심한 편이라 남들의 시선을 의식할 때가 많았거든요. 작가가 되고 싶다고 하면 "네가 무슨?"이라는 말을 들을까 두려웠어요. '내가 진짜로 작가가 되고 싶은 게 맞나'라는 의문도 가졌고요. 하지만 대학에 진학해 전문적으로 글을 배우니 욕심과 생각이 깊어지더군요.

덕분에 '나는 작가가 되고 싶은 거구나' 하고 제 안에서 확실히 결론 내리게 됐어요. 남들에게도 스스럼없이 작가가 꿈이라는 말을 하게 됐고요.

어린 시절부터 글 쓰는 걸 좋아하셨다고 했는데, 글쓰기의 매력이라고 할까요? 작가님께서 느끼시는 글쓰기의 매력은 무엇인가요?

내가 만든 이야기를 제일 쉽게 세상에 보여줄 방식이 '글쓰기'여서 거기에 가장 큰 매력을 느꼈어요. 저는 혼자 있는 시간에 여러 생각을 하곤 하는데요, 별의별 생각을 하다가 보면 재미있는 이야기들이 떠오르기도 하거든요. 그 이야기를 남에게 들려주고 싶다는 욕심이 생겼는데 그 욕심을 제일 쉽게 해결해줄 방법이 제게는 글쓰기였어요. 물론, 글쓰기가 쉽다는 말은 절대 아니에요. 오히려 너무 어려워서 문제인데, 하하. 다른 콘텐츠는 다방면으로 신경 쓸 것이 많은데 그에 비하면 글은 글 하나에만 온전히 집중하면 된다는 게 좋다는 거죠.

작가님께서는 홀로 상상하는 시간을 좋아하셨던 거네요.

맞아요. 소위 멍을 때린다고 하죠. 저는 그런 시간을 정말 좋아해요. 마음이 차분해지고 재미있는 소재가 떠오르기도 하니까요. 어떤 장면을 넣어야 더 재미있어질까 하는 고민도 곧잘 해요. 제

상상력은 홀로 멍하니 있는 시간에 제일 왕성하게 활동하는 셈이지요.

여러 장르 중에서도 특별히 동화를 쓰게 된 동기나 계기가 있을까요?

제가 문예창작과를 나왔는데요, 처음 대학에 들어갔을 때만 하더라도 어떤 뚜렷한 목표가 있었던 것은 아니었어요. 막연히 글이 좋아서 그 과를 간 거죠. 그런데 대학 안에서 즐겁게 다양한 문학 장르에 도전해보았는데 친구들이 제가 소설을 써가도 동화 같다는 평을 해주더라고요. 그런 평을 제법 자주 듣다 보니 자연스럽게 '왜 내 글은 동화 같을까?' 하는 생각으로 이어졌어요. 그 질문은 곧 동화에 대한 관심으로 연결되었고, 제대로 동화를 배워보고 싶다는 생각에 여러 작품을 섭렵했는데 너무 재미있더라고요. 초등학생 때 읽었던 동화를 다시 보았을 때도 진짜 즐거웠어요. 그때 동화의 매력을 확실히 느꼈죠.

대산대학문학상 등단으로 시작하신 것으로 알고 있어요.

맞아요. 대산대학문학상은 지금도 매해 진행되는 공모전인데요, 대학생들만 지원할 수 있어요. 저는 〈오, 로라〉라는 동화로 지원해서 등단했어요. 그 시기가 한참 페미니즘에 대한 논의가 있던 때였어요. 페미니즘에 대한 저의 시각을 작품에 녹여내고 싶다는 생각으로 썼는데, 당선의 영광까지 누리게 되어 정말 기뻤던 기억이 나네요.

작가님의 글에서 저는 '통념에서 벗어난', '인간중심의 사고에서 벗어난'이라는 개념을 떠올렸어요. 제가 느낀 바가 맞는지 궁금해요.

우선 저는 어린이를 어른의 시선으로 납작하게 바라보며 만들어진 작품은 지양하고 싶었어요. 또 아이를 가르쳐야 할 대상으로 바라보고, 작품으로 교훈을 주고 싶지도 않았고요. 예전에 읽었던 몇몇 동화는 교훈 같은 것을 동화를 매개체로 해 교과서적으로 주입하려고 한다는 느낌을 받았어요. 그런데 그게 그리 유쾌하게 느껴지지 않더라고요. 그래서 제 작품들은 조금 다르게 쓰고 싶었어요. 그런 생각들을 자주 하다 보니, 어떤 것들에서 벗어나려는 이야기를 많이 만든 것 같네요.

작가님의 동화를 읽으면 각각의 스토리는 다르지만 무언가 이어져 있다는 느낌을 받아요. 《우리가 다른 우주에서 만나면》을 읽고 조금 놀라기도 했어요. 고양이와 인간의 위치 설정이요.

저는 동물을 굉장히 좋아해요. 어릴 때 유일하게 본 다큐멘터리가 〈동물의 세계〉였을 정도로요. 그런 애정이 있어서 그런지 현대 사회를 돌이켜보면 너무 인간중심적으로만 돌아가는 것이 아닌가, 그것을 너무 당연하게만 생각하는 것 아닌가 하는 의문이 들더라고요. 저 역시 한 사람의 인간으로 혜택을 본 것을 부정하는 건 아니지만 어느 정도는 동물의 삶을 존중해줘야 하지 않을까 싶었어요.

《우리가 다른 우주에서 만나면》 속 〈뒤바뀐 자리〉라는 단편은 그런 생각을 질문처럼 던지고 싶어 쓴 작품이에요. 인간이 고양이와 같은 입장이 되고 고양이가 인간의 입장이 되어 살아가는 세상이 배경이죠. 단, 동화이기 때문에 어린이 독자들이 받아들이기 거북할 것 같은 상황은 그리지 않으려 했어요.

작가님은 광주가 고향이신가요?

원래 광주 사람은 아니에요. 대구 출신이에요. 부모님도 두 분 다 대구 분이고요. 유치원 때 경기도로 이사했고, 경기도 일산 쪽에서 살다가 대학에 입학하면서 광주로 왔어요. 성인 이후로는 줄곧 광주에서 살았죠. 지금은 직장 일로 고흥에 내려왔어요. 이렇게 말하고 나니 제법 방랑자처럼 살았던 것 같네요.

그럼, 광주는 대학 진학을 계기로 오신 거네요?

맞아요. 내려오기 전까지만 하더라도 광주에 대한 어떤 정보도, 단 한 명의 지인도 없었어요. 말 그대로 맨몸으로 온 거예요. 낯선 지역에서 잘 지낼 수 있을까 걱정이 많았는데 여차저차 10년이라는 세월을 광주에서 살았더니 광주라는 도시에 애착까지 생기더라고요.

광주가 선생님의 작품 활동에 미친 영향이 있을까요? 만약 있다면 어떤 걸까요?

저는 광주라는 지역을 이야기하기보다 '광주 사람'을 말하고 싶어요. 아무래도 대학 진학 이후에 이곳에서 다양한 사람을 만났으니까요. 그렇게 사람을 만나고 헤어지는 과정에서 저의 사고가 많이 성장한 것 같아요. 그런 가치관들이 제 작품에 녹아들었기에 저는 광주를 '나라는 사람을 성장하게 만들어준 도시'라고 생각해요.

사실 광주에 오기 전에는 서울 근교에 살다 보니 알게 모르게 수도권 중심적인 생각을 가졌어요. 하지만 광주에 오고 나서 그게 참 좁은 시야의 사고방식이었음을 깨달았어요. 그러니까 광주는 제 생각을 확장해준 도시라고도 할 수 있죠.

'책과생활'이라는 서점에서 하신 글쓰기 강의를 SNS를 통해서 보았어요.

김나현 소설가와 제가 개인적인 친분이 있는데 작품도 인성도 아주 나이스한 분이세요. 김나현 소설가가 '책과생활'의 신헌창 대표님을 소개해주셨어요. 그렇게 알고 지내다가 신헌창 대표님이 '스토리 워크숍'이라는 프로그램을 준비하는데 함께해줄 수 있냐고 제안을 주셨지요. 들어보니 직장생활을 하면서도 가능할 것 같아 수락했고 그렇게 강의를 하게 되었습니다.

일반 시민을 대상으로 하는 프로그램인 걸로 아는데, 구체적으로 어떤 내용이었나요?

참여자가 만들고 싶은 스토리를 글로 완성해가는 프로그램이었어요. 사실 일회성은 해봤어도 다회적으로 진행하는 프로그램은 처음이라 긴장도 많이 했어요. 등에 땀이 줄줄 흐를 정도였지요.

제가 아는 선에서 글쓰기의 기본을 알려드린다는 생각으로 진행했어요. 실용적인 것들 위주로, 작품에 있어 필수적인 요소들이 어떻게 형성되면 좋은지 예시를 보여드리고, 써오신 글에 피드백을 드리는 방식으로요. 참여하신 분들의 연령대가 정말 다양했는데 20대부터 60대까지 계셨어요. 그중에서도 가장 고령의 여성분께서 적극적으로 참여해주셨던 게 기억에 남네요. 수업이 끝나고 나서도 그분께 피드백을 드렸는데 굉장히 보람되는 작업이었어요. 광주에서 또 이런 기회가 온다면 한 번 더 해보고 싶어요.

이런 프로그램을 운영한 경험이 작가님께 준 영향이랄까? 그런 부분이 있

을까요? 독립서점 행사에 참여만 해본 입장에서, 작가님들의 입장도 궁금했어요.

저의 경우는… 아까도 말했지만 은근히 소심해서요. 낯선 이들을 만나는 게 부담스러울 때가 많아요. 하지만 글과 관련된 활동으로 새로운 사람을 만나는 건 제 글쓰기에도 긍정적인 영향을 준다는 것을 알았고, 또 그게 좋더라고요. 특히 사람들과 글에 관한 이야기를 계속하다 보니, 글쓰기에 대한 욕심이 더욱 커지는 게 그랬어요. 좋은 글을 쓰고 싶다는 좋은 욕심이 생기는 거죠.

'예지책방'에서 북토크한 것도 보았어요.

그때는 《사진 속 그 애》라는 책만 나왔을 때인데, 감사하게도 북토크 기회가 주어졌어요. 참여하러 가면서도, 정말 이 책을 읽은 분들이 와주실까 걱정을 했던 게 생생합니다. 너무 감사하게도 초등학교 선생님들 몇 분이 책을 읽고 참여해주셨더라고요. 제 창작 의도도 너무 잘 파악해주셔서 영광스럽기도 하고, 즐거웠던 기억으로 남아 있어요.

책방 이야기가 나온 김에 이야기 나누고 싶은 부분이 있는데요, 최근 동화나 그림책을 주로 취급하는 독립서점들을 보게 돼요. 어린이만을 위해서가 아닌 성인 독자들을 위한 곳도 있고요. 또 동화책 만들기 프로그램을 운

영하기도 하더라고요. 동화작가로서 어른에게 동화는 어떤 것이었으면 좋겠다고 생각하는지 궁금해요.

네, 한마디로 어른에게 동화는 글의 매력을 느끼게 하는 출입문이자, 지친 일상의 쉼터가 되기를 바랍니다. 스마트폰이 필수품이 되면서 저 역시 글을 읽는 시간보다 핸드폰을 들여다보는 시간이 많은 게 사실이에요. 그러다 보니 저 자신도 온전히 어떤 것에 집중하는 시간이 점점 짧아지는 것 같다고 느낄 때가 한두 번이 아니에요. 그럴 때 제일 손쉬운 처방이 독서라고 자신합니다. 하지만 현대인은 전공자가 아닌 경우, 독서에 대한 이미지를 심히 무겁고 딱딱하게 받아들이는 경우가 많아요. 그럴 때 가볍게 동화책 한 권 읽으시고 독서에 대한 부담감 내지 거부감을 줄여 가셨으면 해요. 겉보기에는 마냥 귀여워도 그 의미는 결코 가볍지 않은 좋은 작품이 많으니까요. 그런 작품의 매력을 일상에 지칠 때마다 느껴보는 것도 좋지 않을까 싶습니다.

최근 선생님의 SNS에서 학교나 기관에 초청되어서 어린이 독자들을 만나는 것을 보았어요. 기억에 남는 에피소드가 있을까요?

기대 이상으로 열정적으로 반응해주는 친구들이 있다는 사실이 놀라웠어요. 학교별로, 반별로 조금씩 분위기 차이는 있지만요. 대개는 너무 유쾌하고 밝게 반응해줘서 감사했던 기억이 많이 나네요. 같이 셀카를 찍자든가, 핸드폰에 사인을 해달라는 친구도 있었는데 아주 잠시나마 유명인이 된 것 같은 기분마저 들더라고요. 자기는 책을 별로 안 좋아하는데, 제 책만큼은 재미있게 잘 읽었다고 말해준 친구를 만났을 때는 진심으로 감동받기도 했어요.

동화이기 때문에 어린이부터 노인에 이르기까지 정말 전 연령의 독자들을 만날 것 같다는 생각이 들어요. 작가님께서는 앞에서 말한 행사들을 통해 독자를 직접 만나는 시간을 많이 가지셨는데 그 시간들이 어떠셨나요? 저는 조금 많이 떨릴 것 같기도 해요.

두근거리기도 하고 두렵기도 하고, 많은 감정이 교차해요. 그래도 두근거리는 기분이 제일 커요. 제가 독자를 만날 수 있는 자리는 강연이나 북토크 때가 대부분인데, 그런 자리까지 오신 분은 대부분 작품에 호의적인 경우가 많아서 그런가 봐요. 물론, 비판적인 의견을 주시는 분도 없지는 않아요. 그것도 다 책에 대한 관심이라 생각하고 감사하게 받아들이고 있어요.

2023년 고흥 지역 매거진에서 편집자 일을 시작하신 것으로 알아요. 로컬 매거진 편집자로 일하는 것은 동화작가로서의 일과는 또 다른 매력이 있을 것 같아요. 다른 방식의 근육을 쓴다고나 할까요?

고흥군에서 〈모당모당〉이라는 로컬 매거진 편집자로 일하고 있

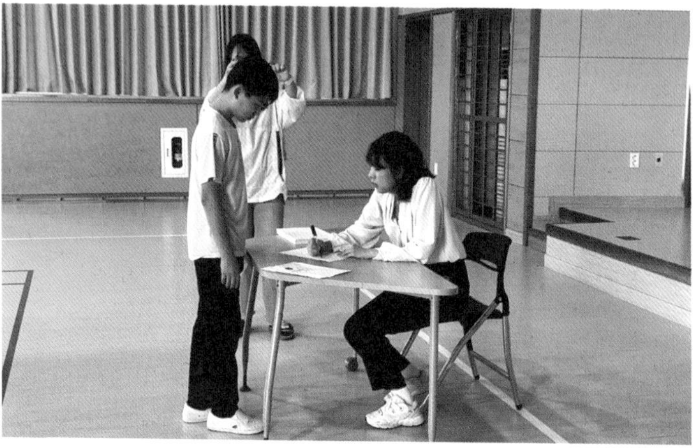

어요. 광주에서 또 이사를 간 거죠, 하하. 음… 완전히 다른 매력이라고 말할 수 있을 것 같아요. 먼저, 동화 같은 경우는 온전히 저의 창작세계를 드러내는 작업물로 편집의 과정을 거치기 전에는 정말이지 개인적인데 비해, 매거진 작업은 협동을 필요로 하기 때문이에요. 개인과 개인이 서로 한데 뭉쳐 통일성 있는 작업물을 만드는 과정이 개인주의 성향이 강한 저에게는 버겁다는 생각이 들기도 합니다. 버거운 만큼, 그럴싸한 결과물이 나올 때 성취감도 크지만요. 매거진 작업을 하면서 '매거진을 통해 고흥을 더 잘 알게 되어 좋았다'라고 말씀해주신 독자를 만났을 때는 제 책에 대한 호평을 들은 것처럼 기쁘기도 했습니다. 무엇이 됐든 글을 통해 내가 만든 작업물이 나오고, 그것을 접한 사람들을 만나는 건 정말 기쁜 거구나 실감하게 된 경험이었지요. 다른 지역도 로컬 매거진을 제법 많이들 발행하는 것으로 아는데요, 그 지역의 생생한 이야기를 발굴한다는 점에서 로컬 매거진의 필요성이 확실히 있구나 실감합니다. 다행히 제가 참여하는 매거진이 올해에도 발행 기회를 얻었습니다. 소중한 기회를 놓치지 않고 잘해보려 합니다.

최근 나온 작품을 소개해주신다면요.

《장난이 아니야》의 〈율리의 선〉입니다. 약간 공포물처럼 악플을 단 친구가 죄책감에 시달리는 상황을 그리려 노력했는데, 그게 잘 드러났는지 모르겠네요. 사이버 범죄가 일어났을 때 가장 중요한 것은 피해자가 겪은 고통을 이해하고 그들을 위로해주는 것이지만, 예방하기 위해서 가해자가 되었을 때 느낄 감정도 사람들이 알아야 한다고 생각했거든요. 그런 것들을 작품에 잘 담고 싶었는데 같이 참여한 다른 작가님들이 너무 좋은 작품을 써주셔서 상대적으로 밀린다는 생각도 했습니다. 하하. 그만큼 다양한 사이버 범죄에 대해 깊이 있게 다룬 작품이 많다는 건데요, 어린이 친구들이 생각해볼 요소가 많은 작품집이라고 생각합니다. 어린이 친구들이 많이들 읽어주면 좋겠어요.

등단한 작품은 페미니즘에 대한 작가님의 시선을 더했고, 최근 작품에서는 동물권, 또 가장 최근에 나온 작품에서는 디지털 범죄를 다루셨어요. 사실 우리 사회 문제를 어린이를 대상으로 하는 동화로 풀어내는 것은 매우 의미 있는 일이면서도 한편으로는 몇 배는 조심스러운 작업일 것 같아요.

저는 작품에서 가장 중요한 것이 '재미'라고 생각해요. 읽는 즐거움이 없다면 무엇하러 그 작품을 읽겠어요. 그래서 제가 전달하고 싶고 공유하고 싶은 생각을 '해답'처럼 넣지 않고, '질문'으로 담아내는 데 중점을 두고 있어요. 어린이 친구들이 재미있게 읽고 난 뒤, 스스로에게 질문할 시간을 갖게 만드는 거죠. 그러면 충분하다고 생각합니다.

스스로 '질문'할 수 있게 하는…. 그렇다면 작가님의 의도가 적어도 저에게는 성공인 것 같아요. 제가 작가님의 동화를 읽고 많은 질문을 했거든요. 하하. 평소 동화의 소재는 어떻게 얻나요? 작가님께서 글 쓸 때 가장 중요하게 생각하는 것이 있는지 궁금합니다.

제가 동화의 소재를 얻는 방식은 특별히 정해진 것이 없어요. 자유분방한 편이죠. 주로 가만히 있는 시간에 공상을 하다가 소재를 떠올릴 때가 많아요. 그 외에도 정말 재미있는 작품을 보면 나도 저렇게 좋은 작품을 쓰고 싶다는 욕심에 무작정 자리에 앉아서 골머리를 앓다가 작업에 들어가기도 합니다. 그러다가 영 안

풀리는 날에는 무작정 걷기도 하고요. 20대 때는 새벽에도 겁 없이 돌아다니며 머리를 식히기도 했습니다. 아직도 푸른 새벽에 강가를 돌아다니던 기억이 곧잘 나요. 자전거를 타고 새벽 강가를 돌던 기억도요. 지금은 그렇게 무모하게 돌아다니지는 않지만 그때는 그런 감성이 있었던 것 같아요. 나름 혈기 왕성했던 시기랄까, 아무튼 그랬네요. 지금은 그때보다 안전에 대한 생각이 많아져서 무서운 마음에 잘 돌아다니지는 않습니다만. 하하.

그리고 글 쓸 때 가장 중요하게 생각하는 것이 있냐고 질문해주셨는데요. 앞서 말했듯이 작품에서는 '재미'가 가장 중요하다는 생각을 가지고 글을 씁니다. 거기에 이제 제 작품은 동화니까, 어린이의 시선에서 어린이가 좋아할 작품을 써야 한다는 생각도 크게 가지고 있고요. '어린이가 즐거워할 작품을 오랫동안 쓰자'라고 다짐하고 있습니다.

작가님의 앞으로 계획이 궁금합니다. 마지막으로 독자들에게 어떤 작가로 기억되고 싶은지 혹은 어떤 작가가 되고 싶은지 여쭤볼게요.

먼저 작품으로는 올해 청소년 소설 한 편과 장편동화 한 편을 쓰는 것을 목표로 하고 있어요. 이렇게 인터뷰하고 나니 제가 한 말이 부끄럽지 않게 더 열심히 써야겠다는 생각이 드네요. 그리고 매거진 〈모당모당〉이 계속 발행되니 더 좋은 콘텐츠를 담아 진정한 로컬 매거진 편집자로도 인정받고 싶고요. 외부 강연도 불러주시는 대로 열심히 가볼 계획입니다.

무엇보다 다음 작품이 기다려지는 작가가 되고 싶어요. 저는 재미있는 작품을 읽고 나면, 그 작가의 다른 작품들도 찾아보는 편이거든요. 제 작품을 읽은 독자가 그래 준다면 작가가 되기를 잘했다는 생각이 들 것 같아요.

두 살 즈음 된 아기가 내 눈을 빤히 쳐다보고 있음을 알아차렸을 때 갑자기 부끄러운 마음이 들어 고개를 홱 돌린 적이 있다. 어떤 부끄러움이었는지 정확히 설명할 수는 없으나 그 투명하고 깊은 눈과의 짧은 마주침만으로도 나는 어떤 사람이어야 할까를 생각했기 때문이었던 것 같다.

전여울 작가의 동화들을 읽고 비슷한 부끄러움을 느꼈다. 이야기의 전개가 재미있어 한 호흡에 읽었고, 책 속의 일러스트 역시 정말 귀여웠다. 이후 며칠간 어딘가 마음을 움직이는 물결이 일렁였고, 지금 내가 하고 있는 연구가 혹은 그 결과가 어쩌면 이런 것이어야 하지 않을까, 그렇다면 나는 어떤 사람이어야 할까와 같은 생각에 이르기까지 했다.

동화는 전여울 작가의 말처럼, 겉보기에는 마냥 귀여워도 그 의미는 결코 가볍지 않은 작품이었다.

글이라는 것은 참 신기하다. 한 문장의 글귀가 열 사람의 말보다도 더 가슴에 팍 새겨지는 경험을 다들 한 번쯤은 해보았을 것이다. 아이들에게 그런 첫 글귀를 선물하는 사람은 아마도 동화작가일 것이다. 동화 속 문장은 때로는 부모님의 말보다 다정하고, 학교 선생님의 말보다 큰 용기를 준다. 동화를 읽는 어린이 독자를 동화 속 주인공으로 만들어주기도 하고 주인공의 친구가 되게도 해주면서 더 활발한 상상을 이끈다.

전여울 작가는 '즐겁게' 고민하고 도전하는 작가라고 말하고 싶다. 사회의 어두운 면을 배경으로 하지만 그 안에서 아이들과 눈높이를 맞추고, 다양한 재미를 주며, 또 스스로 질문하게 만드는 이야기를 쓰기 위해 부단히 노력한다. 자신의 글쓰기 영역을 넓히는 도전에도 기꺼이 나선다. 전여울 작가의 밝고 넓은 마음이 인터뷰 내내 전해졌다. 그녀가 짓는 미소가 오래도록 기억에 남을 것 같다. 전여울 작가와 글쓰기를 함께한 이들, 북토크에 참여했던 이들, 그리고 인터뷰를 했던 내가 느낀 '전여울 바이브'가 이 글을 읽는 독자에게도 고스란히 전해지기를 바란다.

02

삶의 방향에 기꺼이 역행하는 예술가의 용기

미술가 이인성

광주시립미술관 청년작가 초대전 〈아이엠그라운드〉, 하정웅미술관(2021)
조선대학교 올해의작가상 수상(2020)
제25회 광주미술상 수상(2019)
광주시립미술관 청년작가 선정(2017)
광주 신세계미술제 대상 수상(2016)
일본 코가네초 바잘 레지던시 입주작가(2014)
광주시립미술관 베이징 창작센터 입주작가(2011)
광주시립미술관 양산동 창작 스튜디오 입주작가(2010)

차분한 듯 잔잔한 색조의 화폭 속 어떤 장면을 통해 우리를 '이야기'로 안내하는 작가가 있다. 회화가 만들어내는 은유 속에서 나의 이야기 그리고 타인과 세계의 이야기 사이의 교차점을 엮어가는 이인성 작가는 회화라는 예술을 하나의 '언어'로 만든다. 날 서 있고 직접적인 말투로 세계를 향해 소리치기보다는, 은근한 방식으로 두런두런 옛이야기를 읊조리며 특정한 장면에 우리의 시선이 머물게 한다. 그림으로 이야기한다는 것의 의미, 그리고 그림이라는 예술 행위의 매력에 대한 궁금증을 자아내는 이인성 작가를 만나보았다.

이인성 작가님, 안녕하세요. 만나 뵙게 되어 반갑습니다. 인터뷰에 응해주셔서 감사합니다.

네, 안녕하세요. 저는 그림 그리는 이인성이라고 합니다. 반갑습니다.

우선 어떻게 미술작가의 길을 걷게 되었는지가 궁금합니다.

음, 대다수 작가가 좀 비슷하지 않을까 싶은데요. 저는 일단 어릴 때부터 자연스럽게 낙서나 만화, 이런저런 그림 그리는 걸 좋아했던 것 같아요. 그런데 제가 해남 출신이다 보니, 예술고등학교의 존재를 뒤늦게 알아서 제대로 준비를 하지 못한 채 광주 예술고등학교 진학 시험을 봤어요. 입시를 준비한 적이 없어서인지 떨어졌고요. 해남고등학교에 입학했는데 주변에 입시 전문 학원이 없었어요. 그림을 하려면 학교 미술부에 들어가서 선배들의 지도를 받는 방법밖에 없었고 그 활동을 하면서 자연스럽게 미대로 진학을 했습니다.

자연스럽게 미술작가의 길을 걷게 된 거네요?

네, 맞습니다. 그런데 저에게는 '작가'가 참 어려운 개념이에요. 대학을 졸업한 이후에도 항상 그 부분이 질문으로 남았던 것 같아요. 졸업하면 작가가 되는 것일까, 전시를 한 번 하면 작가가 되

는 것일까, 혹은 누군가 작가라고 불러주면 작가가 되는 것일까? 이런 고민을 했어요. 지금 돌이켜보면, 저 스스로 '이야기할 장소'가 필요했기 때문에 작가가 된 것이 아닐까 싶어요. 일종의 독백일 수도 있고, 혹은 감정을 쏟아내기 위해 작업을 지속해온 것 같고요. 또 다른 한편으로는 미술을 하면서 그것이 가진 어떤 위안, 재미와 같은 것들을 발견해온 것 같아요. 미술이라는 것이 단지 눈에 보이는 것만 잘 그려내는 작업이 아니라, 좀 더 깊은 부분을 다루는 활동이라고 생각했던 거죠. 그래서 특별히 작가가 되겠다는 어떤 결심을 할 만한 '계기'가 있었다기보다는, 이런 고민과 생각들이 계속 이어져왔고 졸업 후 어떤 결정을 내려야 하는 상황들에서 이 활동을 지속할 기회들을 따라가다 보니 여기까지 오지 않았나 싶습니다.

말씀 중에 '이야기할 장소'가 필요했다는 부분이 인상적이네요. 예술 활동을 지속하는 데 있어서 어떤 추동력이 있다는 건 굉장히 중요할 것 같은데, 작가님께는 그런 장소를 찾지 않으면 안 되는 상황들이 있으셨던 걸까요?

저는 아무래도 시골(?)에서 살다 보니 가부장적 제도라든가, 장손이라든가, 남자가 미술을 한다는 것에 대한 편견에 노출되어왔던 것 같아요. 물론 저희 부모님은 그런 부분에서 직접적으로 저에게 뭐라고 하시거나 미술하는 것을 만류하지는 않았지만, 그런 분위기들이 저에게 어떤 책임감을 느끼게 했던 것 같아요. 집에서 미술을 하게 해준 것만으로도 감사하게 느껴야겠다고 생각하다 보니, 미술을 하며 갖게 된 고민이나 생각들을 가족들에게 꺼내놓는 일은 좀 드물었거든요.

두 번째로는, 고등학교 미술부 활동이 상당히 빠듯해서 같이하는 선배들과의 대화 시간이 많이 없었던 점도 컸던 것 같아요. 제 경우에는 아침 일찍 학교 가서 석고 스케치하고, 점심과 저녁 식사를 10~20분 만에 먹고 또 그림을 그리고…. 이렇게 선배들이 내주는 숙제에 맞춰 밤 10시까지 작업실에서 입시 준비를 했어요. 가깝게 많은 시간을 함께 보냈지만, 좀 분위기가 엄한 것도 있어서 선배들에게 속이야기를 하는 건 상상할 수 없었죠. 당시에 제가 교회를 다녔는데, 그곳도 뭔가 마음을 공유할 수 있는 분위기는 아니었던 것 같아요.

대학에 들어가서는 어땠나요?

대학 진학 후에는 스스로에 대한 생각이 더 깊어졌어요. 상황적으로 당장 필요한 재료비 같은 부분을 일일이 집에 이야기하기가 조심스러워지고, 그래서 학원 강사도 해봤지만 큰 경력이 안 되고 벌이도 마땅치 않았어요. 이런 심리상태나 고민을 공유할 곳이 딱히 없어서 그것들을 주로 작업을 통해 풀어내려고 했지 않았나 싶어요. 그러다 보니 당시에는 작업이 감정적으로 좀 직접적인 경우가 많았어요. 거칠고, 어두웠죠. 뭐랄까, 표면적이기도 했고요. 그런 작업이 초반에 이루어졌어요.

음, 무언가 담아내고 표현하지 않으면 해소되지 않을 것 같은 마음들이 자연스럽게 작품으로 이어졌던 거군요. 무언가 담아내고 싶은 이야기가 계속 있다는 점이 저에게는 신기하기도 해요.

네. 그렇지만 처음부터 표현하려고 하는 주제나 방식이 또렷했던 건 아닌 것 같고, 작업을 지속해가는 과정에서 좀 더 좁혀지고 선명해진 것 같아요. 회화라는 장르가 역사도 오래되고 하다 보니, 자기화(자신만의 특징적인 표현 방식을 만들어내는 것)한다는 게 쉬운 작업은 아니거든요. 회화적인 시도를 했을 때, 그건 누구의 화풍과 닮았다거나 누구의 영향을 받은 것 같으니 다른 걸 하라는 조언도 많이 받게 되니까요. 그런 것들을 피해서 계속 시도하는 데 어려움이 있더라고요. 제가 자라온 환경이 그러했다 보니, 당시 자유분방하게 그림을 그리고 새롭게 시도하는 것이 저에게는 좀 어색하고 낯설었거든요.

그러던 중에 지금은 퇴임하신 한 교수님 수업에서 전환점을 맞았어요. 누드 수업이었는데, 같이 수업을 듣는 또래들과 비교가 이루어지니까 보통은 소묘력 같은 것에 집중해서 그림을 냈어요.

그런데 그날따라 집중도 잘 안 되고 해서 제가 인물을 빨간색으로 칠해서 냈어요. 평소와는 전혀 다른 방식이었는데, 교수님께서 그걸 보시고 야수파 이야기를 해주시더라고요. 실제처럼 보이게 그리는 방법이 아닌 다른 유형의 그림과 회화적 시도들이 얼마나 많은지 설명하시면서요. 어찌 보면 저에게는 그 드로잉이 실수이기도 했는데 오히려 미술에 관해 좀 더 많은 가능성을 열어주었던 계기가 되지 않았나 싶어요. 이후 미술사 책도 찾아보면서, 어떤 감정을 전달할 그림 혹은 이야기가 될 만한 그림들을 그려보자고 생각했던 것 같아요. 사실 무엇을 그려야겠다는 건 아직도 확실치 않은 것 같아요.

그렇군요. 작가님 작품이나 평론을 보면, 개인의 이야기로부터 출발하지만 사회나 구조와 연관되는 방식으로 작업의 테마가 이어진다는 인상도 받게 돼요. 그러다 보니 특별히 사회에 대해 담아내고 싶은 이야기나 방향성이 있으신지 궁금했습니다.

음, 제가 실은 무언가 꿰뚫는 사회적 통찰력이 있는 건 아니지만, 그림 작업을 할 때 개인적인 것과 사회적인 것이 교차하는 지점을 담으려고 하는 것 같기는 해요. 저 자신을 들여다보는 것을 통해 그 이야기를 시작하는 것 같고요.

예를 들어, 제 작품 중에 남자 두 명이 뗏목 위에 떠 있는 그림이 있어요(《뗏목 위의 두 사람》). 한 명은 탐험가 혹은 해적 선장이고 한 명은 어부의 모습이죠. 아마도 삶을 살아가면서 고민하는 마음속 두 가지 면이 아닐까 싶어요. 돈이나 현실적인 것들을 위해 살아갈지, 아니면 그것을 등지고서라도 하고 싶은 걸 해나가야 할지와 같은…. 제가 어렸을 때 미술을 하면서 집의 눈치를 본 과정처럼, 누구나 어떤 꿈을 꾸고 그런 행위를 독려받으면서도, 막상 사회에 나가면 '현실'이라는 명목으로 그 꿈을 접게 만든다거나 어떤 획일화된 방향을 제시받는 것들에서 아이러니를 보게 되는 것 같아요. 선택이나 고민의 순간들도 포함해서요.

이런 순간들로부터 좀 아이디어를 찾고, 그림 안에서 그것들을 서로 중재한다거나, 아니면 그 장면 자체를 기념적으로 남기려고 하는 것 같아요.

말씀해주신 것처럼 그림에 나타나는 그 '교차점'들이 작품에 레이어를 더 해주고 훨씬 다양하게 읽어낼 여지를 주는 것 같네요.

저 자신이 사회의 일부이고, 또 제가 고민하는 것들이 사회에서 영향을 받았다고 한다면, 결국 제 이야기의 어떤 부분을 그림으로 꺼내놓는 것을 통해 (개인과 사회 간의) 교차점들이 생기지 않을까 생각하고 있습니다.

이인성, 〈뗏목 위의 두 사람〉, 2017, 캔버스에 아크릴, 162x260cm

그러면서 작품세계에도 변화가 있었을 것 같아요.

네, 맞습니다. 제 작업 스타일이 예전에는 좀 직접적이었어요. 제가 보는 대상들이 불쾌하면 불쾌하게, 어떤 특정 감정들로 보이면 그 감정이 드러나는 방식으로, 그렇게 표면적인 상태를 그렸는데 점차 더 은유적으로 그림을 그리는 쪽으로 변화해온 것 같아요. 저는 그림이 일종의 '언어'라고 생각해요. 그래서인지 너무 날 선 말투보다 옛날이야기를 하는 것 같은 방식으로도 충분히 전달이 가능하다고 생각해 이런 식으로 스타일이 변해온 게 아닌가 싶어요.

두 번째는 그림에 '주황색 점'을 들여온 것과 관련되는데, 그림에서 어떤 특정 상황을 구상적이고 직접적으로만 나타내는 것보다 추상적인 요소를 도입해 교차점을 주고 싶었던 것 같아요. 구상은 '의미'로만 내용을 꽉 채우는 것일 수 있는데, '주황색 점'은 추상적인 요소잖아요. 그래서 오히려 비어 있는 그 점들이 의미를 발생하도록 할 수 있겠다는 생각이 들더라고요. 작가마다 여러 스타일이 있고, 저 또한 저만의 방식을 고민하는 과정에서 어떻게 표현하는 것이 더 개성으로 드러날지 많이 고민했던 것 같아요. 그래서 기표와 기의를 떼어내본 거죠. 이걸 관람자들이 어떻게 해석하고 바라봐줄지는 더 지켜봐야겠지만, 이런 시도를 통해 저는 계속 어떤 이야기를 구축해나가고 있는 것 같아요.

예술을 언어로 이해한다면 작가로서 그 문체를 만들고, 다듬고, 정교화시켜가는 작업이 참 쉽지 않을 것 같다는 생각이 들어요. 그런 지점에서 작가님께서도 은유라는 표현 방식을 많이 고민해오셨겠구나 하고 느껴집니다. 말씀하신 주황색 점의 사용에서도 고민이 많으셨을 것 같아요. 그런 요소들이 특정 작가의 '시그니처'로 기능하기도 하지만 작업 스타일을 한계 짓는 양면성도 있겠다는 생각이 들어서요.

2016년에 〈광주비엔날레 포트폴리오 리뷰 프로그램〉 전시에 작품을 냈는데, 어느 큐레이터학과 학생이 질문했어요. '주황색 점에 너무 집착하는 건 아니냐'고요. 근데 제 그림 스타일이 당시 전반적으로 '어두운 색조를 가지고 있다'고 한다면 이건 맞는데, 모든 그림에 주황색 점이 들어가 있냐고 한다면, 그것은 아니었거든요. 주황색 점은 작업에서 드러나는 어떤 삶이나 연결 지점이 있을 때, 그리고 그 그림의 목적 자체가 주황색 점과의 관계들을 명확하게 드러낼 수 있을 때 사용 가능해지지, 매번 그것만을 가지고 작업을 한다면 좀 작업이 어려워져요. 그럼에도 주황색 점이 들어가는 작업을 많이 선보였던 것은, 약간 전략적인 부분도 있었지 않았나 생각합니다. 일단은 내가 고민하는 부분들이 좀 더 특징적으로 드러나는 작품들을 더 많이 선보이면서 문을 두드려보자 하는 생각으로요.

그렇군요. 작업 방식 이야기를 좀 더 해보자면, 주로 페인팅(회화)을 하시지만 가끔 설치도 하시는 것 같은데, 표현 매체를 점차 확장해가고 계시는 걸까요?

저는 기본적으로 페인팅 작업을 유지하려 하고 있어요. 좀 영리하게 한다면 다른 작업으로 확장할 수도 있겠지만, 결국 매체라는 건 작가에게 자신이 건네려는 메시지를 전하는 적절한 도구이기 때문에, 표현하고자 하는 것이 명확할수록 그에 적합한 매체도 분명해진다고 생각해요. 아직 저에게는 그게 그림인 것 같고요. 또 그림을 그린다는 행위를 좀 누리고 싶은 부분도 있어서, 어찌 보면 고전적이고 요즘은 잘 알아주지 않을 수 있는 페인팅을 고수하는 것 같아요. 제가 작업을 지속하면서 진짜 전하고 싶은 이야기가 있는데 회화로는 가능하지 않다면 또 다른 매체에 빠질 수도 있지 않을까 생각해요.

작가님이 예술을 하나의 '언어'로 비유하셔서인지, 회화라는 한 장르 안에서 가능한 여러 시도들(색채, 묘사 방식, 붓 터치, 질감 등)이 마치 언어의 문체를 섬세하게 다듬는 과정처럼 느껴지기도 합니다. 그런 점에서 저에게는 그 주황색 점들 없이도, 작가님의 그림체 자체에 이인성이라는 작가가 묻어 있는 느낌도 들어요.

네. 여러 가지 방식으로 그려보는 시도들에서 유독 어떤 경계를 넘어가는(기존의 스타일을 벗어나는) 스타일의 그림이 나왔을 때, 의외로 보시는 분들은 누가 그렸는지 쉽게 알아봐주시는 것 같기도 하더라고요. '회화는 몸을 가진다'라는 말이 있는데, 목소리의 경우도 우리가 똑같이 입을 통해 나오는 소리이지만 각자 다르잖아요. 체형이나 호흡의 방식 이런 것에 따라서요. 회화도 개개인의 특성을 반영할 수밖에 없는 것 같아요. 내가 특별히 나만의 뭔가를 만들려고 하지 않아도, 계속 그 작업을 연마하는 과정에서 자신만의 색깔이 드러나는 것. 이런 걸 좀 더 쉽게 구분 짓기 위해서 더 적극적으로 고민하는 노력은 있지만, 결국 시간을 들여 꾸준히 하면 자신만의 색을 자연스럽게 갖게 된다는 것 역시 회화가 가진 매력의 하나가 아닐까 요즘 느끼고 있어요.

이제 레지던시 이야기를 좀 해보려고 합니다. 대학원 졸업 후 베이징, 일본 레지던시도 가시는 등 여러 레지던시 경험이 있으신데, 레지던시 입주작가로서의 경험은 어떠셨는지 궁금합니다.

사실 저는 중국이나 일본에 잠깐 체류한 정도를 빼고는 국내 레지던시라든가 여타 레지던시 경험이 그렇게 많은 편이라고는 할 수 없어요. 그렇지만 레지던시 활동이 작가에게는 되게 중요하고 강조되어야 할 프로그램이라 생각합니다. 다른 장소로 이동한다는 것에서 오는 낯섦 같은 것들이 당사자에게는 중요한 감정 또는 시점의 변화를 불러오는 것 같거든요. 저의 경우 양산동 레지던시도 마찬가지이고, 베이징 레지던시도 그렇고, 특정 장소나 타지에 나가면 조금 다른 시각으로 바깥을 보는 계기들이 만들어지는 것 같더라고요.

'다른 눈으로 본다', 작가에게는 중요한 경험이 될 것 같아요.

네, 그래서 후배들에게도 자주 이야기합니다. '아무것도 아닌 내가 될 수 있는 경험'을 할 수 있으니까요. 사실 중국에 가면, 물론 나중에는 친구도 생기겠지만, 일단은 기존에 스스로가 가지고 있던 '나'라는 이미지가 없어지잖아요. 현지 언어라도 준비가 잘되

이인성, 〈지지 않는 달-섬〉, 2020, 캔버스에 아크릴, 200x300cm

어 있으면 모르겠지만, 언어조차 서툰 상태에서는 오히려 더 많은 생각을 하고, 오감을 더 활용하는 기회를 얻는 것 같아요. 그래서 후배들한테 현지 언어가 준비가 안 되었다고 머뭇거리지 말고 그럴 때 일부러 더 가보는 것이 좋다고 해요.

레지던시 활동에서 작가님이 얻은 가장 큰 수확은 무엇인가요?

제가 쓰는 주황색 점의 모티브를 베이징에 체류했던 시기에 얻었습니다. 그때가 일 년 레지던시를 마친 상황이었는데 좀 만족스럽지 못했어요. 전시 활동이든, 현지 사람들과 교류하는 활동이든 뭐 하나 제대로 얻은 게 없다는 생각이 좀 깊게 들 때였는데…. 그때 맞닥뜨렸던 하나의 장면이 작업 방향을 어떻게 가져가야 할지를 깨닫게 해주었거든요.

소리가 울리는 빈 주차 공간에서 어떤 사람이 테니스를 되게 열심히 치고 있더라고요. 처음에는 혼자서 아등바등하고 있으니까 조금 웃기기도 했어요. 그런데 한참을 지켜보는데 감정 변화가 일더라고요. 뭐랄까, 내 모습 같기도 하고, 또 그 테니스공을 하나 하나 쫓아가서 치는 모습이 되게 우스꽝스러운데 또 응원하고 싶고. 그래서 그때 그 장면을 가져다가 테니스공 위치에는 주황색 점으로 따로 체크를 하고, 흑백에 가까운 작업을 했어요(〈혼자 하는 테니스〉). 그런 걸 찾을 수 있었던 계기가 앞서 말한 '아무것도 아닌 내가 될 수 있는 경험'이 가능한 환경 덕분이지 않았을까 해요. 바쁜 사회에 적응해서 살다 보면, 뭐 하나 하고 또 빨리 다음 장소로 이동해야 하니까 스치고 지나치는 부분들이 많은데…. 그런 장면들을 온 감각으로 마주하고, 어떤 감정에 더 깊게 빠질 수 있는 시간이 확보된다는 것이 정말 좋죠.

그 외에도 예전에 〈광주비엔날레 포트폴리오 리뷰 프로그램〉에서 어떤 교수님이 저에게 러시아 유학을 다녀왔냐고 물었어요. 왜 그렇게 생각하시냐고 했더니, 무채색에 가까운 작업 톤이 그런 인상을 주었다는 거예요. 여전히 물감 혼색을 자주 해서 생긴 탁함인지, 베이징에서 느끼고 보았던 주변의 빛이나 기후 같은 것 때문에 생긴 톤인지 모르겠는데, 지역마다 빛의 색깔이 조금씩 다르다고 하더라고요. 하늘색도 달라 보이고, 햇살이 비출 때 색감도 미묘하게 다르고. 그래서 레지던시를 통해 고정되어 있는 환경에서 벗어나 보는 경험은 많은 영감과 자극이 되는 것 같아요.

레지던시 활동이 작가님에게 많은 자극을 준 거네요.

네, 하지만 지금 되돌아보면 2012년(레지던시 기간)에는 저 스스로가 그렇게 만족스럽게 지내지 못했다는 생각이 여전히 있어요. 그래서 더 열심히 해야겠다는 생각이 들고요. 그럼에도 그때는 좀 어려서 어떤 성과가 드러나지 않았지만, 어린 시절 그런 레지

이인성, 〈혼자 하는 테니스〉, 2020, 캔버스에 아크릴, 150x200cm

던시 경험이 한 작가에게 점차 더 다양한 활동을 하는 밑거름이 되었다고는 생각해요. 제가 주변에 레지던시 경험을 추천하는 것도 이런 점 때문인 것 같아요. 그러니까 당장 눈에 보이는 효과가 나오지 않더라도, 어떤 생각이나 감정 부분이 깨질 수 있는 틈을 일찍 찾는다면, 시간이 지나면 어떤 식으로든 수확을 하게 된다는 것. 이런 생각들이 작가들에게 좋은 투자를 할 양분이 될 거라고 생각합니다.

작가님은 해남 출신이지만 대학 이후 줄곧 광주를 중심으로 활동하고 계

시조. 작가 활동을 하시는 데 '광주'라는 지역을 의식하고 계신가요?

음, 평소에는 잘하지 않는 것 같아요. 한 번씩 미술 시장의 규모 면에서 차이를 느끼는 부분이 있기는 하지만, 활동하는 데에는 꼭 그렇지는 않아요. 제가 지금 대학원 박사 수료를 했는데, 주변에 보면 지역 대학을 나와 서울이나 해외 대학원으로 나가는 경우가 많거든요. 그런데 저는 생각이 좀 달랐어요. 당시 후배 입장에서 꼭 저렇게 해야만 활동을 할 수 있을까 생각했고, 우리 학교 혹은 우리 지역 안에서 활동을 충실히 해 수도권이나 해외로 연결되는 선배가 있기를 바랐던 것 같아요. 제가 이런 고민을 교수님 한 분이랑 의논한 적이 있는데, 그분은 독일에서 활동하다 오셨지만 이렇게 지역에서 꾸준히 활동하더라도 충분히 작가로서 기량을 펼칠 수 있도록 해보자는 생각에 많이 동의해주셨어요. 중국에서 오래 수학하고 온다고 중국 작가로 자리매김하는 게 아니듯, 꼭 수도권이나 해외로 가지 않더라도 각자의 자리에서 충실한 어떤 작업이 나온다면 어떨까, 그리고 그게 또 하나의 독특한 표현이나 생각들이 나오는 계기가 되지 않을까 하는 생각을 하는 것 같아요.

미술작가로서 활동하기에 광주라는 지역은 어떤 것 같으세요?

저는 광주가 작업하기에 좋은 환경이라는 생각을 합니다. 제가 대학을 졸업하고 같이 작업하는 친한 친구 한 일곱 명이랑 주변 지역을 돌아다닌 적이 있어요. 대구라든가 부산, 전주, 이런 곳에서 비슷한 또래 작가들이랑 한 번 교류를 해보자 하면서요. 그러면서 그곳은 작업하기에 어떤지 등 이런저런 이야기들을 나누었는데 광주는 청년작가들을 위해 레지던시 공간을 만들고, 있던 공간이 없어지면 다른 대안을 만들려고 하면서 지원을 해주더라고요. 2017년에는 〈빛 2017〉이라고 해서 하정웅 청년작가 초대전을 할 기회도 주었어요. 사실 다른 지역의 경우 미술관에서 청년작가의 개인전을 연다는 건 거의 불가능하거든요. 보통 중견 작가 이상이나 작가의 사후에 작품을 모아서 하는 경우는 있어도요. 그런데 그런 기회가 그냥 있구나가 아니라 타 지역에서는 그런 기획들이 좀처럼 많지 않다는 것을 둘러보고 나니까, 광주에서 좀 더 앞서서 시스템을 만들어 지원하고 있다는 걸 느꼈어요. 아까 얘기했던 베이징 레지던시도 광주광역시랑 베이징이 직접 연계해 진행한 거예요. 지금까지를 보면 광주는 청년작가들에 대한 배려가 좀 있는 것 같아요.

또 2019년에 제가 광주미술상을 받았는데, 이게 이 지역의 유명한 원로 선배들이 젊은 작가의 작업 세계관을 직접 들어보고 투표를 통해 상(지원금)을 주시는 거예요. 어떻게 보면, 세대적으로 분리될 수 있는 원로 작가들과 젊은 작가가 얼굴을 마주하고, 또 자기 것을 소개하고 인정받을 자리를 마련해준다는 것도 의미가 있는 것 같고요. 이런 것들을 봤을 때 광주라는 지역은 너무 작지도 않고 너무 크지도 않아서 좋은? 그런 장점이 있는 것 같아요. 너무 좁으면 또 울타리 안에서만 관계하는 느낌이 강하고, 너무 넓으면 많은 소그룹으로 나누어져서 서로 크게 아우를 수 있는 계기들을 만들기 어려운데, 광주는 좀 적절한 규모이지 않나 하는 생각이 들어요.

광주에서 청년작가 지원이나 미술 생태계를 위해 여러 노력을 하는 게 느껴지네요. 그런 시스템적인 측면과 별개로 작업의 테마나 내용 측면에서, 광주가 지닌 역사·문화적인 특성이랄까요? 그런 부분을 의식하고 작업하고 계실지 궁금합니다.

음… 일단 주변을 보면 그런 영향을 받고 작품 활동을 하는 작가도 많아요. 광주와 관련된 사건이나 정치적 장면들, 세월호 같은 가슴 아픈 상황들을 회화로 기록하는 박성완 작가, 또 구 전남도청을 중심으로 역사적인 장소에서 돌을 던진다든가 특정 행위를 사진에 담는 이세현 작가도 거기 해당할 수 있을 것 같고요.

하지만 저의 경우, 광주의 역사·문화적 특성을 직접적으로 작품에 반영하는 작가는 아닌 것 같아요. 제가 실제로 5·18을 경험했던 세대도 아닐뿐더러 또 해남에서 자랐으니까요. '광주 작가'라는 수식어가 붙었을 때 사람들이 바라보는 기대감 같은 것이 있을까, 있다면 그게 무엇일까를 생각해본 적은 있어요. 지금의 제가 민중미술과 같이 광주의 역사적 사건들을 미술로 표현하지는 않지만, 그런 역사와 이야기에 나만의 방식으로 관심을 두고 어떻게 작업으로 전개해나갈 수 있을까 하는 의식은 계속하고 있는 것 같습니다. 그래서 5·18에 대해 이렇다저렇다 말하기보다, 그 사건이 어떤 의미가 있고 당시 사람들은 무엇을 위해 그렇게 했을 것이며 그렇다면 지금 우리의 가까운 일상 안에서는 그런 것들을 어떻게 풀어낼 수 있을까를 고민하는 것. 그리고 그것과 교차하는 점들을 찾는 것은 확실히 제가 '광주'에 있는 작가이기 때문에 가능하지 않나 싶어요. 매년 (광주에서 열리는 여러 행사 등을 통해) 상기되기도 하고요. 그래서 아마 이런 생각들을 이어간다면, 시간이 흐른 뒤에는 또 다른 형태로 추모하거나 그 시간을 기억하는 방식의 작업들도 가능해지지 않을까 해요.

작가님과 이야기를 나누다 보니 굉장히 자기 성찰적이랄까, 스스로를 들여다보고 어떤 부분을 여러 방식으로 깊이 고민하는 시선이 느껴져요. 예술인으로서 살아간다는 것은 세상에 대한 이런 시선들을 길러가는 것일까 생각해보게 되는데요, 작가님에게 예술인으로서의 삶이 주는 어떤 특별함이나 가치가 있다면 무엇일까요?

이인성, 〈나무 심는 사람들〉, 2016, 캔버스에 아크릴, 162x260cm

일단 예술 활동이라는 건, 뭔가 '어두운 곳의 불빛' 같다고 생각해요. 저도 예술 활동을 지속하다 보니 '예술'이라는 것이 도대체 뭘까 하고 많이 찾아보는데, "예술은 삶의 방향에 역행하는 것"이라는 문구가 좀 와 닿았던 것 같아요. 결국 쓸모 없는 행위를 통해 쓸모 있음을 방증하는 유일한 활동이 예술인 것 같거든요. 우리가 뭔가 생산을 해서 사용한다는 건 정말 쓸모 있는 일이지만, 반대로 대부분이 관심을 두지 않음에도 어떤 사람들이 지켜내려고 하는 것이 있잖아요. 그것이 비록 소수의 목소리일지언정 우리가 평소에는 볼 수 없는 것들을 드러내는 역할을 하기에 그게 특별한 게 아닌가 싶어요. 꼭 제가 예술을 해서 그 활동이 특별하다기보다는요.

우리가 세상에서 자기 마음대로 할 수 있는 게 몇 개나 있을까 생각해보면 많지 않잖아요. 저에게는 내 마음대로 이끌어갈 수 있는 유일한 것이기 때문에 그런 점에서 예술이 특별한 활동으로 느껴지기도 하고요. 또 관람자가 한 번도 해보지 못한 생각을 하도록 한다거나, 아니면 쓸모가 있는지도 모를 정도로 주변적이었던 어떤 요소들이 어느 날 갑자기 내 삶에 깊게 들어오는 계기를 만들어준다거나 하는 점에서 예술을 '불빛'이라고도 표현할 수 있을 것 같습니다.

삶의 방향에 역행하는 활동이지만, 또 그것이 하나의 불빛으로 역할을 하게 된다는 점에 많이 공감되네요.

그렇죠. 삶의 구성원들이 열심히 유용한 일들을 해나갈 때, 예술가들은 딴짓하면서 다르게 볼 수 있는 시선을 제공하는 거니까요. 하하.

끝으로, 앞으로 작가로서의 꿈이나 목표는 무엇일까요?

목표나 꿈이요? 아직은 건강하고, 안전하고, 안정적으로 지금 하는 일들을 유지할 수 있을 정도에서 잘되었으면 좋겠다는 생각을 해요. 너무 잘된 작가가 아니면 좋겠다? 하하.

아, 그러세요? 예상치 못한 답변이네요.

제가 지금 아이 둘을 키우고 있다 보니, 작업도 그렇고 어떤 특정 순간들을 지속시키려면 건강에 대한 부분을 고려하지 않을 수 없겠더라고요. 제 아내도 작가인데, 아이들에게 엄마, 아빠가 하고 싶은 것으로 삶을 이어가는 것을 보여주고 아이들 역시 자신만의 꿈을 꾸고 앞으로 나아갈 환경을 만들어주기 위해 노력하고 싶어요. 저 역시 선배들의 등을 보고, 그들이 가는 길들을 보면서 발걸음을 떼는데 이런 연결점들이 꾸준히 생길 수 있었으면 하는 바람이 있어요. 그래서 제 앞에 누가 있고, 나아가 제 뒤에 누가 올 수 있고… 이런 것들을 생각하면서 작업도, 활동도 지속해갈 수 있었으면 좋겠습니다.

“그림 그리는 행위를 누리고 싶다”는 이인성 작가의 말을 오래 곱씹어보게 된다. ‘그리기’라는 예술 행위가 갖는 매력은 단지 어떤 이미지와 형태를 표현하고 구현하는 것을 넘어 내 몸, 내가 지닌 호흡, 신체를 쓰는 방식 등 나만이 지닌 고유한 특성들이 흔적처럼 묻어난다는 것에 있는지도 모른다. 그러한 특성들을 더 잘 드러내기 위해 훈련과 연마의 시간이 더해져, 결국에는 내가 의도하지 않더라도 자연스럽게 자기 자신이 묻어나는 것. 이런 방식으로 예술가는 ‘나’라고 하는 한 사람의 고유한 자취를 새기고 남기면서 우리가 거주하는 세계의 면면들을 구축하는 데 일조하는 특권을 누리고 있는 것은 아닐까.
그러나 거기에는 세상의 많은 사람이 열심히 일하며 유용함과 쓸모에 종사할 때 ‘딴짓’을 할 수 있는, 시류에 ‘역행’할 수 있는 배포가 필요해 보인다. 내가 하는 무쓸모한 행위에 진심을 담으면서 사색을 지속하고, 사람들과 공유 가능한 언어를 고민하며 단련하는 일상을 기꺼이 내 삶으로 받아들일 수 있는 용기 같은 것 말이다. 앞서 같은 길을 걸어간 선배 예술가들을 보며 자신이 한 걸음 한 걸음을 떼었듯, 자신의 꾸준한 고민과 그 결과물들이 뒤따르는 이들과 아이들에게 희망 섞인 발자취로 남기를 바라는 이인성 작가와의 대화에서 그러한 용기뿐 아니라 그의 그림에 밴 은근한 온기를 느끼게 된다.

03

삶이 곧 예술이자 사랑의 증거

판화가·사회운동가 김키미

'사적 소품점, 단순한 것들을 기리는 노래' 운영(2023~현)
같이살자지구카페(2022)
강정, 송당, 담양 달빛서림(2014~2023)
고래가 될 카페(2010~2016)

키미 님은 일상과 예술 활동이 구분이 안 되는 사람이다. 삶 자체가 예술인 키미 님은 '아름다움', '아름다운 것'에 대한 시각을 확장시켜준다. 좋아하는 것을 계속 한다는 단순한 말로 자신의 활동을 정의하는 키미 님은 '아름다운 것'을 지키기 위해 그 '사랑의 증거'가 되기 위해 오늘도 조용하지만 강하게 속삭인다. 모든 것을 함축한 어휘로 이루어진 시 한 편 같은 그녀의 삶을 소개하고자 한다.

안녕하세요, 키미 님. 반갑습니다. 인터뷰에 응해주셔서 정말 감사해요.

안녕하세요. 반갑습니다. 여기 함평까지 와주시고 감사합니다.

키미 님을 어떻게 소개해야 할지… 어떤 수식어도 다 맞고 또 다 틀리다는 생각이 들어서요. 우선 키미 님을 환경운동가로 기억하는 분들이 있을 것 같아요. 제주 비자림 숲을 지키는 환경운동 때문이겠죠?

저는… 환경운동가보다는 사회운동가로 말하는 게 맞아요. 많은 사람이 환경문제를 사회문제로 인식하지 못하는 것 같아요. 환경운동이 힘을 자꾸 잃는데 사회문제라는 자각을 가지지 못해서예요. 그린워싱Greenwashing*도 그렇고요. 그래서 누가 환경운동가냐고 물어보면 굳이 그런 이야기를 써야 하는 경우에는, 저는 그냥 시민이라고 하거나 사회운동가라고 해요. 그래서 담양 달빛서림은 사회운동 서적 전문서점이 되고 싶었어요.

제주에서 하동으로 다시 담양으로 그리고 이제 함평으로 오셨어요. 담양과 함평은 광주와 인접한 곳인데요… 실제로 광주에서 마켓도 참여하시고 전시도 하시는 것을 봤어요.

---

* '하얗게 칠하다, 진상을 은폐하다, 눈가림하다'라는 의미의 whitewash에 친환경을 나타내는 green을 합친 합성어로 기업이 실제로는 환경에 악영향을 끼치는 제품을 생산하면서도 광고 등을 통해 친환경 이미지로 포장하는 행위

처음에 광주권에 와서 살 거라는 생각은 못 했어요. 그런데 경남 하동에서 담양으로 온 순간, 아직은 모르는 내 친구들이 이곳에 어마어마하게 있다는 느낌을 받았어요. 사실 말이 안 되지만 그렇게 큰 제주도 환경청이 광주에 속해 있어요. 제주도 환경을 지키기 위해 무언가 항의를 하려면 광주로 와야 했어요. 그래서 처음으로 광주에 왔는데, 환경청에서 저를 못 들어가게 하려는 걸 광주 녹색당원들이 보고는 자신들의 일이라고 생각해주셨어요. 광주에서는 이런 일이 있을 수 없다면서요. 그러고는 농성을 하려고 텐트를 쳤는데 그때가 9월 말부터 11월까지인가… 그랬는데 제가 그 기간 내내 정말 따뜻하게, 안전하게 지내다 갔어요. 전기담요를 주고 따뜻한 물이 나오는 화장실도 쓰게 해주었거든요. 텐트까지 릴선을 이어주셔서 전기담요를 잘 쓸 수 있었죠. 또 여자 혼자 오니까 걱정이 되었는지 텐트를 하나 더 세워주었어요. 그래서 제주도에서 한 사람씩 와서 함께 자주고는 했는데, 사실 제주도에서 매번 누군가 와줄 수는 없잖아요. 그럴 때마다 광주 분들이 한 분씩 와주고는 했어요. 누군가는 '민주적인 시민이 의사를 밝히는데 전기선을 뽑는 일은 있을 수 없다'라고 해주었어요. 그냥 무조건적인 사랑을 받은 느낌이었어요.

처음 광주에 온 이유는 가슴 아픈 사유 때문이었는데… 어떤 따뜻함을 느

끼게 된 거네요.

제주도에서 비자림 보존 피켓 시위를 하는데, 그때는 경찰이 동원되고 몇몇 공무원들이 피켓을 지근지근 밟고는 웃으면서 출근하는 모습을 보다가 이런 광주 시민들의 환대에 감동받았어요. 연대의 정이라고 할까요. 연대를 경험하면 '지역'이라는 우리가 흔히 말하는 경계들은 사라지더라고요. 경계가 순식간에 무색해질 수 있구나, 경계를 넘어서는 것이 우리들이구나 하는 생각이 들었어요. 저는 광주가 참 좋아요.

역설적이게도 지금 시대에 왜 지역일까? 나뿐 아니라 많은 사람이 왜 지역을 되돌아보는가를 생각해보았어요. 지구촌 시대에 나 역시 어떤 경계를 짓는 것이 아닌가 하다가 사실 우리가 지역의 고유성을 인정하는 것, 그 자체가 경계를 허무는 시작이라는 생각이 들어요. 그 생각에 공감한 사람들

좌측 사진 © 장영식 | 우측 사진 © 송동효

이난영, <깜빡하고 잠이 든 사이에>, 2019, 530x370cm

이 다시금 지역에 주목하는 것이 아닌가 싶고요. 서로를 영원히 모른 채 끝나는 것이 아니라 알고, 이야기 나누고, 이런저런 정서를 배우는 거죠. 경계를 허물기 위해서라도 우리는 알아야 한다, 이런 생각을 갖고 지역으로 회귀하는 것 같아요.

다음 질문으로요, 현재 운영하시는 '시적 소품점, 단순한 것들을 기리는 노래'의 이름은 어떻게 지으셨는지 궁금해요.

'단순한 것들을 기리는 노래'는 남편이 지었는데 여기에 제가 '시적 소품점'을 덧붙였어요. 〈단순한 것들을 기리는 노래〉는 파블로 네루다Pablo Neruda 시인의 시 제목이에요. 네루다는 우리 삶에 흔히 있는 것들을 기리는 노래를 시로 썼어요. 〈양말을 기리는 노래〉, 〈양파를 기리는 노래〉 이렇게요. 아마도 민중의 삶 면면을 노래함으로써 삶에 대한 존중과 감사, 사랑을 표현한 듯해요. 그 제목이 너무 맘에 들었어요. 제가 살고 싶은 삶과 제가 표현해내는 방식, 그게 카페건 소품점이건 저는 항상 비슷한 언어를 사용해왔어요.

거기에… 글쎄요… 그게 제가 가장 소중하게 여기는 단어였나 봐요. 무언가를 하더라도 거기에 '시적인'을 붙일 수 있는… 저의 삶의 태도, 애정, 사랑의 이름이 아닐까 생각이 들어요. 또 그렇게나 고요한 이름인 듯하지만 강하기도 하고요. 《녹색평론》이 어렵고 딱딱한 내용이잖아요. 그럼에도 고故 김종철 선생님께서 항상 시와 문학 작품을 실으셨거든요. 생활 전선에서도 이 부분이 '나'라는 걸 잃지 않겠다는 마음이시지 않았을까 싶어요.

키미 님께서는 시를 좋아하시나 봐요.

네, 정말 시를 좋아해요. 어렸을 때 장래희망이 늘 시인이었어요. 초등학교 2학년 담임선생님이 문두어 선생님이신데… 아무도 발견해주지 않았던 저의 문학 소질을 꺼내어주셨어요. '너는 할 수 있어'라는 말을 해주시는 순간 저는 그걸 할 수 있는 사람이 되었어요. 책도 선물해주셨고요, 백일장 같은 기회라고 할까요? 항상 그 기회를 연결해주셨어요.

재능을 발견해주신 고마운 선생님이시네요.

얼마 전 〈제주일보〉에 기고했던 글을 발견했어요. 초등학교 4학년 때 쓴 글인데 제목이 '돌하르방의 아픔'이에요. 그 시기 제주도에 관광 붐이 일고 갑자기 제주도 곳곳의 돌하르방이 시멘트로 바닥에 붙여지기 시작했어요. 돌하르방이 매연 속에서 이렇게 부자연스럽고 부당하게 있구나라는 생각에 그 글을 썼어요. 지금의 저와 너무 같아요. 아… 나는 변함없이 이런 마음을 갖고 있구나, 시인의 마음이구나 하고 생각했어요.

키미 님께서 말씀하신 '시적'이라는 것은 어떤 의미인가요?

시에 대한 이해는 시에 대한 믿음인 것 같아요. 사람에 대한 믿음처럼요. 결국은 그런 저의 마음이 이어져서 시적 소품점이 된 거 같아요. 그냥 모든 것에 대해 말하는 것 같아요. 제가 말하고 싶은 '시적인'은 문학의 '시'라기보다 세상을 그냥 순간순간 깨닫게 되는 그런 순간들을 말하는 거 같아요. 시인은 그런 것들을 결국은 발견해낸 사람들이고요. 나를 가장 나답게 하는 것은 단순함이라고 생각하는데요, 나를 지지해주고 그 경험을 함께하는 사람들의 삶도 유심히 쳐다보니까 단순하더라고요. 제가 지금 하는 일은 결국 단순하지 않으면 할 수 없는 거 같아요.

키미 님의 삶을 지지하고 함께해주는 사람들을 떠올려봤어요. 제가 그분들을 아는 건 아니지만, 키미 님의 활동 사진에서 키미 님과 같은 웃음을 짓고 있다고 생각했어요.

사실 저는 부끄러움을 매우 타고, 사회성이란 게 키워질 기회가 거의 없었어요. 하하. 그럼에도 '나는 바닷가 앞에서 카페를 해요' 하면 와주고 먼지가 많아도 꺄르르 함께 웃어주는 사람들, 서점인데도 책이 이만큼밖에 없지만 내가 진짜 사랑하는 책이에요 하면 '맞아요, 이거면 충분해요' 하는 사람들이에요. 이번에 제가 염색을 해서 옷을 파는데 그 어떤 사람도 '이거 전공했어요?' 하고 물어보지 않았어요. 제가 이렇게 세상에서 살 수 있는 건, 보호받고 지지받아서 가능했던 것 같아요.

저는 키미 님이 가진 본연의 에너지가 너무 좋아요. 아마도 많은 분이 저와 같은 마음으로 어디서든 와주시는 것 같아요.

서로가 그런 거 같아요, 서로의 마음이. 응원해주시는 많은 분 덕분에 살고 있는 것 같아요. 저는 모든 게 과정이고 모든 게 우리의 길 위에서, 내가 가는 길 위에서 일어나는 일들이라고 생각해

요. 그런데 왜 모두들 나에 대해 정의를 내리려 하고 내가 어디에 있는지 무엇을 하는지에 대해 정리를 하려고 하는 건지 오히려 묻고 싶더라고요. 왜 그런 것들이 궁금한지도요. 중요한 건 우리가 지금 만나서 같이 있고, 그게 좋고, 여기 있는 것을 선택할 수 있으니 그 인연이 감사한 거죠.

저는 키미 님이 보존의 가치를 중요하게 생각하는 분인 거 같아요.

자연뿐 아니라 오래된 모든 것들에 대해…. 아, 그렇게 말씀해주시니까… 저 스스로 저의 활동을 되돌아보게 되네요.

지금 하고 있으신 천연 감물옷을 포함해서 숲 보존, 토종씨앗 보존 활동들에서 '보존'이라는 가치가 중요하게 떠오르잖아요. 키미 님께서 이런 활동을 통해 전하고자 하는 어떤 메시지가 있는지 궁금했어요.

누군가 나를 지켜보고 질문을 해준다는 게 얼마나 큰 선물인지… 너무 고맙네요. 제 마음은 어찌 보면 아이 같은 상태인 것 같아요. 저게 너무 좋고, 다치지 않았으면 좋겠는 거죠. 너무 좋은데 다치니까 가만히 있을 수 없는 거예요. 숲에서 제가 하던 것들과 천연염색이 보존과 공존의 가치로 보였다면, 맞아요. 지금 하는 감물염색은, 사실 저희 어머니가 하셨던 전통 공예이자 좋은 브랜드로서의 감물염색일 때에는 관심이 전혀 없었어요.

어머님께서 전통 옷을 하시나요?

네, 저희 엄마를 가수 '은희'로 기억하는 분들도 있으실 것 같아요. 가수 생활하시다가 미국에 유학 가셔서 패션을 공부하셨고 제주 전통의 감물 들인 옷을 브랜드화하셨어요. 좀 더 일찍, 엄마가 힘이 있을 때 물려받았다면 지금보다 어쩌면 상황이 나았을지도 몰라요. 돌아 돌아왔지만, 다시 함평으로 온 이유는 여기에서 의미를 발견했기 때문이에요.

어떤 의미를 발견하셨나요?

전통 공예로서의 천연염색은 아무 의미가 없었어요. 무언가를 뽐내는 그런 것일 때는요. 비싸고, 단순하지도 않고. 제가 강을 좋아하잖아요. 어느 날 사진을 한 장 보았는데 인도의 염색공장에 염색물이 타르처럼 굳어 있는 사진이었죠. 그때에서야 생각이 났어요. 엄마가 하고 싶었던 세계적인… 우리 것이 뛰어나서라고 하셨을 때에는 상관없었는데, 음… 청바지 자연염색이었던 인디고가 화학염색이 된 지 오래되었거든요. 전통 공예가 아닌, 화학염료가 아닌, 토종씨앗처럼, 자연농법처럼 여기에도 내가 할 일이 있구나라는 발견을 한 순간 이곳에 오게 되었어요. 사실 그전에는 가족과 교류를 거의 끊고 살았어요. 너무 높아져 있는 천연염색 옷들의 가격을 보고는… 한 번 해볼까 싶어졌어요.

사진 © 하무

키미 님이 생각하시는 천연염색의 의미나 가치는 그럼 어디에 있다고 느끼는 걸까요?

저는 유기농 면이 너무 소중한 걸 알아요. 내 몸에 좋은 면도 맞지만 땅에 좋은 면이라는 의미가 더 크잖아요. 그래서 이런 철학을 실천하는 '그린 블리스GREEN BLISS'와 같은 브랜드를 좋아해요. 결국 사회에서 필요한 것은 대량생산이에요. 자연염료라 하지만 마감은 화학염료를 쓰고, 대량으로 재배해서 파우더로 만들기까지의 공정은 묻지 않아도… 알 수 있을 것 같았어요. 토종농법처럼, 자연농법처럼 내가 사랑하는 농부님들의 장터에 들고 나갈 수 있는 그런 옷을 만들면 좋겠다고 생각해요. 그리고 이것은… 사실 제가 가지고 있는 부채의식 때문이기도 해요.

누구에게요? 어떤 부채의식일까요?

이 염색을 하는 것만으로도 뛰어나다고 생각했던 나름의 전통이라는 권위의식이 있어요. 그것을 저도 자연스럽게 갖게 되었는데, 제주에서 젠트리피케이션gentrification을 경험했던 제가 이제 깨달았어요. 우리 엄마가 뉴욕에서 패션을 전공하고 한국에 돌아와서 5일장에서 5,000원짜리 노동복으로 남아 있던 옷을 몇백만 원짜리 옷으로 높여놨어요. 이 갈물옷이 고급화가 되면서 사라질 위기에서는 벗어났지만, 우리 할머니들의 노동복으로 5,000원짜리 감물옷은 더 이상 못 사게 되셨겠네, 하는 미안함이 있어요. 노동복으로 가장 의미가 있었기에 지금까지 살아남았던 것인데 그 기능이 없어진 거죠. 점점 기괴한 옷이 되어가고 있는 거예요.

언제부터 그런 생각을 하시게 된 건가요?

제가 〈씨앗의 시간〉이라는 다큐멘터리를 봤어요. 토종씨앗 작업을 하시는 분들이 비닐 천막에서 그런 옷(요즘 파는 얇은 일복)을 입고 계시는데 너무 죄송한 거예요. 이제는 시장에 가도 천연염색 옷은 몇십만 원 하거든요. 그 부분에서 내가 돌려드릴 게 있구나, 농부들에게 노동복만큼은 돌려줘야 하지 않을까, 하고요. 물론 다시 5,000원이 될 수는 없지만요. 옷이라는 게 그렇잖아요. 무언가를 표현하는 것.

고은 선생님의 마르쉐 수업을 들었어요. 스스로 만들고 지켜내어서 혜화동 마르쉐**에 들어갈 수 있는 옷을 만들면 되겠구나 싶었어요. 사랑하는 것을 지키고 싶은 그런 아이 같은 마음이 생길 때, 무척 자유로운 듯 보여도 내 안에서 정말 '이거다' 하는 순간

** 마르쉐@, '장터, 시장'이라는 뜻의 프랑스어 마르쉐marché에 장소 앞에 붙는 전치사 at(@)을 더해 지은 이름으로, 어디에서든 열릴 수 있는 시장이라는 의미를 가진다. 2012년 10월 대학로 예술가의 집에서 첫 장을 연 마르쉐@는 '돈과 물건의 교환만 이루어지는 시장' 대신 '사람, 관계, 대화가 있는 시장'이 하나쯤 있었으면 좋겠다는 바람에서 시작되었다. http://www.marcheat.net/about/

에 움직여요.

'이거다' 하는 순간에 움직인다는 한 말씀으로, 키미 님의 지금까지의 모든 활동이 설명되는 것 같아요.

내가 살 사회를 스스로 만들어서 살아온 것 같다는 생각을 해요. 저는 너무 '경계'가 없는 사람처럼 느껴졌어요. 그 '경계'를 만들어야 하는가를 10년인지 20년인지 모를 긴 시간 고민했던 것 같아요. 사실 저는 직업이나 장래희망을 물어볼 때마다… 나를 어떤 카테고리 안에 꼭 넣어야 하는 것인가, 왜 그래야 하지, 하고 생각해요. 저는 학교를 강제적으로 가지 않았고, 졸업을 하지 않았는데 강의를 하고, 그 어떤 경계가 없는 삶을 살았어요. 덕분에 정말 다양한 일을 하기도 했고요. 그래서 고민을 다시 해보게 되었는데 결국은 내가 하고 싶은 것을 하는 것이지 나 자신을 그 일에 맞춰 자꾸 정돈해 나가는 것은 아니라고 생각해요.

특히 판화에서도요. 판화가로서 키미 님의 생각을 듣고 싶었어요.

판화는 저에게는 반성문과 같아요. 제주 강정에 살면서 판화라는 것이 사람들에게 어떤 이야기를 전할 수 있는 매체임을 알았고, 판화를 저렴하게 엽서로 만들어서 판 이유는 판화를 나누기 위함이 맞는 것 같아요.

네, 저도 달빛서림에서 키미 님의 판화엽서를 몇 장 샀는데, 사실 고르기가 어려웠어요. 그런데 나눔을 위해 엽서로 만든 것이라고는 생각하지 못했어요.

물론 제 판화를 인쇄물로 만들어주는 친구가 있었기 때문에 가능했어요. 유기농 주스를 짜고 남은 찌꺼기로 만든 종이에 콩기름 인쇄를 해주는 고마운 친구가 있어요. 그런 도움이 있었기에 가능했어요. 판화를 아껴주시는 분들이 제 노력에 비해 많이 계셔서 그분들 덕분에 감사히 살고 있죠.

그럼, 나누기 위함이란 생각은 어떻게 하신 건지요.

제가 좋아하는 판화는 오윤 작가님과 같은 민중미술을 하는 분들의 판화거든요. 그분은 함께하는 그룹이 있는데 판화는 보통 이건 200개만 찍고 폐기하겠다 하는 약속이 있어요. 그래서 초판일 경우 가격이 높고 뒤로 갈수록 가격이 점점 낮아져요. 이게 관례인데, 오윤 작가는 판화에 시리얼 넘버를 남기지 않으셨어요. 할 수 있는 만큼 민중들의 판화를 찍어서 많은 사람에게 남기는 것이 우리의 사명이라는 생각을 하셨다는 글을 읽는 순간 '판화라는 것은 이런 거구나!' 하는 생각을 했던 것 같아요.

키미 님의 판화에는 항상 같은 인물이 등장해요. 그 인물이 키미 님인 것

같고요.

맞아요. 판화는 그냥 저예요. 그냥 저… 어릴 때부터 낙서처럼 그렸던 눈 감고 있는 평온한 얼굴이 사인이랄까 낙서랄까, 항상 그리던 그냥 저예요. 그냥 그거 하나예요. 글들은 지어냈다기보다 반성문, 일기 같은 거예요. 또 너무 좋은 글귀들을 만났을 때, 판화를 파게 되고요. 새로운 친구들이 우리 밀 빵집이나 채식하는 곳, 요가하는 곳에 가면 제 판화가 하나씩 걸려 있다고 해요. 그런 이야기를 들으면 정말… 언제나 감사하죠. 참 이상해요. 서로들 선물해주고요. 감사할 뿐이죠.

말씀은 반성문이라고 하셨지만, 그래도 글과 그림이 들어가잖아요. 담고 싶은 메시지가 있을까요?

우리가 지금까지 나눈 이야기와 연결된다고 할 수 있어요. 판화 작업을 하려면 꼬박 사흘은 걸려요. 제가 관절염이 좀 있어서…. 손이 아플 일만 하고 살았기 때문에. 하하. 그래도 요즘 또 하고 싶은 작업이 두 가지 생겼어요. 하나는 〈켄로치 나의 올드 오크〉라는 영화가 다시 개봉해요. 예고편에 '우리가 함께 밥을 먹을수록 우리는 강해진다'라는 말이 나와요. 저는 항상 먹거리를 중요하게 생각하나 봐요. 그 말을 보는 순간, 판화를 파고 싶더라고요. 또 얼마 전에는 훌라춤을 추시는 분이 'Live Aloha'라고 말씀하시더라고요. 그분 말로는 '사랑하며 살아라'라는 의미래요. 또 대감동하고 고백 편지를 보냈어요. 이 동작을 찍어서 보내주실 수 있냐고 했는데 몇 장 찍어서 보내주셨어요. 제가 조금 덜 아프면, 상황이 조금 나아지면 하려고요. 판화 작업을 할 때마다 떨려요. 하고 싶다, 해야 한다가 아니라 나는 지금 이걸 '한다' 이런 생각을 해요. 너무 떨려요. 마치 선생님처럼요. 저와 인터뷰를 위해 '언제 갈까요?'라고 하신 것처럼요.

저처럼요? 감사해요.

누군가가 요가를 하듯이 혹은 산책, 그 무언가를 하듯이 말이죠.

저에게는 그게 판화인 것 같아요. 판화가 수양 방법? 나의 수행? 그런 거 같아요. 어떤 '예술'이라기보다는 가장 개인적인 시간이기도 한데, 그걸 사람들이 작품으로 봐주셔서 그저 감사할 따름이에요. 제가 나무를 써도 나무에 미안하지 않을 정도가 된다면 목판화로 넘어가고 싶어요. 지금은 음… 아직은 아쉬워요. 나무 베지 말라고 막 운동하고 다녀놓고 그렇게 소중한 나무인데 아직 실력이 안 되는 제가 함부로 쓴다는 게. 지금은 리놀륨이라고 흔히 말하는 고무판화를 해요.

작품을 만드는 과정이 내면의 문제를 끄집어내어 예술작품으로 간다는 점에서는 수행이 맞는 것 같아요.

맞아요. 제가 사랑하고 아껴온 것들은 더 아름답기 위해 존재하기보다, 그냥 진실한 그 상태 그대로인 것들이에요. 그대로가 가장 아름답다고 느끼는 단순한 마음이요. 그런 마음을 그리고, 판화를 만들고 그래요.

연대에 대해 물어보고 싶어요. 현재 광주 영화의집에서의 '지구농장터'나 벌교 '풀풀장', 그 이전에 '제주 자연그대로 농민장터' 등 소농들의 유기농 농산물이나 가공품, 친환경 제품 등을 판매하는 마켓에 참여하시고, 기후위기 시위에 참여하는 것도 그렇고요. 연대의 힘이 뭘까요?

좋아서 가요. 그리고… 내가 그곳에 셀러로 참여하지만 소비자이기도 하고요. 제주도에 있을 때 아무리 힘든 서점이라도 따뜻한 날에는 서점에 손님들이 몇 있어서 못 나갔지만 추운 날에는 꼭 자연그대로 농민장터에 참석하려고 노력했거든요. (광주)지구농장터도 그래요. 같이 있고 싶어서 나가요. 제가 느끼기에는 그렇게 맛있는 게 없고, 그렇게 좋은 게 없어요. 함께하는 이들이 제가 살아가고 있는 터전의 사람들이고요. 저를 좋아하는 사람이 또 그곳에 와요. 그렇게 사람들이 모이기 때문에 할 수 있는 것 같아요. 연대하는 힘은 정말 추운데 따뜻한 옷을 선물 받은, 그 사람의 마음 같아요. 연대라는 것은 뭐랄까… 다른 단어가 될 수도 있는데 저에게는 사랑이에요. 한 사람 한 사람이 와서 건네는 손길. 사실 넉넉한 사람은 한 명도 없거든요. 사랑인 것 같아요.

연대하는 힘은, 결국 사랑이다….

예전에 누군가가 물어보면 이렇게 답하곤 했어요. 저에게 사인을 요청하거나 하면 그림 밑에 쓰는 문구이기도 한데 '사랑이 이기고 평화가 남아야 부끄럽지 않을 텐데…'라는 말이에요. 그게 제가 처음 함부로 베어졌던 숲에 덩그러니 혼자 남았을 때, 스스로를 글 쓰는 사람이라고 생각했는지 뭔가 어떤 선언을 하고 싶었나 봐요. 그때 급히 환경연합 같은 곳에 연락해서, 혹시 제주에 환경선언문 같은 것이 있는지 있으면 보내달라고 했어요. 환경선언문이 있다면 옮겨 적으려고 혹시 몰라 붓과 종이를 가져왔다고요. 그런데 없대요. 제주에는 그런 게 없대요. 제주만큼은 있어야 하거든요. 그래서 그 자리에서 환경선언문을 하나 적어서 두고 왔어요. 그 끝 구절에, 아마도 제 진심이 가장 많이 담겼던 거 같은데… '사랑이 이긴다. 그리고 나는 그 사랑의 증거가 되고 싶다'라는 말을 적었어요. 적어도 우리는 사랑이 이기는 세상에서 살아야 하잖아요. 그래서 그렇게나 사랑 타령을 하나 봐요.

키미 님에게는 '사랑'이라는 가치가 그 무엇보다 중요하게 느껴져요.

제가 바닷가에서 작은 책방을 할 때, 잠시 자리를 비웠어요. 누군가가 꾸며진 책방을 보고 제 친구에게 '저 키미라는 사람은 전공이 뭐예요?' 하고 물어봤어요. 친구들이 '사랑'이라고 대답했대요. 그 뒤로… '맞아, 나는 그게 맞아'라고 생각했던 것 같아요. 그냥, 그냥… 그게… 그렇게 살고 있는 것 같아요. 더 그렇게 살고 싶고, 그것만은 잃지 않고 싶어요.

사랑의 예술가라고 말하고 싶네요. 키미 님은 정말 정의하기가 어려워요. 사실 어떤 수식어를 일부러 붙이면 어울리지 않을 것 같기도 했거든요. 몇 개의 내가 아는 언어로 키미 님을 정의하기가 실례되는 것 같았는데 지금

까지 나눈 이야기를 되새겨보면 키미 님을 '사랑의 예술가'라고 말하면 될 것 같아요.

마지막으로 키미 님이 만들어나갈 삶에 대해서 여쭤보고 싶어요.

저는 배우고 싶은 게 너무 많아요. 무명 짜는 법도 배우고 싶고. 무명을 배우는 것은 염색을 하는 사람으로서 꼭 필요한 펜을 얻는 것과 같아요. 무엇을 써도 아름다운 종이를 지니게 되는 거죠. 먹고살 만해지면 배우자… 이런 검열을 스스로 해요. 그런 삶을 살지 않았다고 생각하는 저조차도 그런 검열을 계속하게 되더라고요. 저는 계속 배우고 싶어요. 스페인어, 포르투갈어도 배워서 제가 너무 좋아하는 노래 가사를 읽고 알고 싶고요. 그런데 제 좌우명이 '대충 살자'로 바뀌었어요. 세상이 아무렇게나로 바뀌었는데, 나 혼자 너무 열심히 살려고 하더라고요. 어디서든 부딪힐 준비를 하고 살고 싶어요.

광주 '지구농장터'에서 처음 키미 님을 만났다. 나는 꽤 오래전부터 키미 님의 존재를 알고 있었고 키미 님은 어떤 사람일까 생각하며 한 번은 꼭 만나보고 싶다는 마음을 품어왔다. 그래서인지 한눈에 키미 님을 알아봤다. 생각지도 못한 첫 만남에, 그 반가움을 숨기지 못했다. 그날 이후 담양 달빛서림에서, 그리고 이번 인터뷰를 위해 함평에서 다시 만났다. 키미 님은 진한 카키색의 올드카와 함께 함평역으로 나를 마중 나왔다. 키미 님의 언어대로 아름다운 자동차였다.

좋아하는 것을 지키기 위해 행동하는 마음을 단순함이라고 표현한 것이 머릿속을 떠나지 않는다. 아이와 같다는 말을 곱씹어보니 정말 단순함이 맞구나 싶다. 그 단순함은 네루다의 시어처럼 키미 님의 삶 속에서 생동하는 듯했다. 그녀가 하는 모든 활동에서 그 생동이 느껴졌다. 누군가 나에게 키미 님의 어떤 활동이 예술 활동이냐고 묻는다면, 나는 그녀의 삶을 찬찬히 들여다보라고 할 것 같다. 예술과 삶을 떼어놓고 생각할 수 없는 사람이라는 것을 아마도 금세 알아차릴 테니.

키미 님과의 대화는 연인과의 대화처럼 간질거렸고, 아이들과의 순수한 귓속말처럼 미소지어졌고, 부모나 스승의 조언처럼 따끔거렸다. 키미 님의 말처럼 조만간 아무 일 없이 만나 엄청 느린 산책을 함께할 날을 그려본다.

2장

뜨거운 마음으로

아쟁 연주자 · 음악감독 유세윤

시민예술가 박새별

연극인 · 독립기획자 임인자

WE
ARE
ARTISTS

01

새 음악에 대한 갈망을 추동 삼아 경계를 넓히다

아쟁 연주자 · 음악감독 유세윤

제15회 21세기 한국음악 프로젝트 장려상(2021)
제13회 21세기 한국음악 프로젝트 동상(2019)
제25회 임방울국악제 퓨전판소리부문 최우수상(2017)
제23회 임방울국악제 퓨전판소리부문 우수상(2015)
제22회 임방울국악제 기악 일반부 최우수상(2014)
앙상블 련 2집 〈In the original〉(2020)
앙상블 련 1집 〈삶, 죽음, 사랑, 이별〉(2018)
유세윤×박상민 뉴미디어 퓨전국악 앨범 〈Pure Land〉(2019)

'내가 재미있고 내가 좋아서 하는 음악' 프로젝트 그룹 '앙상블 련'의 공연을 보고 있자면 누구라도 이런 인상을 받지 않을까. 오랜 시간 팀원들과 함께 새로운 음악 영역을 열어가고 다양한 시도를 해온 자취 이면에는 어떤 과정들이 있었을까? 국악이라는 하나의 장르를 넘어 '국악의 세계 음악화'를 실험하고 연구하는 유세윤 음악감독을 만나 음악 창작의 세계에 대한 이야기를 나누었다.

처음 뵙겠습니다. 인터뷰에 흔쾌히 응해주셔서 감사드려요. 간단한 자기 소개 부탁드립니다.

반갑습니다, 선생님. 저는 아쟁을 전공했고, 음악하며 작곡하며 사는 유세윤입니다.

선생님께서는 아쟁 연주자로 처음 음악을 시작하신 거죠?

실은 아닙니다. 아쟁 연주자가 되기 전에 클래식 피아노를 오래 했어요.

아, 그러세요? 피아노를 하다가 국악인이 되셨다니, 선생님의 배경이 더 궁금해지네요.

어릴 때부터 피아노를 치다가 중학교 때 광주예고 입시준비를 해야 하는데, 그때 사춘기가 와가지고 연습을 제대로 안 했죠. 그래서 예비후보로 대기하는데, 마침 '특별전형'이라고 해서 '시창청음' 시험을 보고 성적이 괜찮은 친구들을 국악과로 편입시켜주는 기회가 있었어요. 딱 저희 나이대에 국악 지원자가 많이 없었나 봐요. 운 좋게 그 전형으로 광주예고를 들어갔고 처음에는 피리를 전공했죠. 향피리를 열심히 배웠는데 뭔가 저랑 악기 성향이 좀 안 맞더라고요. 또 국악과로 전과를 하니 이방인 같은 느낌도 들고, 선배들이 군기 잡고 하는 것에 괜히 반항심도 생겨서 학교를 가는 둥 마는 둥 다녔어요. 겨우겨우 유급만 안 당할 정도의 상태에서 2학년을 올라갔죠. 하하.

그런데 고1 겨울방학쯤이었나? 어차피 학교를 계속 다닐 거면 뭔가 좀 해야겠다는 생각이 들던 차에, 우연히 친구 따라가서 공연을 하나 봤어요. 전통 민속악 기반의 국악 공연이었던 것 같은데 '아쟁'이라는 악기가 딱 가운데 앉아가지고 연주하는 모습이 너무 멋있어 보이는 거예요. 기왕 음악을 할 거면 저렇게 좀 센터에 앉아서 해야 멋들어지지 않나? 이런 생각을 한 거죠. 제가 원래 했던 피아노 자체도 약간 솔리스트 악기잖아요. 물론 반주악기 역할도 많이 하지만요. 협연을 다니거나 독주회를 하거나 그런 느낌이 강하기 때문에, 국악 악기 중에서는 아쟁이 중심에서 무언가 하는 걸 보니 저것이 나에게 맞는 악기다 싶더라고요. 어린 마음에는 음악 자체가 아니라 그 가운데 앉아 있는 자체가 멋있어 보였으니 철이 없었죠. 하하.

하하. 그래도 운명처럼 아쟁이란 악기를 만나셨네요. 선생님 이야기를 들으니 좀 이해가 되는 것 같아요. 음악계를 잘 모르는 제 입장에서는 보통 어릴 때부터 국악을 접하신 분들이 정통 국악을 계속하실 것 같다는 이미지도 있거든요. 전통을 이어가야 한다는, 어찌 보면 보수적일 수 있는 분위기 속에서 지금은 국악 외 다른 장르를 지속적으로 시도하는 게 쉽지 않으

셨을 것 같은데 혹시 부모님께서도 음악을 하셨다거나 어떤 특별한 배경이 있으셨을까요?

네. 어머니는 취미로 피아노를 좀 치셨고, 아버지는 민중가수셨어요. 민중가수는 5·18 혹은 남북 분단에 대한 아픔을 노래하는 가수들을 칭하는데 그쪽 음악 세계에서 싱어송라이터 활동을 하셨어요. 저희 부모님은 바라는 게 무조건 딱 하나였어요. 어릴 때부터 제가 그냥 전남대학교 음악과에 들어갔으면 좋겠다고 하셨어요. 그래서 제가 예고 다니면서 방황할 때 공고(자동차학과)로 옮기고 싶다고 조른 적도 있는데, 음악을 해야 한다며 끝까지 안 들어주시더라고요. 하하. 결국 부모님 뜻을 따라 전남대학교에 들어갔습니다. 음악과 대신 국악과로요.

그렇군요. 음악이 흐르는 집안에서 자라면서 다양한 음악들에 많이 노출되셨을 것 같아요.

아무래도 그렇죠. 제가 여섯 살에 처음 피아노 학원을 갔는데, 어릴 때는 엄마 등쌀에 좀 강압적으로 음악을 했던 것도 있어요. 일요일만 빼고 매일 8시부터 9시까지 딱 연습해야 하는 시간도 있었고, 그걸 초등학교 1학년부터 6학년까지 계속했거든요. 피아노 대회 같은 데 나가면 항상 상을 타고 플래카드도 걸리고 하다 보니 선생님들도 얘는 음악으로 성공시켜야 한다, 이런 식으로 엄마한테 바람을 많이 넣었던 것 같아요. 그래서 엄마도 다른 곳에 좋은 선생님이 오셨다고 하면 멀어도 그 학원으로 옮기기도 하면서 피아노를 계속 시키셨죠.

그러는 와중에 1993년도쯤인가? 디즈니에서 〈라이온 킹〉이라든가 〈미녀와 야수〉, 〈백설공주〉, 〈신데렐라〉 이런 영화들을 어마어마하게 쏟아내던 시기가 있었잖아요. 엄마가 그걸 일요일마다 비디오로 보여주었어요. 지금 들어도 그 음악들은 퀄리티라든가 전개 방식이 미쳤거든요. 그래서 제가 그걸 두 번, 세 번 보면서 어떤 부분을 듣고 엄마에게 말했죠. "엄마, 이 부분 음악이 너무 좋아. 쳐보고 싶어." 그러면 엄마가 어떻게든 그 악보를 찾아다 주셨어요. 옛날에는 광주 시내 나가면 음악 테이프랑 CD 파는 곳에서 노란색 종이로 된 500원짜리 악보를 팔았거든요.

그런데 그걸 아까 매일 정규 연습 시간에는 못 쳐요. 그때는 클래식만 할 수 있거든요. 8시부터 8시 20분까지는 뭐 〈하농〉, 20분부터 40분까지는 〈체르니〉, 이후에는 뭐 소나타…. 그러니까 그 악보는 연습이 없는 일요일에 치는 거예요. 그렇게 제가 듣고 싶다는 음원들, 악보들을 다 구해다 주셔서 테이프 듣고 악보 보면서 쳤죠. 집에 들어가면 항상 팝송을 듣게 되었던 것도 있고요.

엄격하셨지만 다양한 음악 세계를 열어주려고 했던 어머님의 마음이 느껴

지네요. 대표님이 활동하는 그룹 '앙상블 련'은 전남대학교 국악과와 음악과 학생들로 구성되어 있던데, 그럼 대학교 국악과에 진학하면서 서양음악을 하는 분들과 본격적인 교류를 하신 걸까요?

실은 대학교 막 들어가서는 그럴 시간이 없었어요. 모든 게 새롭고 즐겁고, 또 적응도 해야 하니까요. 그러다가 2학년 2학기 때 일반병으로 지원해서 군대를 갔어요. 대대에서 가장 높은 분을 모시는 운전병이었는데 군 생활도 좀 편하고 만족스럽게 했던 것 같아요. 군 생활이 너무 체질에 맞아 보였는지, 주임 원사님이 계속 저한테 전문하사 권유를 하시더라고요. 그때는 무슨 소리냐고, 저 전역하고 싶다고 했는데, 지금 돌이켜 생각해보니 전문하사라는 걸 좀 해볼 걸 그랬어요. 군대 있을 때 집이 엄청나게 망해버렸거든요.

애고, 상황이 갑자기 어려워지셨나 봐요.

네. 그래서 원래는 전역하자마자 복학하고 음악해야지 하는 꿈에 부풀어 있었는데 그게 안 됐어요. 휴학하고 밖에서 무려 2년 동안 일을 했죠. 국악이랑 전혀 관련 없는 택배 상하차, 대리운전, 서빙 등 이것저것 다 했어요. 일주일에 하루도 안 쉬고. 그거 하면서 악기 살 돈 모으고, 한복 살 돈 모으고…. 학교 다니는 데도 돈이 필요하니까 그렇게 일을 하다가 복학했죠. 그런데 집이 이렇게 어렵고 국악을 계속할 여건이 안 되는데 학교를 다니는 게 맞나 하는 생각이 들더라고요. 그래서 복학 초기에만 해도 앞으로 국악은 안 하지 않을까, 일단 졸업만 빨리 하고 다른 일을 찾아야 하지 않을까 하는 생각을 했습니다.

그러셨군요. 확실히 삶의 여유까지는 아니더라도, 기본적인 생존 문제가 확보되어야 예술이란 활동도 가능해진다는 생각이 드네요.

그렇죠. 인심만 곳간에서 나오는 게 아니라, 예술이라는 것도 곳간에서 나오는 게 맞는 것 같습니다. 명성 있는 피아니스트나 음악가들이 편의점, 택배 알바하며 성공했다는 얘기는 드물잖아요. 정말 그것 하나에만 온전히 몰입할 수 있는 환경이어도 될까 말까죠.

그러다가 어떻게 또다시 시작하게 되셨어요?

복학하고 학교에 다니는데, 제가 돈이 없으니까 후배들 통닭에 맥주라도 사주고, 어디 데리고 가서 밥이라도 챙겨주고 해야 하는데, 할 수 있는 게 뭐가 있었겠어요? 그냥 연습했죠. 학교에 오시는 선생님 레슨 말고는 따로 레슨 받을 돈이 없으니까 CD나 MP3를 선생님 삼아서 그걸 틀어놓고, 돌려서 또 듣고, 그대로 따고 또 듣고, 그런 식으로 연습을 계속했어요. 그때가 좀… 제 인생이 많이 초라하게 느껴지고 힘든 시절이었어요. 당시 주머니에 2,000원인가 좀 넘게 있었는데 저녁은 안 먹었는데 연습은 해야겠고, 담배도 떨어졌어요. 그래서 그때 담배가 2,500원이고, 육개장 사발면이 550원인가 했을 거라, 사발면 대신 담배를 먹으면서 연습하고…. 하하하. 그렇게 학교생활을 했습니다.

돈이 없는데도 무기력해지지 않고 음악을 더 열심히 연습한 거네요.

하하. 그러네요. 그런데 제가 열심히 하니까 함께하려는 친구들이 옆에 하나둘씩 생기더라고요. 후배들 중에 같이 뭘 해보자고 하는 친구들이 있었어요. 그래서 당시 순천 낙안읍성에 상설 공연이 있는데, 그 공연팀으로 제가 합류하게 된 거예요. 그때 처음 팀을 만들었고 그 팀 이름이 '흘림'이었어요. 전라도 지역 씻김굿에 쓰이는 '흘림 장단'의 이름을 따서 지었는데, 그 팀 활동을 열심히 했어요. 그때를 계기로 다시 음악에 재미도 찾고, 공연도 열심히 하고 했던 것 같아요.

그 활동이 '앙상블 련'으로 이어진 건가요?

맞습니다. 그때 대금 부는 단원하고 소리하는 단원이 지금 '앙상블 련'에 있어요. 시작부터 같이했는데, 중간에 제가 대표를 맡으면서 음악적 역량을 좀 더 키워보고 싶은 욕심이 생겼어요. 그 일

박상민(퍼커션), 유세윤(음악감독, 작곡과 아쟁), 이미소(보컬), 임지영(타악), 최희선(피아노), 임황철(대금)

환으로 다양한 친구들과 협업을 해보려고 전남대학교 음악과 출신 친구들과 함께하면서 지금의 앙상블 련이 만들어졌습니다.

앙상블 련 대표를 맡으시고 나서 품은 팀의 활동 목표나 비전 같은 것이 있나요?

순전히 음악을 하려고 만들었어요. 돈 벌기 위함이 아니라. 저한테는 이 동네 음악(기존에 해왔던 정통 국악이라는 영역)은 너무 뻔하니까 우리도 약간 한양에 있는 애들처럼, 좀 멋들어진 걸 만들어서 해봐야 하지 않겠냐, 하면서요.

이런 동기가 단순하게 생각될 수 있는데, 실은 이 영역 안에서 계속 같은 레퍼토리를 반복하는 것이 '남의 음악'을 하는 것 같아서 저는 좀 싫더라고요. 남들 음악을 계속 우리가 카피해서 공연 다

니고, 이런 게 뭔가 자존심이 상하기도 하고. 내가 새로 만들어서도 잘할 수 있을 것 같은데? 이런 생각이 드는 거예요. 그래서 이제 작곡도 처음 시도해본 거고요. 작곡이란 걸 제대로 배운 적은 없지만 이렇게 하면 되지 않을까 하면서 무작정 해본 거죠.

'한양'이라는 말이 재밌게 느껴지는데, 서울을 지칭하는 것이 맞지요? 그 표현을 쓰시는 특별한 이유가 있을까요?

국악 하는 사람들은 서울을 '한양'이라고 많이 표현해요. 판소리

사설이 보통 조선시대부터 전해 내려오는 것이기 때문에, 현대에 들어와서 사설의 구조가 현대식으로 조금 바뀌기는 했어도 서울은 항상 '한양'이라고 표현을 해왔죠. 재미로도 역사적으로도 의미가 있어서 그 표현을 많이 쓰는 것 같아요. 번외로 '경성'이라는 표현은 안 씁니다. 하하.

흥미롭네요. 다시 팀 활동 얘기로 돌아가보면, 새로운 음악에 대한 갈망 같은 게 있으셨던 걸까요?

그쵸. 저에게는 새로운 창작물, 새로운 콘텐츠, 새로운 음악, 이런 것들이 필요했던 것 같아요. 지금 생각해보니, 그때가 제 삶에 큰 변화가 있었던 시기구나 싶어요. 사실 힘든 적도 있었기 때문에 '그냥 졸업만 하자'라고 생각했는데, 이 팀 활동을 하면서 국악 자체를 좀 더 열심히 하게 됐어요. 노력하고 연습하고, 그러다 보니 좋은 선배들과 좋은 사람도 만나게 되고, 같이 또 음악 작업하면서 자연스럽게 연결이 되더라고요.

상황 때문에 어쩔 수 없이 CD와 MP3를 선생님 삼아 의지하셨지만, 그 과정에서 귀가 더 섬세해졌을 것 같다는 생각도 들어요. 계속해서 소리에 귀 기울이고 반복하면서 고유의 음색을 찾고, 소리를 정교화시켜 가는 과정은 누구한테 설명이나 지도를 받는 거랑은 다른 차원일 것 같아서요.

그런 점도 없지 않아요. 사실 지도로만 이루어지지 않는 것들, 혼자서 깨달아야 할 것들이 예술 활동에는 많거든요. 테크닉이나 기교 같은 건 이렇게 저렇게 하면 된다고 배우는 것도 있겠지만, 더 나아가서 그 안에서 미세한 음의 이완과 수축, 혹은 감정 표현을 위해 리듬이나 멜로디를 가지고 놀고 하는 부분은 내 손이 자유로워졌을 때만이 가능한, 그러니까 오랜 경험과 숱한 반복, 연습을 통해 축적된 경험치로 이루어지니까요. 그래서 CD든 MP3든 수천 번 들으면 음악 속 연주자가 왜 이 지점에서 이렇게 연주했는지, 이 사람도 여기서 틀렸구나, 이런 부분까지 알게 되는 것 같아요. 몰입하고 집중해서 듣는 동안 귀가 많이 열릴 수 있다는 점에서, 음악을 하는 사람이라면 한 번쯤 해볼 필요가 있는 작업인 것 같습니다.

뭔가 소리 자체를 '연구'하는 작업처럼 느껴지네요. 예술이라는 영역은 감각이 관여하는 부분이라 어떻게 했을 때 어떤 소리가 나는지, 이런 한 끗 차이가 참 다른 무언가를 만들어내는구나 싶어요. 악보가 있어도 연주자에 따라 그 악보를 구현해내는 방식과 접근이 다르고, 그런 것들이 개개인마다의 독특한 음색을 만들어낼 텐데, 말씀하셨던 연구의 시간이 그런 표현을 만들어가시는 데 큰 역할을 하지 않았을까 하는 생각도 드네요.

제가 했던 것에 그런 철학적인 의미가 담겨 있다고 생각하니까

새삼 멋있게 느껴지기도 하네요. 하하. 사실 지금에 이르기까지 꼭 필요했던 과정이라는 점에서 '연구'라는 거창한 표현도 맞는 것 같습니다.

창작하신 음악을 들어보면 라틴음악, 인도네시아음악, 재즈, 중동음악 등 범주가 무척 다양하던데, 앙상블 련에서 다뤄지는 음악들은 어떻게 탄생하나요?

그런 음악들은 제가 리더의 권한으로(?) 팀원들에게 먼저 제안하는 편인 것 같아요. 확실히 제가 너무 다양한 장르의 음악을 다루는 것 같아 우려가 되기도 하지만, 음악을 하고 곡을 써가니 시도하고 싶은 게 점점 많아지더라고요. 소위 퓨전 국악, 창작 국악, 크로스오버같이 국악의 어떤 한계점을 극복해 나가려는 음악들은 역사가 꽤 오래되었어요. 1980년대 중반부터 생겨났으니, 이제 반세기가 다 되어가는 셈이죠. 악기도 개량하고, 수준 높은 연주자들을 통해 국악이 지닌 질감이나 음정 등을 극복해가는 등 그 영역에서 꾸준히 시도하는 사람들이 이미 많기에, 제 경우 아예 다른 시도를 하게 되는 것 같아요.

인도네시아음악이나 중동음악 같은 것들과 국악의 어떤 공통점을 찾아서 '컬래보'를 시도한다기보다는, 내가 국악기로 저 중동음악을 건드리면 어떤 느낌이 나올 수 있을까? 어떤 새로운 것이 나올까? 이런 단순한 호기심에서 시작한 것 같아요. 중동음악을 하는 사람이 우리 국악을 만들면 이런 식으로 풀지 않았을까 하는 상상을 하면서요. 오히려 국악으로 그 사람들의 음악을 한 번 해보면서 '국악의 세계 음악화'를 시도한다는 표현이 맞을 것 같아요. 컬래보가 아니라. 그전까지는 재즈랑도 섞어보고, 클래식과도 섞어보고, 굿이랑도 연결해서 해봤지만, 이런 건 남들도 많이 했던 시도이니 좀 관심을 바꾸고 확장해서 영역을 옮겨간 거죠. 나중에는 또 어떻게 변화해갈지 모르겠어요.

그렇군요. 퓨전 국악이나 창작 국악을 하는 분들 가운데는 그 음악을 통해 사람들이 정통 국악에 입문하기를 기대하기도 하던데, 앙상블 련의 음악도 그런가요?

하하. 저는 정 반대편에 있습니다. 그런 취지의 시도들은 몇십 년 전부터 국립국악원이나 국악방송, 각 시에 있는 국악 관현악단이나 창극단에서 아주 잘해오고 있어요. 저는 오히려 저를 통해서 국악에 입문하는 것이 아니라 '내가 하는 음악에 입문해줘!' 하는 느낌을 전달하고 싶어요. '이게 앙상블 련이 만드는 음악이야!' 하면서요. 국악 자체는 저 말고도 잘할 수 있는 분들이 이미 많다고 생각해요.

아, 그런 생각을 가지고 계시기 때문에 레퍼토리도 더 다양하고 자유롭게 구성하는 것 같고, '내가 재미있어서 하는 음악'이라는 그 시작점이 앙상블 련의 정체성을 만들어가고 있구나 하는 생각도 드네요.

그게 중요해요. 팀이 오랫동안 유지되기 위해서는 일단 계속해서 새로운 창작물이 함께 가야 한다고 보거든요. 늘 똑같은 것만 하면 연습하기 싫어지고 매너리즘에 빠지기도 쉬워요. 새로운 창작물을 가져와서 대회를 준비하고, 수상도 하다 보면 자연스럽게 동력과 재미가 생기죠. 그런 경험들이 반복되면서 활력이 솟아 팀원들이 함께 으쌰으쌰 하고 이어갈 수 있는 것 같아요. 저희는 구성원이 된 지가 대부분 10년이 넘었거든요.

구성원들과 거의 끈끈한, 가족 같은 느낌이시겠어요.

그렇죠. 결혼하면 제가 축가도 해주고, 임신이며 출산이며 다 축하해 주면서 개개인의 역사를 전부 아는 사이가 되었죠.

앙상블 련 안에서 대표님은 창작뿐 아니라 진짜 리더로서 팀을 이끄는 역할을 하고 계시는 것 같네요. 구성원들하고는 어떤 식으로 소통하면서 음악을 만들어가시나요?

좀 독단적으로 보일 수도 있지만, 주로 제가 총대를 잡고 가는 식으로 추진하는 것 같아요. 물론 얘기하는 과정에서 팀원들이 제가 전혀 생각지 못했던 것이나 의견을 제시하면, 제가 또 그것에 대해 공부를 많이 하고요. 같이 작업하는 건데 제가 준비도 안 하고 얕은 지식만 가지고 의견을 낼 수는 없는 일이니까요. 기본적으로는 제가 책임감을 가지고 사전 조사나 공부를 많이 해서 가져오려고 하죠. 그렇게 준비를 많이 하기에 제가 자신 있게 '이번에는 이렇게 해보자', '이런 부분은 더 연습하자' 하면서 그 친구들의 가슴에 다시 불을 지필 수 있는… 그런 계기를 만들려고 하는 것 같아요. 여태껏 국악 생활을 오래 했지만, 또 연습해야만 하는 대목들이 생기는구나 하고 어떤 목표를 저 자신에게 던져주는 것 같기도 하고요. 그런 과정을 거쳐서 음악이 완성되어가는 것을 맛보면 그 친구들도, 그리고 저도 또 신이 나서 재미있게 음악을 하게 되니까요. 어쩌면 독단적일 수 있는 이런 체제의 한계도 있겠지만, 아직까지는 이 친구들이 저를 떠나지 않고 함께 음악하는 이유가 있지 않을까 생각해봅니다. 하하.

그러시군요. 창작할 때 장르나 내용, 주제에 있어서 여러 시도를 하고 계시는데, 구체적인 작업 과정도 궁금해지네요.

예를 들어, 저희가 인도네시아음악으로 작업했던 〈조선 가믈란〉*이란 곡으로 말씀을 드려볼 수 있을 것 같아요. 제가 쓸데없는 잡지식들에 관심이 많아요. 한 번은 조선시대 역사, 야사에서 얼핏 코끼리 얘기를 들었던 것 같아서 책도 보고 역사 유튜브도 찾아봤는데, 그 내용이 너무 흥미로운 거예요. 원래 인도네시아에 있던 코끼리가 일본으로 갔다가 조선으로 왔더라고요. 그 여정이 너무 재미있어서 따라가다 보니, 원래 걔들이 살던 인도네시아에서는 어떤 음악을 하는지까지 찾아보게 되었죠. 그러다 '가믈란'이라는 음악 장르를 또 알았어요. 인도네시아 발리 지역의 전통 기악 합주곡이라고 하더라고요. 예전에 발리에서 봤던 기억과 맞춰보며 얘네는 어떤 음계를 쓰고 있나도 찾아보고. 이렇게 하나씩 하나씩 파고 들어가다가, 이 내용으로 음악을 만들

* 앙상블 련이 작업한 〈조선 가믈란-코길이를 위한 헌정곡〉은 유튜브에서 볼 수 있다. https://youtu.be/H12D6EtENBk?si=NCZ9wMT5Dqsj7t55

면 재밌겠다 싶었죠.

그럼, 이제 코끼리가 나와야 하니 코끼리가 뒤뚱뒤뚱 걷는 형상을 소리로 옮기는 거죠. 조선시대에는 코끼리 발소리만 들어도 사람들이 기겁했을 텐데, 그런 걸 음악으로는 어떻게 표현할 수 있을까? 그리고 가믈란은 구리나 주철, 쇠로 만든 악기를 때려서 내는 소리가 많은데 우리는 뭘 사용해야 할까? 이런 고민을 하는 거죠. 그러다가 제가 아쟁을 (원래는 활로 긁는 악기인데) 술대로 때려보고, 운라雲鑼라는 악기를 처음으로 쓰면서 그에 맞는 가락을 만들었죠.

황동철이 여러 개 달린 악기를 '운라'라고 하는군요.

맞아요. 구름 운雲자에 징 라鑼자를 쓰는데, 멀리서 보면 징이 구름같이 떠 있다고 해서 그런 이름이 붙었어요. 그 악기를 사용하면서 저는 피아노도 (건반을 연주하는 게 아니라 안쪽에 있는 현을) 치는 등 모든 악기를 타악기화해야 했어요. 가믈란의 음악에 맞춰보려고요. 그렇게 빌드업을 쌓고, 또 전통 선율을 넣어야 하니까 우리나라 정악 중에 '취타'를 넣되 가믈란의 음계로 바꾸어 사용하고. 그래서 딱 들었을 때, 코끼리가 멀리서부터 걸어오면서 드디어 조선에 당도했구나, 조선에 와서 점점 발소리도 빨라지고 하는 느낌을 자아내도록 곡을 쓴 거죠.

음악의 창작 과정이라는 게 상상력이 굉장히 많이 동원되어야 하는 작업이네요.

아무래도요. 이야기를 연계시키고, 음계를 계산해 음악을 붙이고 곡의 전체 길이나 이어지는 부분 등을 매만져야 하는, 쉽지만은 않은 작업 같아요.

앙상블 련의 곡 작업 외에 별도의 창작 활동도 하고 계신가요?

이제 좀 하기 시작했어요. 작년의 경우, 나주시립국악단의 위촉을 받아서 '나주 삼색 유산 놀이'라는 전통놀이에 쓰이는 음악을 복원하는 작업을 맡았어요. 이게 조선시대 때 딱 하루 양반, 천민의 계급 구분 없이 노는 날에 했던 놀이거든요. 특히 부녀자들이 주체가 되어서, 그날은 진탕 나게 맛있는 것을 먹고, 놀고, 노래했죠. 이런 전통 풍습과 문화를 복원하는 작업에 음악 부분으로 참여하게 된 거예요. 지금 나주시립국악단 단장이신 윤종호 감독님이 나주의 예인들, 전통문화 같은 것을 복원하고 원문화하시는 작업을 꾸준히 잘해오고 계시거든요.

복원 작업이라고 한다면, 기존 노래 음원 같은 것이 남아 있나요?

네. 1920년대 유성기 음반에 〈님이여〉, 〈도내기 시암〉 이런 곡들의 음원이 좀 남아 있어요. 그걸 바탕으로 국악 관현악단이 연주하게끔 복원하는 건데, 전체적인 곡 콘셉트는 음악 자체를 '너무 세련되지 않게' 만드는 것이죠. 시대적 고증을 해야 하기에 음악도 너무 현대식이기보다는 그 시절의 정서가 묻어나오도록 최대한 예전의 맛을 살리기 위해 열심히 작업했어요. 그 외에도 작년 5월에 국립아시아문화전당에서 하는 자체 브랜드 콘서트 〈대동춤〉에서는 제가 기존에 썼던 〈조선 가믈란〉 곡을 각색해서 칼춤과 어우러지게 음악을 좀 확장해 〈The sword〉라는 작품으로 재탄생시켰습니다.**

대표님 인스타 피드를 보니 다른 지역 젊은 국악인들하고 교류하는 활동도 하시는 것 같더라고요.

아, 네네. 그건 〈21세기 한국음악 프로젝트〉라고 국립국악원과 문화체육관광부, 국악방송에서 주최하는 대한민국에서 가장 큰 창작 국악 경연대회가 있었어요. 창작 국악을 한다면 거기서 등용해야, 적어도 '동아리는 벗어났다'는 평가를 받거든요. 저희가 2019년도 본선 무대에 올라갔을 때인데, 국악원 예악당 대기실이 많지 않아서 저희 팀이랑 대구 팀이 대기실을 같이 썼죠. 총 80팀 정도가 음악을 냈고 그중 10팀이 본선에 올라갔는데, 재미

** 〈The sword〉는 유튜브에서 감상할 수 있다. https://youtu.be/CoqQ63SWlJY?si=GYq8hcTlcaRZ_sK_

있게도 저희랑 대구 팀만 지방에서 왔고 나머지는 다 한양 애들이더라고요. 한양 팀은 이미 자기들끼리 서로 다 아는 분위기이고 저희만 낙동강 오리알마냥 있었어요. 멀리서 왔으니 모든 게 낯설고, 짐이랑 의상도 싸 들고…. 그러다 보니 대기실에서 그 대구 팀이랑 서로 동질감이 생긴 거예요. 같이 동상을 타기도 해서 그렇게 연이 되어 이후에 한 번 연락하게 되었어요. 같이 음악을 해보면 어떻겠냐고 제안하면서 만나서 이야기도 나누고, 음악도 만들어보고 맞춰본 게 지금 인스타에 올라가 있는 거죠.

그 이후로 계속 교류를 하고 계시는 건가요?

일단 교류를 계속하고 있고, 이제 예술가와 예술가로서의 교류, 음악감독과 음악감독으로서의 교류를 넘어, 이걸 좀 사회와 사회 간의 교류로, 어떤 커뮤니티의 확립으로까지 만들어보려 하고 있어요. 예비 예술인들, 이제 대학을 졸업하는 후속 세대들이 설 자리가 잘 없거든요. 제 제자 한 명도 올해 대학교를 졸업했는데 가슴 아픈 게 그 친구들이 앞으로 할 게 없다는 거예요. 예술가라는 게 겉으로 보면 멋지게 느껴질 수도 있지만, 그 삶 자체는 너무 힘들거든요. 그러다 보니 애들이 '직장'에 목을 매고, 관현악단, 국악단, 이런 데 들어가기 위해서 기를 쓰고 노력하지만 뽑는 인원은 너무 소수라…. 그래서 광주·전남권의 예비 예술인들, 대구·영남권의 예비 예술인들과 함께 커뮤니티를 확장해가기 위해 이번에 사업 계획서를 하나 내고 왔어요. 서로 만나고 교류하는 횟수가 늘다 보면 본인들끼리도 커뮤니티가 생길 거고, 그러다 보면 우리 팀을 넘어선 팀이 나올 수도 있고….

후속 세대 양성과 이 분야의 공동체에 대한 고민을 하시는 배경에는 그런 어려움이 있었군요.

그렇죠. 이 영역에서 이런 문화가 만들어지지 않고서는 일을 지속할 사람들이 나오기가 힘들어요. 저희도 활동한 지가 오래되었는데도 '앙상블 련의 뒤를 이어 나오는 팀들이 없네' 하는 말을 많이 듣거든요. 이 파이를 계속 가지고 가야 지속성이 만들어지면서 명맥이 끊기지 않을 텐데, 지금은 확장이 아니라 지속성도 사라질 정도라서 안타깝죠. 국악을 하는 사람의 숫자가 확실히 줄었어요. 수도권에 국악고나 이런 곳은 지장이 없을 테지만, 지방으로 내려올수록 국악을 하는 사람이 더 없어요. 인구 감소를 감안하더라도, 국악과의 경우 폐과되는 곳이 꽤 되고 음악과 밑으로 통합되기도 했죠. 그러니 유별난 노력을 많이 기울이지 않으면 안 되겠다는 생각이 들더라고요.

현실적인 여러 어려움에도 불구하고, 여전히 음악을 놓지 않고 꾸준히 작

업해오고 계시는 데에는 대표님의 삶에서 그래도 어떤 보람됨이나 대표님을 붙잡고 추동하는 순간들이 있기 때문이 아닐지 추측해보게 되네요.

우선은 배운 게 이것밖에 없다는 점? 계속 내가 벌어 먹고살 수 있을까 하는 의심은 여전히 있죠. 제가 작품 하나 쓴다고 해서 대단한 음악가처럼 큰 금액을 받는 것도 아니니까. 그렇지만 이제 음악 준비해서 공연 한 번씩 하고 나면, 그 무대에서 쫘악- 하고 에너지를 얻는 거죠. 혹은 내가 음악을 만들어서 관객들이나 지인들로부터 '세윤아, 네가 그래도 이렇게 좋은 음악 만들어줘서 음악다운 음악 듣고 간다' 이런 말을 들으면 너무 좋으니까요.

역시 무대가 또 그런 희열을 느끼게 해주는군요.

그렇죠. 결국에 우리는 현장에서 주는 그런 행복감 아니면, 솔직히 경제적인 면만 본다면 이 직업은 절대 할 수 없는 것 같아요. 진짜로요. 저는 그래도 이 지역과 분야에서 프리랜서로 비교적 일을 꾸준히 한다고 생각하는데도 이렇게 힘든데, 다른 친구들은 얼마나 더 빡세고 힘들게 살까 싶기도 하고요.

피아노를 전공하려다가 국악을 하게 되면서 양쪽 음악의 매력을 다 아실 것 같아요. 각각 어떤 매력이 있고, 그래서 이 두 가지가 합쳐졌을 때 만들어지는 매력은 무엇이라고 생각하시는지요. 혹은 청음자가 어떤 매력을 느낄 것이라 생각하는지요?

일단 음악 중 클래식의 매력은 '표현력'과 '계산된 음악'인 것 같습니다. 제가 현대음악은 제외하고 중세, 르네상스, 바로크, 고전, 낭만으로 이어진 음악을 연주하고 공부해봤을 때 정형화된 형식 속에서 점점 발전되는 기교와 표현법이 재미있었습니다. 반면, 국악은 '음정이 정확하지 않은 음악'이라는 점이 매력 포인트가 아닐까 싶습니다. 이 부분은 저처럼 국악을 전공하거나 흠뻑 취해 빠져야 느낄 수 있는 부분인지도 모르겠어요.

예컨대 서양음악의 경우 조율할 때 높은음자리표 '라(440, 441, 442와 같은 피치)'를 기준점으로 예민한 음정을 사용하지만, 국악은 '관(6관, 5관 반, 5관)'이라는 음정을 씁니다. 그 관을 정하는 악

기가 대금인데, 흥미로운 것은 같은 대금을 불더라도 연주자에 따라 관이 달라진다는 점입니다. 서양음악에서 440, 441, 442의 피치도 엄청난 차이인데, 국악에서는 그 편차가 훨씬 심하거든요. 이외에도 국악은 '사이음'이 있어서 12율이 아닌, 악보에도 표기하기 어려운 음정들을 적극 사용합니다. 음악을 만드는 사람으로서 이런 매력에 한 번 빠지면 참 헤어나오기가 어렵죠.

이런 부분을 청음자가 국악의 매력으로 느끼기 위해서는, 어느 정도의 기본 지식과 경험이 필요한 것도 사실입니다. 하지만 꼭 이런 것들을 알지 못하더라도, 클래식처럼 완벽한 형식과 웅장함에 압도되는 감동과는 다른 종류의 감동이 국악에는 있다고 생각해요. 단순한 선율 속에 장소, 날씨, 습도에 따라서 다르게 표현되는 그 '질감'이 국악의 매력이 아닐까 생각합니다.

끝으로, 예술가로서의 목표나 희망 같은 것들이 있다면 무엇일까요?

살아남는 거죠. 하하. 진짜 다른 목표는 필요 없고, 지금 함께하는 팀원들과 계속 이렇게 음악하면서, 팀을 유지할 수 있게끔 살아남는 게 아닐까 싶어요. 제일 힘든 것이기도 하고요. 앞으로 10년 후에 작가님들이 또 다른 책 쓰실 때 저희를 찾아올 수 있었으면 합니다. "세윤 씨, 반가워요. 아직까지 살아 계셨네요. 후속편으로 지난 10년 동안의 이야기를 또 해봅시다." 이런 말을 들을 수 있도록요.

하하, 그러게요. 10년 후 인터뷰를 기약하고 싶어지네요.

우리가 근근이 계속 잘 살아남을 수 있는 환경이 저에게 주어지는 것, 또한 그런 환경을 만들어 나가는 것, 이게 제일 큰 목표이지 않을까요? 그러면서 저도 창작 활동을 열심히 하고요. 새로운 작품 만들고, 구상하고, 살아남으려고 계속 발버둥 칠 것 같아요.

응원하겠습니다!

감사합니다.

'살아남는 것'이란 그의 표현에서 현재 하는 일들에 대한 굉장한 애착과 애정이 느껴졌다. 필사적으로 그 일을 꼭 붙들고 싶고, 더 잘 해가고 싶은 마음. 어려운 환경에서도 그 자리를 지키고, 동료들과 함께 즐기는 순간을 만들고, 나아가 그런 순간들이 공동체 안에서 이어지고 지속되는 것에 대한 생각을 놓지 않으면서 전통음악을, 그리고 자신만의 음악 세계를 넓혀가기 위해 애쓰는 예술가의 고민은 상당히 묵직해 보인다.

무엇을 계승하고 무엇을 개척할지를 끊임없이 되물으며 나의 음악, 우리 팀의 음악을 찾아가는 여정은 한편으로 지난할 것이나, 다른 한편으로 그에게 모종의 해방감을 안겨주는 것 같기도 하다. 그가 하는 음악이라는 예술에 더욱 빠져들고, 그것을 더욱 사랑하게 하는 동력이 되어주면서 말이다.

홀로 고민하고 홀로 연구하던 어둠의 시간을 지나, 함께 오래 지속 가능한 음악의 새로운 영역과 방식들을 모색하는 그의 노력과 시도들로부터 음악에 대한, 세계에 대한, 그리고 사람에 대한 진심이 묻어나는 것을 느꼈다. 현실의 지난함 속에서도 순간순간의 깊고 거대한 희열을 벗 삼아 펼쳐갈, 그의 향후 10년의 음악적 시간들에 응원의 마음을 더해본다.

02

예술로 더욱 풍부해진 삶을 누리다

시민예술가 박새별

영어 교사, EBS 영어 강사
이탈리아 도니제티 음악원 전문연주자과정 수료(2017)
국립아시아문화전당 시민오케스트라 악장, 옴트리오 단원
무등실내악단 단원, 예향실내악단 단원
알레지오 오케스트라 협연(2014)
베누스토 오케스트라 협연(2010)

박새별 님의 모든 활동에는 뚜렷한 지향점이 있다. 인터뷰를 통해 드러난 그녀의 지향은 듣는 이의 고개를 끄덕이게 했다. 애정에 열정이 더해진 삶, 겸손과 배려의 태도에 자부심이 더해진 삶은 세상이 만들어놓은 기준들을 하나씩 없애는 느낌마저 준다. 영어 교사, EBS 영어 강사가 아닌 광주를 대표하는 시민예술가로서 박새별 님의 삶을 소개한다.

간단한 자기소개 부탁드립니다.

안녕하세요. 고등학교와 EBS에서 영어를 가르치고 있고, 바이올린 연주를 포함해 발레, 미술 등 다양한 예술 활동으로 행복하게 살고 있는 광주 사람 박새별입니다.

만나기 전에 사전조사를 했는데 정말 여러 예술 활동을 하고 계시더라고요. 그중에서 가장 오래 한 활동이 바이올린 연주인 것 같아요.

저는 어머니가 피아노 학원을 하셔서 학원에 딸린 작은 방에서 자랐어요. 학원에 오는 언니들 품에 안겨서 말을 떼기 전부터 피아노와 함께했죠. 피아노를 배우는 게 너무 당연하고 자연스러운 일이었어요. 그런데 우리나라에서 1980년대 후반부터 1990년대에 음악 영재들이 언론에 많이 나와 각광을 받기 시작했죠. 사라 장과 같은 유명한 음악가들이 방송에 나라를 빛내는 인재로 등장하곤 했고요. 어머니가 저에게 사라 장처럼 바이올린을 배우게 했는데 그때가 여섯 살 즈음이었던 것 같아요. 초등학교도 가기 전이었으니까요.

말을 떼기 전 피아노를 배우고 여섯 살에는 바이올린까지 시작한 거네요.

어머니께서 항상 피아노는 모든 악기의 기본이니까 반드시 해야 한다고 말씀하곤 하셨어요. 그래야만 나중에 오케스트라 가서도

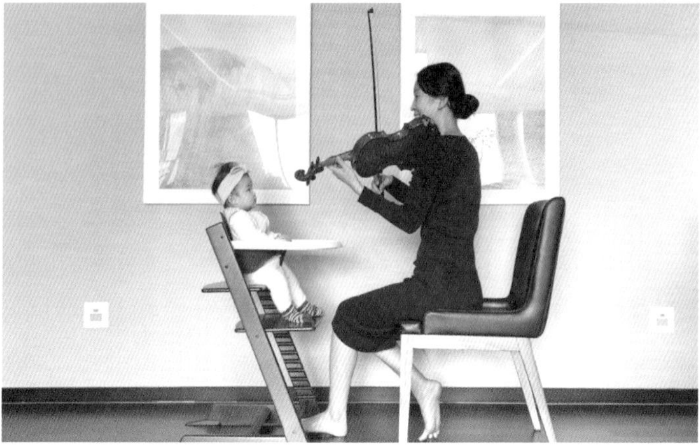

음악을 이해할 수 있다면서요. 그래서 예고 입시 전까지 피아노와 바이올린을 같이 배웠죠.

그러면 예고에 진학하신 건가요?

아니요, 안 했어요. 못했다고 표현하는 것이 정확하겠죠. 준비는 했는데 입시 시험을 보지 않았어요. 준비하는 과정이 너무 어려웠고 질렸다고 할까요. 그런 감정이었어요.

나중에 후회하지 않으셨어요? 그래도 끝까지 해볼 걸 그랬나 하고요.

많이 후회했어요. 악기를 그만두니 나의 하루를 채웠던 엄청난 것이 사라졌죠. 다시 음악을 한다고 해볼까, 그런 생각도 많이 했어요. 하지만 입시 레슨이 저에게는 너무 힘들었어요. 당시만 해도 레슨 분위기가 무서웠어요. 제가 무엇을 잘못하고 있는지 모르는 상태인데 선생님들은 화를 내며 계속 다시 하라고만 했으니 울면서 레슨을 받았죠. 비유적인 표현이 아니에요. 진짜 바이올린에 눈물이 뚝뚝 떨어졌어요. 상처의 시간이었죠. 예고 입시를 포기한 이후에, 뭐랄까? 너무 아픈 이별 같은… 그래서 한동안 바이올린을 꺼내지도 않았어요.

그럼 언제 다시 바이올린을 손에 잡은 건가요?

그게 참 엉뚱한 계기가 있었어요. 고등학교 2학년 때, 지역에서 하는 팝송 합창대회에 저희 반이 나가기로 했어요. 당시 1등 상품이 디지털카메라였는데 그게 너무 받고 싶었죠. 그래서 차별화 포인트를 생각하다가 간주 부분에 바이올린 독주를 넣으면 어떨까 제안하고 그게 받아들여져 정말 오랜만에 바이올린을 꺼냈어요. 제 특기인 바이올린을 삶에 활용한 첫 번째 사건이었네요.

그 팝송대회에서는 1등 하셨나요?

네, 1등 했어요. 게다가 합창대회에서는 이전에 콩쿠르에서 겪던, 손발이 달달 떨리는 압박감이 안 느껴지는 거예요. 늘 밥도 못 먹고 무대에 올라갔고, 무대 위에서는 어지럼증에 힘들어했고, 무대에서 내려오면 내가 이것밖에 안 되나 하는 자괴감에 빠졌는데 말이에요. 합창대회에서는 자유로움을 느꼈죠. 바이올린을 처음으로 즐기며 켠 경험이었어요.

사전 인터뷰에서 이탈리아에서 바이올린 연주 과정을 수료한 것에 대해 말씀해주셨는데 조금 더 이야기해주세요.

남편이 이탈리아의 한 도시에 주재원으로 발령이 났어요. 남편과 함께 이탈리아에 가면 거기서 나는 무엇을 할지 진지하게 생각했어요. 악기가 딱 떠오르더라고요. 이탈리아에서 바이올린을 배우면 정말 좋겠다 하고. 전문연주자과정은 학위보다 과정이 짧은 대신 매일 레슨을 받아요.

이탈리아에서 바이올린을 다시 배운 거잖아요. 어떠셨어요?

음악에 접근하는 방법에 차이가 있었어요. 한국에서 어릴 적 경험했던 레슨과는 결이 달랐어요. 기억에 남는 에피소드는 선생님이 항상 주말 계획에 대해 물어본 거예요. 저는 주말마다 이탈리아 이곳저곳을 돌아다녔는데 그 계획을 말하면 이렇게 말씀하셨어요. '정말 좋다. 놀아라. 놀면서 보고 느껴라. 그게 예술이다.' 한 번은 시골 어느 마을을 다녀왔다고 말하니, 그 마을 성당도 들렀냐고 하셨어요. 그랬다고 하니 '그 성당의 소박함을 지금 이 곡의

MARIAE
NASCENTI

프레이즈(악절)에 담아보자'라고 하셨죠. 와, 정말! 선생님에게는 다 뜻이 있었구나! 감탄했어요.

그렇게 하면 연주자의 감정에 따라 음악 표현이 달라지겠네요. 또 다른 에피소드는 없나요?

자음 모음에 빗대어 악기 소리를 가르친 거요. 그걸 계기로 소리의 질감을 생각해보게 되었어요. 예를 들어 모음 성격의 아~ 하고 목소리를 내보고, 자음 성격 가~ 하고 소리를 내보면 '아'는 힘이 덜 들어가며 부드럽게 공명해요. 상대적으로 '가'는 또렷한 시작음을 가지고 있고 자연스럽게 명료함과 힘이 들어가고요. 내가 표현하고 싶은 소리에 따라 바이올린 활을 긋는 압력을 조절하여 같은 음도 모음 혹은 자음처럼 표현할 수 있는 거예요.

이때 배웠던 곡이 세자르 프랑크의 〈바이올린 소나타〉예요. 이 곡은 마치 프랑스어로 달콤한 말을 속삭이는 것 같아요. 음을 세게 던졌다가, 다시 끌어당겼다, 흔적도 없이 풀었다가, 사라지게도 해야 하죠. 소리 공부가 이 곡을 연주하는 데 많은 도움이 되었어요. 그렇게 예고 입시를 그만두고 10년, 저는 바이올린과 완전한 화해를 했어요.

소리의 질감… 알 것도 같고 잘 모르겠는 것도 같고 하네요. 그러니까 연주

자가 소리에 대해 알아야 연주를 더 잘할 수 있다는 거죠?

사실 그전에 아마추어 오케스트라를 했을 때 내 마음 가는 대로 소리를 냈던 것 같아요. 내가 이런 소리를 내야지 생각하고 연주를 하면 그런 소리가 나올 것이라고 착각했던 것 같아요. 그런데 소리 연구를 해야지 그냥 내키는 대로 해서는 안 되는 거더라고요. 이건 느낌으로 되는 것이 아니라 계획과 계산이 필요한 일이에요. 예측하고, 자연스럽게 표현할 정도가 되어야 그 위에서 내가 원하는 소리가 나오죠. 엄청난 조절과 연구 없이 연주를 너무 단순하게 생각했는데 이를 계기로 실제로 내는 소리와 내고 싶은 소리를 다 조절할 수 있는 연주자가 되어야겠다고 다짐했습니다.

제가 선생님의 SNS나 언론자료 사진을 보면서 느낀 감정은 즐거움이거든요. 진짜 즐겁게 연주하는 기쁨이 느껴졌어요.

맞아요. 저 자신이 지금 너무 즐겁게 하고 있어요. 속박에서 벗어나서 말 그대로 예술을 위한 예술을 추구하고 있죠.

광주에 있는 거의 모든 아마추어 오케스트라에서 활동하셨다고 사전 인터뷰에 적어주셨는데, 지금은 '광주시민오케스트라'에서만 활동하시는 건가요?

광주 지역에서 창단 30년이 넘어 역사가 깊은 무등실내악단에서 주로 활동했어요. 그 외에 여러 아마추어 오케스트라의 창단에 관여하고 함께 연주했죠. 지금은 출산과 육아로 말씀하신 한 곳만 하고 다른 단체들은 저의 단원 육아휴직(?)이 끝나기를 기다려주고 계십니다. 아마도 이 책이 나올 즈음에는 여러 단체에서 다시 바이올린을 연주하고 있을 것 같아요.

광주에는 시립예술단체가 유난히 많은 것 같아요. 시민예술가로서 이런 제도권 예술단체에 대해 어떻게 생각하시는지 궁금해요.

정말 지자체 예술단체가 광주처럼 많은 곳은 없는 것 같아요.* 거의 모든 분야가 있어요. '예향'이라는 타이틀에 걸맞게 민관 합동으로 다양한 요구가 있어왔기 때문이겠죠. 물론 제도권 안에 들어온, 단체에 고용된 예술가의 한계도 이야기하지만 적어도 예술인이 생계 걱정 없이 활동을 할 수 있다는 부분에 대해서는 긍정적으로 생각해요.

또 이 단체들은 정기적으로 공연을 하잖아요. 그게 오롯이 시민들에게 문화의 향연으로 돌아오죠. 안타깝게 모든 시민이 이렇게 많은 시립예술단체가 운영되고 있는 걸 모르기도 해요. 하지만 광주의 예술단체들이 정말 열심히 활동하면서 시민들이 더 쉽

* 광주광역시에는 8개의 시립예술단이 있다. 시립교향악단, 시립창극단, 시립발레단, 시립국악관현악단, 시립합창단, 시립소년소녀합창단, 시립극단, 시립오페라단이다.

게, 부담 없이, 차원 높은 예술에 접근할 수 있도록 적극적으로 홍보 중이랍니다. 예를 들어 시립발레단은 무료공연을 많이 열고, 정기공연도 가장 비싼 R석이 3만 원이에요. 이런저런 할인을 받으면 5,000원에 볼 수 있기도 해요. 4인 가족이 부담되지 않는 가격에 발레를 볼 수 있으니 '이번 크리스마스에 뭐할까, 발레나 볼까' 할 수 있는 거죠. 시립합창단의 경우는 더 저렴해요. 베토벤의 〈합창교향곡〉을 단돈 1만 원에 감상할 수 있어요. 이뿐만 아니라 거의 모든 장르별로 단체가 있다 보니까 다양한 예술을 자주 접하게 되죠. 공연장뿐 아니라 광장에서도, 야외 작은 무대에서도 전문예술인들의 공연이 자주 열려요.

부담 없는 관람비로 이렇게 다양한 예술 공연을 볼 수 있다니, 서울에 사는 저는 좀 부럽기도 해요. 시립으로 운영되는 예술단체이기 때문에 가능한 일들인 것 같고요. 저는 무엇보다도 광주 학생들은 어렸을 때부터 자연스럽게 예술 감수성을 키울 수 있다는 점이 대단한 거 같아요.

사실, 이 부분이 엄청 큰 것 같아요. 학교에서 단체로 공연을 보러 가기도 하거든요. 학생들은 5,000원이면 대부분의 공연을 볼 수 있어요. 영화 보러 가는 것보다 저렴하죠. 저도 고등학생 시절을 되짚어보면 항상 음악 수행평가에 '연주회 보고 감상문 써오기'가 있었어요. 연주회를 전교생이 볼 수 있는 여건이 되기 때문에 이런 숙제를 내줄 수 있는 거죠. 광주 예술의전당과 시립단체들이 있었기 때문에 가능했던 일이에요.

무엇보다 예술은 접근이 쉬워야 해요. 저는 예술의전당 바로 길 건너에 살거든요. 예술의전당은 공연을 보러 가는 곳이지만 산책하러 가는 곳이기도 해요. 저의 가장 가까운 이웃이에요. 이웃이 이렇게 여러 행사를 한다는데 안 가볼 수 있나요? 학생이든 성인이든 광주에서 산다면 예술이 그리 멀지 않는 곳에 사는 이웃이 되는 거죠.

새별 님의 본업이 영어 교사, EBS 영어 강사시잖아요? 본업 이야기를 안 할 수가 없을 것 같아요. 교사와 강사로서의 새별 님에 대해서 좀 이야기해 주세요.

제 인스타그램 첫 줄 자기소개가 이렇게 되어 있어요. '모든 공교육 채널에서 영어를 가르치는 박새별입니다.' 먼저 제 직업적 삶의 바탕이 되는 본업은 '학교' 교사입니다. 그런데 제가 학교에서 가르치는 것 중에 영어라는 과목은 아주 일부입니다. 인터넷 강의 강사로서는 EBS 강사와 강남구청 인강, 방송통신고등학교 강의를 하고 있는데요, 이 3개 채널은 우리나라 3대 공교육 인강입니다.

'학교에서 가르치는 것 중에 영어라는 과목은 아주 일부입니다'라고 하셨는데 그럼 학교에서 아이들에게 무엇을 어떻게 가르친다는 말인가요?

학교 교사로서 가장 가치를 높게 두는 목표는 아이들이 각자 자신의 삶을 누리고 사는 인간이 되도록 성장을 돕는 거예요. 자신의 존재 의미를 알고, 인간다운 삶을 누리며, 다른 존재들과 함께 어울려 살아가기를 바랍니다. 그렇기에 아이들과 여러 경로로 소통하며 제 삶의 모습을 보여줘요. 거리에서 다른 선생님들과 함께 참교육 운동에 참여한 사진, 교사로서 신문에 기고한 교육칼럼들, 무대에서 바이올린을 연주하는 사진, 발레를 연습하는 사진, EBS에서 강의하는 사진, 제 가족과 함께 보내는 소중한 장면 등등.

학생들에게 삶의 여러 모습을 가장 가까이서 보여줄 수 있는 사람은 부모와 교사예요. 이런 모습을 보여주는 이유는 메시지를 전달하기 위해서죠. '명문대, 좋은 직장, 고소득 연봉이 중요한 게 아니며 존재한다는 것 자체가 힘듦과 고뇌인 이 세상에서 살아가는 것에 대한 가치를 찾기 바란다.' 바로 이 메시지를요. 그래야 영어 공부의 의미도 도출되거든요. 학문적 진리를 찾아 탐구하기, 세상 곳곳 여러 사람의 이야기에 귀 기울이기, 개인적인 즐거움과 취미에 필요한 정보 찾기에 영어가 유용하니까요. 저는 그 영어 공부를 도와주는 사람이라고 의미를 부여하죠. 이런 학교 교사로서의 가치가 저를 살아 있게 하는 원동력입니다.

인터넷 강의 강사로 나선 이유도 같은 건가요?

제 지향점은 뚜렷해요. 인간을 위해 배우는 또 다른 인간 키우기입니다. 제가 우리나라 3대 공교육 채널에서 강의한다고 했잖아요. 이 강의를 통해 유명세를 얻어 돈을 많이 벌고, 그 돈을 자랑하는 삶을 보여줘서는 안 된다고 생각해요. 목표 이외의 모든 것을 포기하고 독하게 살아서 이렇게 많이 벌고 누린다고 학생들에게 보여주는 것은 아주 위험한 메시지거든요. 그렇게 하지 못한 학생은 패배자일까요? 상위 서열 대학에 진학하지 못했다고 남은 인생 전체를 패배자로 살게 할 수는 없잖아요.

제가 이 공교육 3대 인강에서 강의를 하는 이유는, 학생들이 가진 힘으로 필요한 부분의 공부를 해나가도록 돕고 싶어서예요. 인간에게 학습은 당연한 권리이자 의무이기도 하고 또 자연스러운 삶의 과정이에요. 학습자가 원하는 부분을 학습해나갈 수 있게 돕는 조력자는 반드시 필요하고요. 공교육 채널을 통해 전국의 학생들이 겪을 학습적 어려움을 예측하고, 그 부분을 채워준다는 건 정말 가치 있는 일이라고 여겨요. 그것도 24시간, 학교를 졸업하고 나서도 평생 가능하죠. EBS에서 제 강의를 수강하는 학생들이 초등학생부터 70대까지 계세요. 저는 그래서 스스로를 학교를 포함한 모든 '공교육' 채널에서 영어를 가르치는 사람이라고 소개합니다.

학교 교사로 일하며 인터넷 강의까지 찍으려면 엄청 바쁘실 것 같아요. 광주에 거주하시니까 서울이나 일산으로 이동하려면 물리적 거리도 상당하고요. 그 과정이 쉽지만은 않을 것 같아요.

많은 분이 궁금해하세요. 이렇게 멀리 살면서 계속 인터넷 강의를 어떻게 하냐고요. 교통비는 받는지 제일 많이 물어보시고, 돈은 많이 버냐고 묻기도 하세요. 교통비 없고, 돈 많이 벌지 않습니다. 연말정산할 때 보니까 작년에 기차표 구매에만 300만 원을 썼더라고요. 저는 돈을 벌기 위해서가 아니라 공교육에 기여한다

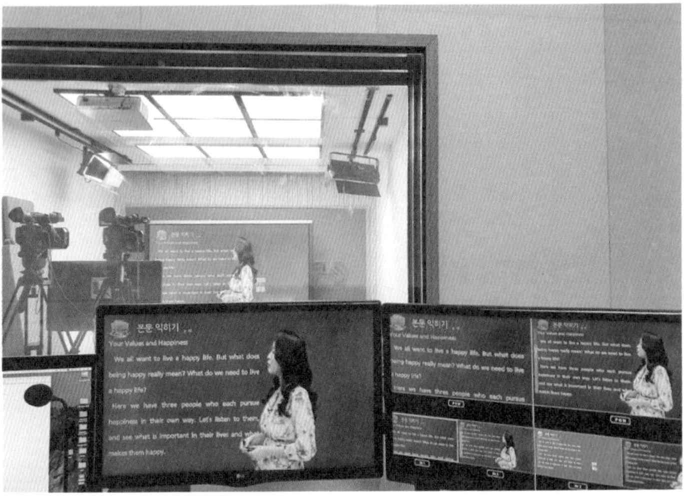

는 사명감으로 일해요. 사명감 없이는 그 힘든 길을 계속 다닐 수 없죠.

광주광역시에서 일산 EBS까지 가는데 KTX가 직통이 없어요. 중간에 천안이나 오송에서 내려서 30분을 기다렸다가 환승해야 해요. SRT를 타도 마찬가지고요. 스튜디오에 도착하면 3~4시간을 연달아 쉬지 않고 강의를 합니다. 귀가할 때는 충청도에서 환승해서 집에 들어가요. 열정과 체력 없이는 할 수 없는 일이에요. 그럼에도 저에게 기여할 기회를 준 것만으로도 감사하고, 그만큼 열심히 준비해요.

학교 학생들과 동아리 활동 공연 사진도 봤어요. 학생들과 함께 연주하면 특별한 보람을 느낄 것 같아요.

학생과 함께하는 축제 무대는 매년 저의 연말 의식과도 같은 소중한 행사예요. 초임 발령부터 지금까지 14년간 한 번도 빠짐 없이 학생들과 함께 학교 축제에서 연주했어요. 음악 선생님도 아닌 영어 선생님이 학생들과 함께 연주하는 것 자체가 재미있는 일이죠. 학생들과 최소 일주일 이상 매일 만나 연습하는데 그 시간 자체가 소중한 경험입니다.

재작년에는 비발디의 〈사계〉 중 '겨울'을 학생들과 연주했는데 〈사계〉에는 비발디가 붙인 소네트(시)가 있어요. 그걸 학생들하고 같이 읽었어요. "애들아, 이 부분은 너무 추워서 이가 딱딱 부딪히는 소리래. 이 부분은 빙판길에서 미끄러질까 봐 아슬아슬 걷는 소리야." 이런 설명을 하면서 음악을 이해하고 표현하는 과정을 이끌어가요. 제가 생활예술인으로서 느꼈던 즐거움을 이 아이들에게 알려주는 과정이죠.

14년 동안 해오셨다면 이 학생 중에서도 졸업하고 예술 활동을 하는 사람이 있겠네요?

맞아요. 정말 그렇죠. 2012년에 저와 함께 연주했던 학생이 음악을 전공해서 지금 바이올리니스트로 활발하게 활동하고 있어요.

계속 연락하고 지냈는데 올해 2024년 이 친구와 함께 바이올린 듀엣 연주를 계획하고 있습니다. 졸업 10년 후 제자와 스승이 재회하여 함께하는 연주, 벌써 마음이 설렙니다.

그리고 악기 연주를 하지 않는 아이들과도 가능한 예술 활동을 함께해요. 제가 담임을 맡은 경우, 일 년에 한 번은 꼭 반 학생 전체와 공연을 보러 가는 식으로요. 제일 기억나는 건 남학생 반 담임했을 때 발레 〈지젤〉을 함께 보러 간 일이에요.

학생들 반응은 어땠나요?

처음에는 싫어했어요. 다른 반은 노래방 가고 볼링장 가는데 우리는 담임 잘못 만나서 공연 보러 간다고 불평했죠. 남학생과 〈지젤〉이라니, 통념을 깨는 학급행사였어요. 당시에는 발레리노를 희화화한 코미디 프로그램이 있을 정도였거든요. 하지만 학생들에게 남성 무용수가 얼마나 멋진지 설명해주고, 발레 마임도 몇 가지 알려주고 데려갔어요. 직접 보고 나니 아이들이 너무나 행복해하더군요.

지금 근무하는 학교 학생들과도 발레와 뮤지컬 공연을 보러 간 적이 있는데 저와 함께 발레를 처음 본 학생들이 많았어요. "발레를 본다고요?" 그랬던 학생들이 보고 와서는 엄청나게 좋아했어요. 앞으로 이 아이들은 언젠가 한 번은 저와 함께 다녀왔던 경험을 토대로 또 다른 공연도 보러 가지 않을까요?

영어 교사, 강사, 아내, 엄마로서의 삶에 연주자로서의 삶까지 더해졌네요. 여전히 배우는 사람으로서의 삶도 살고 있으시고요. 이런 삶을 사는데 음악이 많은 영향을 미쳤을 것 같아요. 선생님에게 음악은 어떤 의미인가요?

음악은 저를 한 인간으로서 마음껏 꿈꾸게 하고, 또 자유롭게 해줍니다. 나를 표현해주기도 하죠. 저는 분명 음악가이지만 직업 음악가가 아니기에 오히려 이 부분에서 더 자유로울 수 있어요. 제 음악은 완벽함을 추구하지도, 또 누군가의 평가가 중요하지도 않잖아요. 저는 악보를 보면서 작곡가가 전달하고 싶어 하는 음악을 제 나름의 이야기와 색깔로 다시 해석해서 연주하고, 제 음악을 듣는 사람은 또 자신의 시각으로 이를 해석할 겁니다. 음악을 듣거나, 음악을 연주하는 것은 듣는 이, 연주하는 이에 따라 매우 다양한 세계를 창조하니까요.

그리고 그 음을 내기 위하여 수백만 번 고민하고 내 온몸의 근육을 제어하며, 미세한 떨림과 1밀리미터의 미세한 손가락 위치까지 통제하기 위해 절제와 연습을 계속한다는 것, 이것은 연주자라면 벗어날 수 없는 고통을 수반하는 반복이죠. 음악뿐만 아니라 모든 예술이 이런 자기단련과 수련에서 시작한다고 생각합니다. 똑같은 곡도 새롭게 연주할 때마다 다른 해석이 가능하다는 것은 연주자로서 가질 수 있는 자유의 영역입니다. 시벨리우스의 〈바이올린 협주곡〉을 연주하며 창공을 비행하는 독수리도 되어보고, 바흐를 연구하며 깊은 암자에서 오래 수행하는 수도승도 되어봅니다. 오케스트라에서 연주하며 악기들의 대화에 참여해 보고요.

오케스트라가 특히 재미있어요. 내가 여기서 네가 저기에서 각자 주고받다 싸움이 나서 산산이 흩어지는 듯하다가, 또 우르르 갑자기 모여서 하나로 합쳐지기도 해요. 반면에 바이올린 독주는 마치 공기마저 없는 무산소의 에베레스트를 홀로 자신의 숨소리만을 들으며 올라가는 것 같은 고독한 탐구의 시간을 줍니다. 음악은 이렇듯 나를 여러 모습으로 존재하고 색다르게 경험하게 해줍니다. 나의 여러 모습을 예술을 통해 관객에게 전달한다는 것은 더욱 특별하고요. 일상의 언어가 아니라 예술을 매개로 타인과 소통하는 과정이 인간의 존재를 가장 명확하게 해주는 것이 아닐까요?

가장 기억에 남는 무대가 있을까요?

최근에 국립아시아문화전당에서 시민오케스트라 공연이 있었어요. 객석의 반응이 정말 뜨거웠죠. 그런데 거기보다 더 뜨거운 곳이 어디였는 줄 아세요? 바로 우리 시민오케스트라의 130명 단원들이 있던 자리예요.

관객은 곧 팬이 되고 후원자가 되는데 그중에 가장 높은 수준의 후원자는 저처럼 예술 활동에 적극적으로 참여하는 사람들이라고 생각해요. 전문예술인과 시민이 분리되어 관객-무대 위 공연자로 각기 다른 위치에 있어서는 안 된다고 여겨요. 모두의 삶에 예술이 존재할 수 있어야 하죠. 그렇게 되어야 예술의 가치가 더욱 인정받는 사회가 된다고 생각해요. 그런 의미에서 시민예술가, 생활예술가라는 개념은 저에게 매우 중요합니다. 시민 모두가 예술가로서 존재할 수 있어야 해요. 클래스 1회 참여하고 기념품 겸 작은 그림이나 공예품 만들어오는 반짝 1회성 예술체험이 아니라, 예술이 한 인간의 전 생애에 걸쳐 언제든지 함께할 수 있는 형태로 존재해야 한다고 생각해요.

예술은 삶과 함께해야 한다는 말씀에 고개가 끄덕여지네요. 그런데 광주 사람으로서, 새별 님에게 국립아시아문화전당에서 공연한다는 것은 어떤 의미일까요?

광주 사람들은 구 도청 앞 분수대를 보기만 해도 느껴지는 전율이 있어요. 저는 5·18 세대는 아니고 저 어렸을 때는 누구도 5·18 이야기를 꺼내지 않았어요. 5·18로 희생된 분들이 너무 많았기 때문에 쉽게 남의 일처럼 언급할 주제가 아니었죠. 이웃, 친척 중에 한 명씩 있으니까요. 하지만 지금은 5·18을 이야기하고 공유하는 시대가 되었고 또 이런 과정을 통해 광주정신이 재탄생되었다고 생각해요.

5·18 항쟁의 역사적 장소인 구 전남도청과 분수대 일대(현재 5·18 민주광장)를 아시아문화전당으로 바꾸는 것에 반대하는 시민들도 많았어요. 엄숙한 공간에 문화전당을 들인다는 것에 여러 의견이 있었죠. 하지만 이곳은 시민이 함께하는 문화공간으로 다시 살아났고, 지금 광주 시민 모두의 과거와 현재, 미래까지도 5·18 광장에서 함께 숨 쉬고 있어요. 정치인들이 출정식을 하고, 시위와 공연뿐 아니라 김치 축제에 제야의 종 치는 행사까지 이루어지는, 모든 것이 복합적으로 존재하는 시민의 삶의 공간이 되었어요.

그래서 이곳에서 초등학교 4학년부터 70대까지 광주의 시민예술가 130명이 매주 모여 음악을 만들고 연주한다는 자체가 놀라움이자 문화로 새롭게 태동하는 광주 시민의 모습을 보여주는 대표적인 사례라고 생각해요.

시민오케스트라에 초등학교 4학년부터 70대까지 단원이 있다는 말씀이세요? 그러면 연습이 힘들지 않나요?

힘들기에 그만큼 더 보람이 커요. 오케스트라 연주에서 제일 중

2023 ACC 시민오케스트라
2023.10.21.|토| 17:00
국립아시아문화전당 예술극장 극장 1

요한 게 '집중'이거든요. 악장인 저도 잠깐 다른 생각을 하면 순간 어긋나기도 합니다. 그만큼 연주에 모두가 집중하고 있어야 해요. 그래서 지휘자가 주는 박자에 맞춰서 모두가 집중해서 소리를 내고 멈추는 연습을 초반에 많이 했습니다. 오케스트라 악보에서는 음표보다 쉼표가 더 많은 이야기를 할 때가 있어요. 쉼표도 음악이거든요. 수많은 사람이 집중해서 모든 것이 맞았을 때의 그 희열, 쉼표 하나까지 다 같이 호흡하며 함께할 때의 그 희열을 잊지 못하죠.

이렇게 세대 구분 없이, 어떤 경계 없이 시민오케스트라를 한다는 것 자체가 엄청난 일인 거 같아요. 세대 간 간극이 더 넓어지고 있는 요즘, 소위 말하는 '통합'이 이루어지는 장으로까지 보여요.

저는 무엇보다 기관과 프로그램의 역할이 크다고 봐요. 아시아문화전당에서 연습실, 공연자, 지휘자, 각 파트별 지도 선생님의 전문 레슨까지 모두 마련해주었어요. 기계적으로 열 번 반복하는 그런 레슨 말고, 음악을 이야기하고 탐구하는 진짜 레슨을요. 이런 공연을 위한 판을 깔아주었던 거죠. 아마추어 오케스트라 단체에서 공연을 기획할 경우 모든 걸 다 개인이 준비해야 해요. 연습실과 공연장을 빌려야 하고, 선생님도 모셔야 하는 등 할 일이 정말 많아요. 그러니 참여하는 사람이 한정되죠. 돈과 시간적 여유가 있는 사람만 참여해요. 그런데 이런 판이 깔리니 초등학생부터 70대까지 모일 수 있는 거죠.

와, 이런 시민 통합의 장이 더 많이 만들어져야 할 것 같네요. 시민오케스트라에서 꼭 해보고 싶은 공연이 있을까요?

시민오케스트라 연주회가 끝나고 나서 다음 연주회를 위한 아이디어 제안을 받더라고요. 저는 시민합창단을 모집해 함께 공연하자는 제안을 했어요. 시민합창단과 시민오케스트라가 5·18 광장에서 〈환희의 송가〉를 우리말로 부르는 거죠. 예전에 비슷한 시도를 구자범 지휘자가 한 적이 있어요. 5·18 추모 연주회를 말러 교향곡 2번 〈부활〉로 했는데, 광주시향이 연주하고 독일어 가사를 한국어로 바꿔 시민합창단이 불렀어요. 그 영상을 보면 지금도 전율에 휩싸입니다. 우리말로 부르는 말러의 〈부활〉이라니요.

> 일어나, 내 사랑아, 일어나/ 나 높이 날아오르리라, 사랑 날개 타고/ 살기 위해 죽으리라/ 자, 일어나. 내 사랑아, 너 일어나/ 어둠을 뚫고… 어둠을 뚫고/ 한 빛, 한 빛 되어 살아나라.

스러져 간 그들을 깨우고, 나를 깨우고, 우리 모두를 깨우는 노래죠. 제가 그 시민합창단에 못 들어갔던 것이 너무나 후회되거든요. 노래를 잘하든 못하든 이런 일에는 참여해야 했는데…. 그 공연을 위한 모든 한 걸음 한 걸음이 의미 있었어요. 이런 값진 시도가 한 번 더 있기를 바라고 있어요.

마지막 질문인데요, 박새별 님에게 예술이란 무엇일까요? 앞으로 박새별 님께 펼쳐질 예술은 어떤 걸까요?

저는 예술은 생활예술이어야 한다고 생각해요. 관객으로만 남는 예술이 아니라 참여 예술로 가야 한다는 거죠. 학교의 경우 스포츠클럽은 많은데 예술 활동은 별로 없어요. 예술을 아동, 청소년 시기의 고급 사교육 영역으로 보는 것 같아요. 예술이 좀 더 친숙한 환경이 되었으면 합니다. 그래서 저는 생활예술인이라는 말이 좋습니다. 생활예술인이 많아야 전문예술인도 살 수 있다고 생각해요. 우리는 함께 가야 해요. 팬이 있고 후원자가 있어야 하죠.

저는 예술을 통해 삶이 풍성해짐을 느낍니다. 우리의 일상이 지속적인 예술 활동으로 이어질 수 있는, 나를 예술로 표현할 수 있는 그런 삶이 모두에게 주어져야 해요. 그리고 제도가 그런 환경을 조성하는 데 기여하면 좋겠습니다.

우연히 광주송정역 플랫폼에서 새별 님과 마주쳤다. 학생 가방을 메고, 수업 자료처럼 보이는 것을 한 팔에 감아 든 채 열심히 수업 준비를 하고 계셨다. 그 뒷모습이 사진처럼 머릿속에 남아 있다. 인터뷰를 통해 상상했던 새별 님의 역동적인 일상을 목격한 순간이었다. 오래 활동해온 시민예술가로서 다정하고 날카로운 시선으로 바라본 광주 예술에 대해 해준 이야기는 흥미로웠다. 특히 예술을 관람하기도 하고, 직접 참여하기도 하는 사람이 가장 적극적인 후원자라는 말은 오래도록 뇌리에 남았다. 결국 예술은 그 행위를 하는 사람, 자발적으로 참여하는 사람, 보는 사람 모두가 향유할 때 진정한 가치를 갖게 되는 것 아닐까?

처음 새별 님을 만났을 때는 '경계'를 넘나드는 삶이라고 생각했다. 교사와 인터넷 강사의 경계, 제도권 안과 밖의 경계, 전문 바이올리니스트와 비전문적 바이올리니스트의 경계, 전문 직업인과 한 아이를 양육하는 부모의 경계 등 다양한 경계를 자유롭게 넘나드는 삶이라 여겼다. 인터뷰 후 계속된 생각의 끝에 '경계와 구분 짓기의 쓸모가 없어지는 삶'이라고 결론 내렸다. 새별 님은 그저 그 경계 위를 혹은 안팎을 자유롭게 유영하고 있을 뿐인데, 왜 '무엇이다' 정의하려 노력했을까? 예술이 일상이 된 삶, 예술로 일상이 풍성해진 삶에서는 애써 만들어놓은 경계가 무색해짐을 새별 님과의 대화를 통해 느낄 수 있었다.

03

예술로 광장을 만들다

연극인 · 독립기획자 임인자

소년의서 대표(2016~현)
광주광역시 예술인 지위와 권리보장을 위한 민관 협치TF 부위원장 (2022~2023)
연극의 해 2020 집행위원(2020)
《한국공연예술자치규약》 공동집필(2020)
광장극장 블랙텐트 운영위원(2017)
서울변방연극제 예술감독(2010~2015)
제10회 광주비엔날레 참여작가(2014)

2017 블랙리스트 좌담회, 사진 © 최성욱

보다 나은 환경, 안전한 환경, 지속 가능한 환경에서의 예술창작은 어떻게 가능할까? 사회 속 변방의 목소리들이 자리를 지키고 때로는 새로운 시작을 가져오도록 하는 '예술 생태계'를 꿈꾸며, 이를 실현하기 위한 실천을 주저하지 않는 한 사람이 있다. 예술이 다양한 언어를 가져야 한다는 것, 사회적으로 어떤 역할을 할 수 있어야 한다는 신념을 '연극'이라는 매체로, 나아가서는 삶 자체로 표현해내고 있는 임인자 님을 만나 그 겹겹의 여정들에 자리한 이야기를 들어보았다.

안녕하세요, 먼저 간단한 소개 부탁드릴게요.

독립기획자로 활동하고 있다고 말하지만 실제로는 기획은 잘 못하고 있고 '소년의서'라는 서점을 운영하는 임인자라고 합니다.

정말 간단하게만 소개해주셨지만, 다양한 일을 하시는 걸로 알아요. 우선 연극인 임인자 님 이야기를 나누고 싶어요. 처음에는 교사가 되기 위해 교대에 입학하셨다면서요.

네, 맞아요. 그런데 입학식에서 총장님 말씀 중에 잊히지 않는 게 있어 입학 첫날부터 충격을 받았어요. "여러분이 열심히 공부해서 졸업하면 많은 사람이 여러분을 우러러볼 것입니다"라고 하셨어요. 지금 생각해보면 신입생들에게 교사로서 자긍심을 심어주기 위해 한 말씀이라고 봐요. 그런데 그때 당시 저에게는 뭐랄까… 제가 학생일 때 봐왔던 굉장히 폭력적인 선생님들의 이미지가 갑자기 교차했던 것 같아요. '우러러본다'는 게 참 좋은 말인데 저에게는 굉장히 위계적으로 다가와 입학 첫날부터 학교에 적응을 잘 못 했던 것 같아요.

말 그대로 입학한 첫날부터네요.

네, 맞아요. 그리고 자율성이 없는 것도 불만이었어요. 교대는 시간표가 정해져서 나오거든요. 1학년 때부터 공부만 해야 한다는 것이 또 충격이었어요. 입학 이후 충격이 연타로 오니까 적응을 못 했고 그래서 서둘러서 동아리에 들어갔어요.

어떤 동아리인가요?

연극 동아리인데 제가 숨 쉴 수 있는 공간이 되어주었죠. 무엇보다 연극을 무대에 올리기 위해 연극 대본을 두고 같이 분석하는 시간이 있잖아요. 연극 연습은 대사를 외우고 무대 위에 서서 뭘 해보는 게 다가 아니에요. 작품에 대해 모두 모여 학습하는 시간에서부터 시작돼요. 저는 이 시간이 너무 재미있었어요. 인물 분석, 상황 분석을 하는데 제가 이야기하면 선배님들이 '굉장히 날카로운데!' 하면서 칭찬을 막 해주시곤 했어요. 그래서 '나는 이런 분석을 잘하는 사람인가 보구나' 하고 좀 자신감이 생겼던 것 같아요.

그러다가 연극으로 아예 방향을 튼 건가요?

사실 평론을 해보고 싶다는 마음이 생기면서 본격적으로 연극 쪽으로 가야겠다고 생각했죠. 그런데 내내 공부만 해왔던 터라 연기 실기를 준비하는 게 어렵더라고요. 수능과 내신성적 그리고 본고사를 같이 보는 학교를 찾았고 그래서 중앙대학교 연극학과에 연출 전공으로 입학했어요.

동아리가 선생님께 변화를 불러일으켰네요. 중앙대학교 연극학과에 입학하면서 연극을 분석하고 토론하는 활동을 마음껏 하셨나요?

처음에는 연극을 제대로 공부할 수 있겠구나 해서 너무 좋았는데…. 집단으로 하는 연극을 강조하다 보니 위계적이었다고 생각해요. 물론 저는 선배들이 하라는 대로만 하는 학생은 아니었지만 약간은 폭력적인 문화에 길들여진 면도 없지 않아 있었던 것 같아요. 당시에는 그렇게 해야 연극이 가능하다고 배웠던 시기이기도 해요. 연극이 공동 작업이기 때문에 더 그런 면이 강조된 것 같기도 하고요. 그렇지만 굉장히 열정이 넘쳤던 시기였어요. 새벽 4시 반에 끝났는데도 아침 9시에 수업을 가고, 또 새벽 3시 넘어서까지 연습하고. 거의 그런 생활의 반복이었어요.

임인자 님 생각에 요즘 대학문화는 달라졌나요?

2018년 '미투운동' 이후 확실히 달라진 것 같아요. 제가 1990년대 말과 2000년대 초 사이 고학년이 되고 졸업할 때쯤 학과에 대자보가 붙었어요. 학교의 폭력적이고 위계적인 문화를 거부한다는…. 이게 1990년대 말인데요, 체육을 포함한 예체능 계열이 대부분 그랬을 것이라 짐작해요. 과정보다는 '결과'를 중요시하는 한국 사회의 풍토가 고스란히 있었던 거죠.

저는 이런 이야기를 들을 때 항상 드는 생각이 예술가는 가장 창의성을 요구하는 집단이거나 직업군일 텐데 어쩌면 가장 폐쇄적인 방식으로 운영이 되어왔고 그럼에도 어떤 결과들을 만들어왔다는 것이에요. 물론 시대적인 이유도 분명 있겠지만요.

네, 맞아요. 그래서인지 제 동기가 35명이 입학했는데 그중에서 연극을 지금까지 계속하는 친구가 몇 명이 안 돼요. 그 찬란하게 빛났던 친구들이 아닌 왜 가장 평범했던, 가장 창의적이지 않았던 내가 연극을 하고 있을까? 저는 이런 의문이 자꾸 들어요. 정말… 정말 잘했던 친구들이거든요. 그래서 저는 정책 공부를 되게 많이 했어요. 행정도 공부하고. 도대체 왜 이런 일이 생기는지 너무 궁금해서요.

정책 공부로 이어졌다는 게 좀 놀라워요. 그래서 선생님 나름대로 해답을 찾으셨나요?

해답이라… 좀 복잡하다는 생각이 드네요. 저는 사실 우리나라 문화정책이 좀 아쉬운 부분이 많다고 생각해요. 지금도 예술을 지원하고 후원한다는 개념이 굉장히 단속적으로 이루어지고 있거든요. 책으로 치면 그냥 책 한 권을 쓰는 데만 관심을 두는 거죠. 제가 정말 중요하게 생각하는 것은 하나의 '생태계'거든요. 굉장히 다양한 것들이 공존하는 생태계 안에서 이루어지는 예술 활동이 중요한데, 그런 생태계가 제대로 형성되어 있지 않고 그래서 제대로 기능하지 않고…. 그런 부분이 아쉬워요.

다양한 것이 공존하는 생태계가 만들어지고 유지되어야 예술 활동을 지속할 수 있는데 그게 안 되어 있다는 거죠?

네. 제가 2004년부터 2015년까지 '변방연극제'를 하면서 새롭고 실험적이고 또 사회적인 것으로서의 '변방'에 대해 많이 고민했고, 한켠에서는 그런 것들이 하나의 생태계로 자리 잡고 있어야 그 속에 있는 다양한 것들이 그 목소리를 내고 지속할 수 있다고 생각했어요. 그래서 변방연극제 때 그런 장으로서 축제의 역할에 대해서 많이 생각했어요. 뭐랄까? 예술감독은 젊은 예술가의 작품들을 프로그래밍하는 입장이잖아요. 되게 완성도 높고 결과적으로 좋은 작업들도 있지만, 지금 어떤 과정을 밟아가고 있는가도 굉장히 염두에 두면서 프로그래밍을 했어요. 그런 방식으로 지속 가능한 것들을 하다 보니까 변방연극제에 참여하셨던 예술가분들이 지금도 여러 군데에서 활발하게 활동하세요.

변방연극제 하면 '변방'의 의미를 가장 먼저 물어볼 것 같아요. 지금 인터뷰 중 선생님이 '변방'의 의미를 어떻게 개념화하셨는지 생각해보았어요. 주변에서 중심으로 이동할 수 있는 힘을 가진 어떤 것은 아닐까 하고요.

꼭 중심으로 가지 않아도 돼요.

사회적 사건을 예술의 영역으로 가져와야 한다고 인터뷰하신 것을 읽었던 것 같아요. 왜 그런 생각을 하셨나요?

제가 활동했던 시기가 구체적으로 2000년대부터 2010년대인 것 같아요. 예술이 어떤 '사회적' 목소리를 담기보다는 이야기, 인물에 좀 많이 천착하고 있었어요. 말하자면, 텍스트 기반의 이야기 구조를 전달하는 매체로서의 연극이 많았죠. 저는 예술이 새로운 시선이나 방법으로 사회에 목소리를 내야 한다는 문제의식을 갖고 있었어요. 기존의 이야기나 인물은 기존 사회의 의식과 관념을 바탕으로 구성되다 보니 기존의 생각들을 답습하고 있다고 생각했어요. 새로운 형식이 매우 중요하다고 생각해 그런 부분에 반기를 가지고 극장에서 나온 연극이나 일상으로 들어가는 연극에 관심을 두었어요. 사람들이 '연극'이라고 했을 때 갖는 일반적인 생각을 과감히 바꾸는 시도가 필요했어요. 기존과 다른 무언가 새로운 언어를 찾고 싶다는 생각을 했기에 자연스럽게 그쪽으로 향했던 것 같아요. 제게 있어 큰 고민과 실천에는 '변방'이라는 것도 있지만 사실 '다양성'도 화두예요.

임인자 님은 언제부터 우리 사회의 문제들에 관심을 두기 시작하셨는지

진동젤리[법 앞에서] 2014 변방연극제 공식 초청작, 사진 © 유영록

궁금해요.

저는 초등학생 때부터 꽤 멀리 있는 학교를 다녔어요. 그때 버스로 등하교하면서 본 풍경은 굉장히 극과 극이었어요. 지금은 제가 살던 곳도 아파트촌으로 바뀌었지만 당시에는 다 논밭이었거든요. 논밭에서 광주의 가장 번화한 도심을 지나 학교를 간 거죠. 다른 친구들보다 이런 광경을 끊임없이 봐와서 세계에 대한 의문을 자연스럽게 갖게 되었어요. 학교에서는 배우지 않은 것들을 생각하게도 되었고요. 사실 저는 5·18에 대해 잘 몰랐어요. 나중에야 그때가 검열의 시기여서 학교에서 5·18을 듣지도 배우지도 못했구나, 하고 알았죠.

모든 것이 금기되었던 시대가 있었죠. 특히 대중문화예술을 탄압하던 시기도 있었고요.

제가 학교 다니던 때가 거리에 나가면 어떤 언급 없이, 그냥 보이지도 않는 최루탄에 '맵기만' 하던 시대였기 때문에, 스스로 질문을 해야 했어요. 저는 연극이나 예술 역시 답을 주는 것이 아니라 질문을 해야 한다고 생각했기에 예술이 하나의 모습을 하고 있는 게 썩 흥미롭지 않았어요. 그래서 계속 새로운 것, 다른 관점과 시선을 찾았고, 그 언어도 중요하다고 이야기하고 싶었던 것 같아요. 지금은 사회적 이슈에 목소리를 내는 연극이 많아요. 20대 학생들이, 또 광주와 관련 없는 학생들이 5·18을 이야기하고, 연기하고, 후원하는 것도 보고요. 사회적이고 정치적인 것에 아무 관심이 없는 학생들도 많지만요.

연극인 임인자 님께서 생각하는 연극의 매력은 뭘까요?

TV와 영화는 프레임이 주어지잖아요, 연극은 그 프레임을 자기가 설정할 수 있다고 생각해요. 또 하나가 연극은 시간을 다룬다는 점이에요. 영화랑 비교하면, 영화는 인간의 나이나 계절이 바뀐다든지 장소가 바뀐다든지… 이렇게 시간을 그대로 재현할 수 있잖아요. 그런데 연극은 무형 속에서 그 시간을 오롯이 배우의 몸이나 대사나 한정된 공간을 통해서만 드러내거든요. 굉장히 짧은 순간에 집약해서 보여주죠. 시간과 공간을 뛰어넘기도 하고. 그런 점이 저에게는 매우 매력적인 부분이에요.

그 어떤 분야보다 배우에게 많은 것이 달려 있는 것 같아요.

배우 훈련이나 연기술이 중요한 이유도 이런 것을 잘 보여주는, 그 순간을 잘 만들어내는 것과 직결되어 있어요. 그러려면 또 배우가 잘 훈련할 수 있는 환경이 있어야 하고요. 배우는 자신의 생을 걸고 무대 위에 서잖아요. 그런 의미에서 무대라는 공간은 다양한 시간이 겹치고, 다양한 삶의 의미가 중첩되는 곳 같아요. 배우라는 어떤 역할로서만이 아니라 삶들이 오롯이 무대 위에서 만나는 순간이 있는 곳이요. 예를 들어 광장에 모인다고 하면, 결집되어 그 순간들을 만들어가는 느낌이랄까, 우리 사회 현상을 봐도 작은 움직임이 모여 어느 순간 들불처럼 일어나는 그런 순간들이 있잖아요.

연극도 저는 작품 하나하나가 그런 순간들을 만들어내는 과정이라고 생각해요. 그런 의미로 저는 엔터테인먼트한 거로만 끝나는 것에 거부감이 살짝 있는 것 같아요. 확실히 뭔가 그 순간 관객들하고 광장을 이루었으면 하는 바람이 있어요. 그런 순간에 대한 가치 지향은 사람마다 다 다를 것 같아요. 각자의 지향이 그 순간에 무엇을 바라보고 있느냐에 따라 드러날 것 같아요.

2010 <도시이동연구 혹은 연극 당신의 소파를 옮겨드립니다>, 크리에이티브 바키, 사진 © 임인자

지금 말씀을 들으니 연극을 보면서 그 '순간'을 경험해보았나 하고 자문해 보게 되네요. 저는 사실 기분전환을 위해 연극을 보거든요.

대학로에 가면 그런 연극이 많기는 해요. 한편으로는 연극이 너무 고고한 태도로 관객들에게 정보 제공을 충분히 해주지 않는 문제도 있어요. 처음 대학로에 연극을 보러 오면 뭘 봐야 할지 몰라서 그 앞에서 표를 판매하는 분들을 따라서 가거든요. 이는 뭘 봐야 할지 모르는 사람의 잘못이 아니고 연극계가 별로 친절하지 않아서라고 생각해요. 그러다 보면 결국 상업적인 프로덕션에 의해 돌아가는 공연들만 가능해질 수밖에 없는 거예요. 결론적으로는, 제작 환경이 많이 바뀌어야 관객들하고의 접점을 만드는 것도 가능해져요. 작품은 오롯이 자기의 언어대로 만들되 관객들하고 만나는 작업은 좀 더 열린 태도로 해야 한다고 생각해요.

그런데 쉽지는 않죠. 작품 만드는 것만도 버겁거든요. 저도 그랬고… 저도 변방연극제를 하면서 결단코 친절하지 않았던 것 같아요. 돈도 없고 매체에 더 광고를 할 수 있는 것도 아니고 그러니까 친절할 수가 없었어요. 그런데 저의 철학은 사실 좀 더 불편한 언어로 하더라도 좀 더 쉽게 접근할 수 있게 더 다양한 시도를 해 보는 게 좋다는 거예요.

전에 하신 인터뷰에서 '미학적'을 강조하셨는데 그것은 어떤 의미인지 궁

금했어요. 임인자 선생님께서 추구하는 아름다움, 우리가 느꼈으면 하는 그 아름다움이 뭘까요?

예를 들면 꼭 성형수술을 해야 하는 전형적인 아름다움이나 사회에 의해 부과된 클리셰적인 미학이 아닌 예술을 통해 사회적인 목소리를 낸다거나, 다양한 시선을 녹여냈을 때 가능한 아름다움이에요. 그런 아름다움이어야 질문하고 감각적으로 받아들일 수 있을 것 같아요.

감각적으로 받아들인다… 조금 더 자세히 말씀해주신다면요.

그러니까 머리로 이해하기에 앞서, 사람들의 몸과 감각으로 다가가서 들불처럼 무언가가 일어났으면 하는 거죠. 그랬을 때 어떤 사람들은 마음이 동할 것이고, 또 어떤 사람들은 나아가 무언가 실천을 하는 거죠. 연극을 통해 무엇인가를 강요하거나, 정답을 내리도록 하는 선에서 끝나지 않고 사람들이 무언가를 더 찾아가도록 하는 것이 연극이 제공하는 미학이었으면 좋겠다는 생각을 하고 있습니다.

지금은 연극 활동은 안 하고 계시나요? 이렇게 연극을 사랑하시는데 다시 곧 연극계로 돌아가지 않으실까, 이런 생각을 해요.

사실 처음 문제 제기에 동참했을 때, 응당 해야 하는 일이니까 하고 했는데 그러다 보니 경계를 계속 받게 되더라고요. 이제 지역에서 예술 활동을 한다는 게 정말 어렵다는 걸 엄청 절감하고 있어요. 그래서 처음에는 솔직히 나도 연극이 너무 하고 싶은데 하며 막 조바심이 났어요. 연극 보러 가서 젊은 예술가들을 보고 뭔가 반가운 마음도 갖는 시기를 거쳤는데, 그분들이 일련의 사건들을 겪으면서 떠나는 걸 보면서 너무 조급해하지 말자 이런 생각을 가지게 되었어요.

너무 슬퍼하지도 말고 제가 할 수 있는 걸 좀 차분히 시간을 가지고 해보면서 적당한 때를 기다리고 있어요. 몇 년이 걸릴지는 모르겠지만요.

최근에 광주광역시 예술인 관련 조례 제정에 참여하신 걸로 알고 있어요.

2023년 '광주광역시 예술인 지위와 권리보장 조례'라고 전체 예술인뿐만 아니라 예비 예술인까지 포함하여 만들어진 조례예요. 헌법 22조를 보면 예술인의 권리를 '법률로써' 보호한다는 조항이 있어요. 1948년 제헌 헌법부터 있었던 명시적인 조항인데 그럼에도 2011년에 최고은 작가님*이 돌아가시기 전까지 예술인

* 단편영화 〈격정 소나타〉의 감독이자 시나리오 작가인 최고은 씨가 2011년 1월 경기도의 월셋집에서 숨진 사건이 있었다. 고인은 갑상선기능항진증과 췌장염을 앓다가 수일째 굶은 상태에서 제대로 치료를 받지 못해 사망한 것으로 알려졌다. 그가 마지막으로 이웃에게 남긴 쪽지에는 '그동안 너무 많은 도움을 주셔서 감사합니다. 창피하지만

의 권리에 관한 구체적인 법률이 존재하지 않았어요. 그간 공연법, 문화예술진흥법 같은 관련 법은 있었는데 대부분 일제강점기에서부터 넘어온 것이기에 관리나 통제를 주목적으로 해요. 또 예술 진흥이 정부에 의해 이루어졌고 작품 창작의 과정이 아닌 결과물에만 집중하면서, 예술인의 권리에는 우리 사회가 관심도 두지 않았던 거죠. 최고은 작가님이 돌아가신 다음에야 예술가의 권리, 생존 문제가 우리 사회의 수면으로 떠올랐어요. 그 이전에 달빛요정이라는 가수 이진원 님이 돌아가신 경우도 있었고요. 예술가 하면 그 예술가의 창작의 결과물에 집중하면서 과정이 어떻게 되는지에는 많은 관심을 두지 않는 것 같아요. 무언가 사회와 또는 우리와 거리가 먼 직업군이라고 여기거나 예술가는 부유하다는 인식도 존재했는데 예술계에는 생존의 문제가 양극화되어 있어요. 실제로 최고은 작가님의 죽음이 우리 사회에 충격을 주면서 예술계 내부의 양극화를 드러냈죠. 나아가 예술가들에게도 복지와 권리가 필요하다는 사회적 담론이 만들어지면서 2011년 '예술인복지법'이 제정되었어요.

며칠째 아무것도 못 먹어서 남는 밥이랑 김치가 있으면 저희 집 문 좀 두드려주세요' 라는 글귀가 적혀 있었다고 알려졌다. 이 사건이 영화계 관련자들에게 알려지면서, 영화 제작의 열악한 현실과 관행적 시스템에 대한 문제가 수면으로 떠올랐다. (관련 기사: https://www.pressian.com/pages/articles/103394)

사회적으로 큰 반향을 일으킨 사건들이었죠. 물론 오랜 기간 축적된 문제가 수면 위로 올라왔을 뿐이겠지만요. 그래서 예술인복지법이 제정된 이후 어떤 변화가 있었나요?

그런데 참 안타깝게도 2014년 세월호 참사 이후 '블랙리스트' 문제가 터졌잖아요. 국가에 의한 검열과 배제가 일어났던 굉장히 큰 사건이었죠. 저 역시 아직도 검열의 경험으로 고통스럽게 살아가고 있으니까요. 우리나라는 검열이 금지되었는데 왜 이런 일이 일어날까? 그렇다면 국가로부터 피해를 입고, 이른바 국가폭력의 피해를 입었을 때, 예술인은 어떻게 권리보장을 받아야 하는 거지? 이런 질문을 가지고 '예술인복지법'을 살펴보니까, 모든 관리 주체가 문화체육관광부 장관으로 되어 있는 거예요. 그런데 이 블랙리스트 문제의 경우 청와대, 문화체육관광부, 한국문화예술위원회 이런 구조 안에서 집행되고 실행되었다는 점에서 '국가'를 가해자로 볼 수 있는 거잖아요. 하지만 예술인복지법을 보면 공연방해, 불공정행위 등이 발생했을 때 그것을 신고받고 해결해야 할 주체가 문화체육관광부 장관으로 상정되어 있는 점이 아이러니한 거죠. 그렇다면 바로 그 문화체육관광부 장관을 비롯한 국가기관에서 불법적인 행위를 했을 때, 어떻게 해야 하지를 다시 한번 질문했는데 관련 법이 없는 거예요. 이런 문제의식이 공유되면서 검열과 블랙리스트를 방지하는 법률이 만들어지려는 움직임이 있었어요.

예술인 지위와 권리보장에 관한 법률 제정은 그러한 움직임들의 결과라고 볼 수 있을까요?

때마침 '미투운동'이 일어났던 시기(2018년)와도 맞물리면서 블랙리스트 문제 해결과 폭력적인 환경에서 벗어나 평등하고 안전한 창작환경에서 예술인들의 권리를 보호하고자 국회에서 '예술인 지위와 권리보장에 관한 법률'이 만들어졌습니다. 광주에서도 그사이에 광주시립극단 문제를 기화로 해서 예술인들과 함께 싸우면서 이런 조례가 필요하다는 담론이 형성되었어요. 그 큰 이유 중 하나는 국가에 이런 법률이 있지만 실제로 지역까지 내려와 작동하는 데에는 지방자치단체의 실제 실행이 필요한데 그러기 위해서는 조례가 핵심적인 역할을 하기에 조례 제정의 필요성을 이야기한 거죠. 그래서 조례를 만드는 데 참여했고 광주광역시의회에서 2023년 2월에 통과되었어요.

광주 예술인 지위와 권리보장 조례는 말 그대로 권리보장을 위한 조례인데 보장이 어떤 방식으로 되는 건가요?

실제로 조례가 필요하다는 생각에 예술인의 목소리를 모아 만들었다고는 하지만, 그것들이 제대로 작동하기 위해서는 지방자치

단체의 집행 의지가 있어야 해요. 예컨대 예술인복지법에도 지방자치단체의 책무가 언급되어 있어서 광주에도 '광주광역시 예술인 복지 증진에 관한 조례'가 있습니다. 하지만 광주시립극단에서 성희롱, 불공정 계약 강요, 직장 내 갑질 등 총체적인 불공정 문제가 발생하였을 때 예술인들이 제도적으로 호소할 장치가 마련되어 있지 않았어요. 안타깝게도 전국 최초로 조례가 만들어졌지만 지금도 예술 창작 현장에서는 많은 일이 일어나는데, 공식적으로 찾아가 상담할 만한 곳도 마땅치 않은 것이 현실이죠.

최초로 만들었군요. 어쩌면 다른 지역에서도 눈여겨볼 것 같아요.

그런데 지금 그런 제도적 장치는 있지만 집행이 되지 않고 있는

극단 신세계 김보경, 콜드콜텍 김경봉, 파인텍 홍기탁, 연출 마두영, 사진 © 신유아

상황이거든요. 그래서인지 예술가분들이, 소년의서가 지금 7시까지 운영하는데 7시 이후에 상담을 받으러 오시는 경우가 종종 있어요. 제 생각에는 공식적인 상담 창구가 있어야 할 것 같아요. 이런 게 있어야 연결을 해서 법률지원이나 제도적인 변화를 위한 노력을 차분히 해나갈 수가 있을 것 같아요.

선생님 개인이 비공식적으로 이런 일을 담당하고 있으시네요?

제가 이런 활동을 하고 있다 보니까 자연스럽게 찾아오시는 것 같아요.

어떻게 보면 그래서 더욱 실제 예술가들의 명암이라고 할까, 그런 부분을 체감하고 목격할 수밖에 없는 위치에 지금 있으신 것 같아요.

네, 그런 것 같아요.

심적으로 힘든 부분도 있으시죠?

많이 힘든 것이 사실입니다. 2018년에는 김천에서 무대 설치 작업 중 조연출로 참여했던 예술가가 추락해서 사망한 사건도 있었어요. 그 경우 사실 기사화도 되고 하면서 사건이 잘 해결되고 있을 거라 여겼는데 실제로 2020년 2월에 제가 방청을 하러 김천 지방법원에 갔는데, 정말 아무도 없이 유가족 딱 두 분만 계셨어요. 이것만 보아도 안전한 환경에서 예술 활동을 보장한다는 것이 얼마나 어려운 상황인지 알 수 있죠. 결국 가장 취약한 위치에 있는 예술가들에게까지 미칠 수 있도록 제도적 안전장치가 작동해야 한다고 생각해요.

말씀을 듣다 어디까지 예술가로 봐야 하는지를 생각했어요. 뮤지컬이나 연극 하면 일반적으로 무대 위 사람들을 떠올리잖아요. 그런데 거기에 관련된 모든 사람을 예술인의 영역으로 말씀하시는 것 같아요. 그런 부분에서는 이상하게 감사한 마음이 드네요.

최근에는 영역이 더 확장되고 있어요. 예를 들면 배리어프리Barrier Free와 관련한 매니저, 접근성 매니저도 새로운 직군으로 예술작품을 만드는 데 같이 합류하고 계세요. 스테이지 매니저나 하우스 매니저처럼 종합적으로 살피는 접근성 매니저가 생긴 거죠. 미투운동 이후에는 인티머시Intimacy 매니저라고 해서 어떤 장면에서 배우가 노출을 해야 한다면 사전에 약속된 범위의 연기와 연출, 최소 스태프 참여 등 관련 부분을 전문적으로 담당하는 사람도 생겼어요. 뮤지컬의 경우 샤프롱Chaperon이라고 해서 아역 배우들을 전담해 돌보는 직업군도 있고요. 그래서 지금 나오는 포스터나 팸플릿을 보면 참여하는 스태프의 명칭이 상당히 세분화되어 있어요. 최근 이슈가 되었던 동물 가이드라인도 그렇고요.

사실 불과 얼마 전까지만 해도 진짜 안 지켜졌던 것들이거든요. 현재 예술 현장에서는 안전한 창작환경을 만들기 위한 장치들을 많이 고민하고 있어요. 우리 연극인의 경우 《한국 공연예술 자치 규약 KTS, Korea Theatre Standard》이라는 규약집을 만들었어요. 거기에 안전한 창작환경 조성을 위한 여러 약속을 담았는데 한 가지 소개하고 싶은 것은 안전관리자 제도를 만들자는 제안이에요. 프로덕션에 위계에 의한 소통 문제가 있다거나 할 때, 안전관리자를 통해 말할 수 있도록 장치를 마련하는 거죠. 제도적인 장치가 있다면 반드시 보완되는 부분이 있다고 생각해요. 환경을 바꿔가려는 노력이 생기고 있는 거죠.

노력하고 있다는 건 나아지고 있다는 뜻이기도 해 조금은 긍정적으로 희망을 가지게 되네요. 지금 서점을 운영하시는데, 서점 운영은 임인자 님께 어떤 의미일까요?

변방연극제를 하면서 형제복지원 사건 연극을 초대해 올렸어요. 그때 변방의 의미가 저에게는 굉장히 확장되었거든요. 그전까지는 경계의 안과 밖을 좀 더 많이 생각했다면 밑에 깔린 것들, 대감금의 역사까지로요. 그리고 그 사건을 알린 책이 《살아남은 아이》예요. 그 책을 판매하고 싶다는 생각으로 서점을 시작했어요. 한편으로는 서점이 많이 없어지는 데 대한 아쉬움 때문이기도 해요. 인터넷서점이 나오고 지역을 대표한다는 서점들조차 사라졌어요. 대형 체인 서점 몇 개만 남았죠. 물론 최근에는 독립서점들이 늘고 있지만요.

서점이 없어지는 것에 대한 아쉬움, 왜 그런 마음이 드셨을까요?

저는 작지만 다양한 목소리가 모이는 장으로서의 서점을 생각했던 것 같아요. 그래서 여기 오면 그런 목소리들이 있는 책들을 만났으면 해요. 실제로 우리 서점에서는 베스트셀러가 안 팔려요. 진짜 신기하죠. 정말 자기의 개성대로 본인의 생각과 맞는 책을 사세요. 작년에 우리 서점에서는 《세계 끝의 버섯》이 제일 많이 팔렸어요.

정말요? 흥미롭네요. '소년의서'만의 베스트셀러 목록이 만들어지면 꼭 한 번 확인해보고 싶어요. 임인자 님의 바람대로 '다양한 목소리가 모이는 장'으로 느껴져요. 서점에서 때로는 다른 서점들과 함께하는 활동들을 보면요. 서점의 위치가 광주극장, 베이커리 빵과장미, 영화의 집 사이에 있는데 일부러 이곳에 자리 잡으신 건지도 궁금하네요. 서로 어떤 연대 혹은 시너지를 내고 있나요? 특히 광주극장은 광주 예술에 있어 상징적인 곳이기도 하잖아요.

실은 책을 많이 팔기 위해서는 국립아시아문화전당 근처로 가야 해요. 그렇지만 예전에 관련 프로젝트에 참여하면서 5·18 삭제 지시를 받은 적이 있었던 곳이라 저에게는 그곳이 트라우마의 공간이기도 하거든요. 그래서 가고 싶지 않더라고요. 그럼 어디로 가야 할까 생각했을 때, 떠오른 곳이 광주극장이었어요. 예술영화, 독립영화를 상영하는 곳인데 제가 유일하게 숨을 쉴 수 있는 공간이기도 하거든요. 물론 처음부터 현재 위치를 광주극장에서 허락해주신 건 아니고 지금 위치에서 좀 더 골목 안쪽에 작게 있다가, 감사하게도 광주극장 옆 건물로 이사 올 수 있었어요. 그러고 나서 작년에 빵과장미라는 베이커리가 자리 잡았어요. 특이하게도 건물 구조 때문에 빵과장미에서 빵을 만드는 소리가 들려요. 한참 트라우마와 우울, 공황에 시달리면서 서점을 운영하는 것도 사실 쉽지가 않았거든요. 그런데 새벽에 들려오는 빵 만드는 소리가 저에게 큰 힘을 주었어요.

복잡하고 혼란스러운 오늘날, 예술이 우리 삶에 어떤 역할을 할 수 있을지… 혹은 예술이니까 할 수 있는 것이 무엇이라고 생각하시나요?

예술은 다른 것을 상상할 수 있도록 하는 그 자체만으로 큰 힘을 준다고 생각해요. 프랑스의 68혁명 당시 '상상력에 권력을'이라는 슬로건도 내세웠지요. 사회에 새로운 것들로 관습적인 것을 균열 낼 수 있는 힘, 다른 관계를 모색할 수 있는 힘, 새로운 주체를 발견하는 힘 등 예술의 역할은 정말 무궁무진하다고 생각해요. 며칠 전에 책방에 온 외국 손님과 이런저런 대화를 나누었는데 외국인의 시선에서 한국과 중국 그리고 일본의 문학을 비교 분석하는 이야기를 들었어요. 사회와 개인이 어떠한 관계를 맺고 있는가를 많이 생각해보게 된 대화였어요. 저는 시민으로서도, 한 개인으로서도, 공동체의 일원으로서도 어떠한 방식으로 살아가야 할지가 늘 숙제이고 어렵다는 생각을 하거든요. 그리고 연대 활동으로 크고 작은 사건들을 겪으며 아직 개인의 삶이 오롯이 회복되지 않은 상태인 것 같아요. 여전히 힘들거든요. 누군가는 빨리 훌훌 털어버리라고 하지만, 마음처럼 쉽지가 않아요. 그럴 때 책이나 예술을 통해 다른 세계에 접촉하는 게 저에게는 조금이나마 힘이 나게 만들어주는 것 같더라고요.

사회 이면에 숨어 있는 위계, 부조리, 관행 같은 것들을 포착하고, 변화를 위한 불쏘시개를 자청하는 데는 커다란 용기가 필요하다. 마음에 떠오르는 진실의 목소리들을 외면하지 않은 임인자 님에게 '연극'이란 수많은 예술 장르 중 하나가 아니라 사회에 목소리를 내는 언어이자, 그를 보는 관객들의 몸과 마음에 반향을 일으키고, 나아가서는 더 큰 변화의 가능성을 담지하게 하는 힘이 아닐까 싶다. 배우의 몸짓과 대사를 통해 새로운 시공간의 세계를 열어주는 연극과 함께하며 변방의 목소리들에 주목해왔던 임인자 님은 이제 서점 '소년의서'를 열어 작지만 다양한 목소리를 모으고 다독이고 보살피며 개성이 공존하는 공간으로 가꿔가고 있다. 그렇기에 책방을 방문하는 이들은 단지 사물로서 책을 접하는 것을 넘어, 다른 가능성을 꿈꾸고 상상할 수 있게 하는 예술의 힘을 느끼며 책 한 권 한 권이 열어 보이는 세계를 만나지 않을까. 방문자들의 다양한 시간과 삶의 이야기가 켜켜이 쌓여, 여러 시선과 언어가 돋아나는 공간이 되기를 바란다. 임인자 님과의 인터뷰를 위해 녹음기를 켠 그날이 머릿속에서 떠나지 않는다. 내가 전하는 인터뷰 취지와 앞으로 할 질문들을 수첩에 적어가며 생각을 가다듬던 임인자 님이 이야기를 시작했을 때, 서점 안 다른 면들은 흐릿했고 임인자 님의 차분하지만 분명한 말들만이 선명하게 보였다. 인터뷰를 읽는 모든 독자가 그 선명한 말들을 볼 수 있기를, 그 공기의 질감을 느낄 수 있기를 조심스럽게 바라본다.

3장

더 큰 '우리we'를 꿈꾸며

발레리나 노윤정

스트릿댄스 팀 빛고을댄서스

WE ARE ARTISTS

01

사랑하는 공동체와 더불어 도약하는 예술가

발레리나 노윤정

광주시립발레단 상임단원

러시아 국립 예술대학GITIS 연수, 지도자 과정 이수

제28회 광주예총 문화예술상 우수상(2022)

제3회 호남을 빛낸 인물대상 문화예술대상(2021)

제25회 광주무용제 대상(2016)

제25회 전국무용제 대통령상(2016)

제25회 전국무용제 안무상(2016)

그녀의 말은 수려하지 않았지만 내뱉는 한 마디 한 마디에 발레를 향한 진심이 담겨 있었다. 활짝 웃는 표정과 풍부한 손짓은 그 자체로 이를 증명했다. 발레리나이자 안무가로서 노윤정 님의 삶이 무대에서 펼쳐지고 있는 것만 같다. 여전히 무대에 서고, 무대 밖에서도 제2의 발레 인생을 준비하는 그녀의 과거부터 '지금' 그리고 미래까지 인터뷰를 통해 만나보았다. 살아감으로 많은 이에게 질문과 용기를 동시에 주는 그녀의 삶을 소개한다.

안녕하세요, 윤정 님. 정말 만나 뵙고 싶었습니다.

반갑습니다. 광주 시립발레단에서 22년째 춤추고 있는 무용수 노윤정입니다.

선생님께서는 어떻게 발레를 시작하셨는지, 그 계기가 궁금해요.

처음부터 어떤 뜻을 세우고 발레를 시작한 건 아니었어요. 막연하게 어릴 때부터 어머니에게 '너는 무용을 해야 한다'고 듣고 자란 영향이 컸던 것 같아요. 무용수가 안 되면 안 될 것 같았죠. 하하.

어머님의 권유가 있으셨던 거군요.

네, 처음 무용을 시작했을 때가 초등학교 5학년이었어요. 어머니가 어렸을 때 무용을 하고 싶어 하셨는데, 그 시절에는 자녀에게 무용을 시키는 부모는 극소수였죠. 그래서 무용수라는 꿈을 펼치지 못한 채 결혼을 하셨어요. 뒤늦게 한국무용을 배우셨는데 그때 어머니가 다니는 학원에 따라갔다가 저도 한국무용을 시작했어요. 중학교 2학년 때 제 무용 선생님이 대전으로 옮겨 가셨고, 제가 무용을 배우고 있던 걸 알던 학교 무용 선생님이 '전남발레'라는 학원에서 한국무용도 배울 수 있다고 가보라고 권해주셨어요. 그런데 원장 선생님이 저를 보고 발등 모양도 그렇고 발레하기 좋은 신체조건이라고 발레를 해보는 게 어떠냐고 하시더라고요. 그렇게 시작했어요.

그럼 발레는 중학교 2학년 때부터 시작한 거네요? 그 후 고등학교까지 특기생으로 가시고요?

네. 그러니까 중2 때부터 지금까지 발레만 한 셈이에요. 요즘은 아주 어렸을 때부터 발레를 시작하는데, 당시에는 무용하는 애들이 많이 없었고, 발레를 하는 애들은 더더욱 없었어요. 그래서 희소성이 있었죠. 특기생으로 가려면 수상 경력이 있어야 해서 대회에 나가서 상도 받았어요. 그런데 당시 광주예고 전공에는 발레가 없었어요. 한국무용만 있었죠. 그래서 일반 고등학교이지만 무용 선생님이 계신 중앙여고에 특기생으로 진학했어요.

어떻게 보면 발레를 시작한 것 자체는 발등 모양이 좋아서 발레를 하라고 권유해주신 학원 선생님이 계셨고, 또 그전에 어머니의 영향이 컸던 것 같아요. 한국무용을 하는 어머니는 흔치 않은데…. 어머니께서 윤정 님이 발레하시는 것을 엄청 좋아하시고 또 자랑으로 여기실 것 같아요.

여러 부분을 고려했을 때 어머니가 저의 정신적 지주라고 말할 수 있을 것 같아요. 저희 어머니는 무용하는 저를 늘 적극적으로 나서서 지지하고 지원해주세요. 학교나 무용계에서 저는 몰라도

사진 © 이돈규

어머니는 알 정도였죠. 하하. 엄마가 약간 여장부 스타일이셔서 말을 시원시원하게 하시고, 추진력도 있어요. 이제는 제가 어머니께, "엄마, 어디서든 노윤정 엄마임을 잊어서는 안 돼요!" 그래요.

그렇게 발레를 시작하셔서 시립발레단에 들어가신 거네요.

네. 대학을 졸업하고 조교를 하면서 박금자 교수님을 만났어요. 박금자 교수님은 광주 무용계의 대모님이시면서 시립발레단을 만드신 분이기도 해요. 발레단 역사가 47년, 48년 정도 되었는데, 광주 시립발레단이 전국에 유일무이한 곳이거든요. 다른 지방에는 지자체가 운영하는 '시립발레단'이 없어요.

아, 시립발레단이 광주밖에 없어요? 저는 다른 지역에도 다 있는 줄 알았거든요.

네. 이렇게 시에서 운영하는 체제로는 없어요. 민간발레단은 있지만요. 서울의 국립발레단이나 유니버셜발레단처럼 규모가 큰 발레단을 제외하고 각 시도마다 무용단들이 있기는 한데, 대부분 한국무용단이에요. 대구는 현대무용단이 있고요. 발레로는 광주밖에 없어요.

와아, 그렇군요. 전국에 유일무이하다면 더더욱 단체에 대한 자부심이 있

을 것 같아요.

그렇죠. 저는 광주 시민들한테도 그런 자부심이 있었으면 해요. 제가 일반인들 대상으로도 발레 수업을 하는데, 그분들도 처음에는 광주 시립발레단이 전국에 유일무이하다는 사실을 모르더라고요. 그래서 자부심을 가지시라고 많이 얘기해요. 프로 무용수들의 공연을 상대적으로 저렴한 관람료로 볼 수 있다는 것 자체도 정말 혜택이라고 생각해요. 영리 목적의 단체가 아니기에 가능한 일이에요. 아무래도 시립발레단이라 무용수들의 생계가 보장되는 부분이 있다 보니까, 지금 저희 발레단에 광주 출신뿐 아니라 서울을 포함해 타 지역 출신들도 많고, 또 내로라하는 유명한 학교 출신 단원들도 점점 많아지고 있어요.

선생님한테 광주 시립발레단이 어떤 의미일지 궁금해요. 지금 광주에서 계속 예술 활동을 해오고 계신 거잖아요. 가끔 SNS에 올리는 피드를 보면, 광주에 대한 자부심이라고 해야 하나? 그런 것들이 느껴졌거든요.

아까 말한 것처럼 이 단체가 시립으로는 전국에서 안정적으로 무용수 생활을 할 수 있는 유일한 곳이기도 하지만, 저 자신에게 있어서는 지금의 저를 만든 배경이자 환경 그 자체인 것 같아요. 제가 학사를 졸업하고 바로 석사과정에 진학했어요. 석사 수료하고 일 년 동안 러시아에 갔다 왔고요. 지금의 발레단에는 만 스물여섯 살 때 입단했으니 올해 딱 22년이 되었어요.

와, 22년이라니. 시립발레단에 정말 많은 애정을 느끼실 것 같아요.

그렇죠. 처음부터 22년을 하겠다는 다짐 같은 건 없이, 특별한 생각 없이 그냥 남들처럼 직장이라고 생각하면서 다녔어요. 그런데 하면 할수록 시립발레단의 작은 것 하나하나에 애착이 생기고 큰 자부심을 느끼는 것 같아요. 제가 정말 운이 좋게도 22년 무용수 생활 동안 한 번도 다친 적이 없거든요. 결혼도 안 했고, 출산도 안 했기 때문에 공백기라 할 만한 시기 역시 딱히 없었고…. 그래서 근속 22년을 채울 수 있었어요. 누군가 저에게 20년 근속이 자랑이냐며 뒷말을 했단 말을 듣고 운 적도 있어요. 하지만 부끄럽지 않기 때문에 이제는 자랑스럽게 이 말을 하고 있습니다. 부상도 없었지만 제가 발목이 튼튼해서. 하하. 제가 진짜 종아리나 발목이 두꺼워요. 콤플렉스이기도 했는데, 지금 생각해보면 그 덕에 22년 동안 춤출 수 있었던 거 같아요.

그럼 시립발레단에서 최고참에 속하겠네요. 후배들이 노윤정 님을 보고 든든하게 느낄 것 같아요.

2년 전 단원들이 20주년 기념 축하 자리를 마련해줬어요. 플래카드에 "20년 받고 10년 더!" 이렇게 써주었더라고요. 가끔 후배들이 '더 있어주세요'라고 하는데 그 말이 큰 힘이 돼요. 이런 이유들로 제가 여전히 발레를 사랑하고, 그 마음으로 무용수 활동을 하는 것 같아요.

22년 동안 크고 작은 사건들도 많았을 것 같아요. 그만두고 싶었던 적도 있었을 것 같고요.

물론 사표 쓰고 싶었던 적도 있었죠. 시립발레단 특성상 임기가 끝나면 단장이 바뀌거든요. 어떤 단장이 오느냐에 따라서 발레단 분위기가 정말 많이 바뀌기도 해요. 그런 변화 때마다 저에게도 위기가 있었어요. 제가 오랫동안 있다 보니까 다섯 명의 단장님과 함께했어요. 단장님이 바뀔 때마다 저희 단원도 살짝 긴장하고, 그런 분위기에 영향을 많이 받는 것 같아요. 2017년도에 국립발레단에 계셨던 최태지 단장님이 네 번째로 오셨어요. 저는 그 단장님과 함께하면서 저희 발레단이 또 한 번 업그레이드가 되었다고 생각해요. 최 단장님은 저희에게 무용수로서 자부심을 가지게 해주셨어요. 정말 리더가 어떤 사람인지에 따라 이렇게 다를 수 있구나 하고 깨달았어요.

어떤 방식으로 자부심을 북돋워주셨나요?

예를 들면 군무 무용수는 여러 무용수 중 한 명이어서 자신이 아

무것도 아니라고 생각하기 쉬운데, 단장님이 '발레단의 꽃은 군무다'라는 말씀을 해주셨어요. 한 사람 한 사람이 역할을 다해야 군무가 완성되고 더 멋진 무대를 함께 만들 수 있다며 책임감을 심어주셨죠. 모두가 아는 말이지만 평상시에는 그렇게 생각하지 않잖아요. 하지만 그 말을 지속적으로, 한 명 한 명의 역할이 중요

함을 계속 상기시켜주셨어요.

또 나이가 들어가면서 무용수로서 위축되는 경향이 있어요. 갈수록 테크닉도 좀 떨어지는 것 같고…. 20대, 30대, 40대가 될수록 몸이 조금씩 변하니까요. 스트레칭도 옛날만큼 안 되는 것 같고, 근력도 약간 떨어지는 것 같고. 그런 신체의 변화를 느끼는데 그 부분들도 세심히 신경 써주시고 격려해주시면서, 무용수들 스스로 자부심을 느낄 계기를 많이 만들어주셨어요. 이런 점들을 직접 경험하면서 많이 배웠고, 개인적으로 단장님을 닮고 싶다는 생각을 하면서 발레리나로서의 삶을 지속해왔던 것 같아요.

47세 현역 발레리나, 아마도 이 타이틀만으로도 독자들이 놀랄 것 같아요.

저는 너무 감사하게 생각해요. 아까 말씀드린 것처럼 신체의 변화를 느끼기도 하고, 언제 은퇴하지라는 생각을 자주 하는 것도 사실이에요. 발레밖에 한 게 없는 저이기에 두려움도 찾아오곤 해요. 그렇지만 지금의 순간순간에 감사하고 최선을 다하고 있어요. 정기적으로 발레단 단원 자격시험도 통과해야 하기에, 평소에 운동도 정말 꾸준히 하고 필라테스 수업도 오랫동안 다녔어요. 저 자신을 위한 것이기도 하지만, 너무 일찍 발레를 그만두는 동료, 후배들을 많이 봐왔기에 오래도록 춤을 추고 싶어 하는 후배들에게 본보기가 되고 싶기도 해요.

노윤정 님 말씀을 듣다 보니, 광주 시립발레단이라는 공동체에 대한 각별함이 많이 느껴져요. 발레의 경우, 미술이나 다른 예술과 달리 협업이 필수여서 그런 걸까요?

아무래도 함께 작품과 무대를 만들어가기에 그 과정에서 자연스럽게 형성되는 끈끈함이랄까요? 그런 게 반드시 있다고 생각해요. 누군가 미운 사람이 있어도 손잡고 웃으며 춤춰야 하는데 그러면서 말 그대로 미운 정도 고운 정으로 바뀌죠.

발레 연습 영상을 보면, 한 명이 춤추면 다 같이 둘러앉아 서로 응원하고 박수도 치더라고요.

맞아요. 열심히 해주는 동생들이 많이 들어와서 지금은 그런 분위기가 형성되어 있어요. 그런 동생들을 보면서 단체가 잘되는 것의 중요성을 새삼 느끼죠. 잘하는 친구들이 많아지면서 발레단도 함께 성장해나가는 느낌이 들어요. 이런 것들을 통해서, 저 스스로 발레단에 대한 애정을 많이 확인하는 것 같아요. 돌이켜보면 발레단이 있었기 때문에, 그 공동체 안에서 내가 하고 싶은 경험을 모두 하면서 성장해온 것이기도 하거든요. 그래서 나 혼자 돋보이고 싶다는 생각보다 '우리 단체가 더 잘되었으면, 나를 둘러싼 이 울타리가 더욱 탄탄했으면'으로 저의 태도가 점점 변해간 것 같아요.

후배들한테 상담가 역할도 잘해주실 것 같아요.

이제 맏언니라 살짝 그런 점도 없잖아 있어요. 후배들이 힘들 때 이야기를 많이 하거든요. 우리 무용수들은 캐스팅에 엄청 민감해요. 자기가 맡고 싶은 역할이 있는데 캐스팅에 따라 희비가 엇갈리니까요. 좀 더 나은 배역을 하고 싶어 하며 불만이 나오기도 하고요.

그런데 수석 무용수, 솔리스트는 거기에 맞는, 그 왕관의 무게를 짊어질 수 있는 자만이 할 수 있는 거 같아요. 주역은 정말 쉽게 하는 게 아니거든요. 발레 하면 떠올리시는 자세인 토슈즈 신고 발끝으로 서는 것, 보실 때는 미소를 지으며 무용수들이 쉽게 해내는 것 같으시죠? 하지만 조금만 흐트러져도 자세가 무너지기에 엄청난 집중력을 요구할 정도로 민감하고 힘들거든요. 생명수당을 따로 줘야 한다고 말할 정도예요. 한 번 주역으로 설 때마다 수명이 주는 듯한 느낌을 받아요.

어릴 때는 좋은 배역을 하고 싶은 욕심에 왜 캐스팅이 안 되었는지 고민하고 불만이 생길 수 있어요. 저도 그랬고요. 지금 생각하면 나 혼자 잘났다고 고집했던 것 같아서 엄청 웃겨요. 하하. 그래서 후배들이 이야기하면, 나도 분명 같은 고민을 했던 때가 있었으니까 '네가 하고 싶으면 그런 식으로 할 수 있지만, 나는 이런 방식이면 좋겠다' 하면서 조언을 해줘요.

이렇게 한 공간에서 숨 쉬고 땀 흘리고 살을 부대끼다 보니 자연스럽게 서로의 관계가 밀접해질 수밖에 없는 것 같아요. 가족들보다 더 오랜 시간을 같이 보내는 사이죠.

아까 일반인 대상 수업도 하신다고 했는데, 어떤 수업일지 궁금해요.

저희 시립발레단에서 운영하는 발레 교실이 있어요. 예전에는 어린이 발레밖에 없었는데 9년 전에 성인 발레 교실을 신설했고, 그때 제가 처음으로 맡아서 했어요. 기대 반 호기심 반으로요. 그 당시에는 발레 붐이 일지 않았는데, 발레단 안에서 시민 대상으로 이런 프로그램을 운영한다니까 뭔가 반가운 마음이 들었어요. 일단은 해보자는 마음으로 시작했는데, 지금은 반도 엄청 많아지고 수강신청 경쟁도 치열해졌어요. 우리 회원님들은 상임단원한테 배운다고 엄청 좋아하시더라고요.

또 한 번은 '가족 발레'라는 프로그램 사업을 우리 사무실 직원이 따왔어요. 주말에 가족 단위로 신청자를 받아 하는 발레 프로그램으로, 그것도 맡아서 했죠. 그 외에도 '발레하마', '깍지'라는 프로그램들을 통해서 공연도 올리고 대회에 참가하기도 했어요.

엄청 부지런하신 것 같아요. 발레 공연만 하기에도 바쁘실 것 같은데, 그런 사업들을 도맡아 하시는 걸 보면요.

제가 일하는 걸 좋아하거든요. 하하. 단원들은 온종일 몸을 움직이는 일을 하다 보니까 힘들어해요. 집에 가서 쉬기 바쁘다고 하더라고요. 저도 가끔씩은 '이게 맞나? 굳이 일을 만들어서 하는 건 아닌가?' 하는 생각도 하는데, 또 막상 하고 있으면 엄청 재미있어요.

'가족 발레' 프로그램도 흥미롭네요. 광주는 특히 지역사회나 시민이 예술에 접근할 수 있는 다양한 경로를 많이 만들고 있는 것 같아요.

맞아요. '가족 발레'도 3년이나 했는데, 코로나19를 기점으로 없어져서 아쉬운 프로그램이에요. 한 가정에서 많으면 아빠를 포함해서 네다섯 명의 식구가 다 참여해요. 매번 출석은 안 하더라도, 가족 구성원들이 함께 발레의 기본을 배우면서 시간을 보내는 것이 흔한 기회는 아니니까요.

이번에 공연한 작품 〈DIVINE〉 이야기를 해보자면, 저는 보면서 이 작품이 5·18을 소재로 하고 있다는 점에서 광주 시립발레단이기에 할 수 있는 공연이라는 생각이 들었어요. 발레단에 꼭 광주 사람만 있는 건 아니겠지만, 선생님은 광주 분이시기도 하니까 이번 공연이 좀 더 남다르셨을 듯한데 어떠셨어요?

같은 소재로 작년에는 그 시대를 직접 겪은 다른 안무 선생님의 〈5월 바람〉이라는 작품도 무대에 올렸어요. 〈DIVINE〉의 경우 딱 주인공이 있는 건 아니지만, 이건 전쟁도 나오고 스토리가 있어요. 5·18이 80년대 이야기인데, 제가 77년생이라 기억하고 있는 게 없어요. 하지만 춤이든 마임이든 무대 위에서 어색하지 않으려면 그 순간의 감정 같은 걸 포함해서 많은 연구를 해야 해요. 스스로 먼저 작품과 배역에 설득이 되어야 하니까요. 그 시대를 직접 살아보지는 않았으나 작품을 준비하면서 '어떻게 광주에서 이런 일이?' 하면서 많이 놀라기도 했어요…. 이 작품을 통해 광주에 대해 더 많이 알게 된 것 같아요.

〈5월 바람〉의 경우 주인공과 서사가 있으니 기승전결도 명확한데, 〈DIVINE〉은 일부러 그런 걸 두지 않고, '테마' 중심의 옴니버스 형식으로 구성했다고 하더라고요. 오히려 저는 그런 것들이 민중의 이야기를 담아내기에 더 적합한 구성이라고 보았어요. 주인공과 주인공이 아닌 사람의 구분 없이, 민중들로 이루어진 군무처럼 보이기도 했거든요. 복합적인 감정과 상실감을 지닌 사람, 저항감을 지닌 사람들, 여러 가지 표정과 몸짓들이 뒤얽힌 느낌을 잘 표현해주는 것 같아서 훨씬 집단의 감정이 확 전해져 인상적이었어요. 이 외에도 공연 준비하시면서 기억에 남는 에피소드 같은 게 있으셨을지 궁금하네요.

이번 공연은 구성도 그렇고, 무용 동작도 클래식하지 않았죠. 아예 현대무용에 가까운 안무였어요. 그런데 이것 때문에 저는 이번에 처음으로 작품하면서 사직을 생각했던 것 같아요. 발레는 좀 정형화되어 있는데, 현대적인Contemporary 안무는 아예 몸놀림이 달라 다른 근육을 써야 하니까요…. 같이하는 젊은 무용수들은 받아들이는 것이 빠르고, 미디어나 TV에 노출이 많이 되니까 몸도 저랑 다르더라고요. 그래서 두 주 동안 안무 순서를 배워 나가는데, 주말만 기다렸어요. 연습을 따로 해야 하니까. 그래야 그다음 날 진도를 따라가는데, 매번 내가 익히기도 전에 또 다른 안무 진도를 나가더라고요. 심지어 캐스팅을 미리 정한 것도 아니라서 모든 안무를 다 외워야 했거든요. 그래서 5월 한 달 내내 주말에 나가서 별도로 연습하고, 젊은 후배들에게 음료수도 사주면서 순서 알려달라고 해가며 연습, 또 연습하고 그랬어요. 처음에는 몸이 너무 따라주지 않으니, 내가 이 작품에 민폐가 되는 것 같은 느낌도 들었는데… 못 내려놓겠는 거예요. 내 자존심상 이걸 어떻게든 해야겠는 거예요. 단장님이 나를 포기하지 않는 이상 제가 먼저 포기할 수는 없었어요.

그런 마인드가 대단하신 것 같아요.

지금 박사과정으로 다니고 있는 학교도 마찬가지예요. 어떻게 보면 이방인 같은 느낌도 들고, 이제 와서 왜 굳이 학위 공부를 하느냐는 시선도 있는데, 저는 그런 시선에 부딪혀보고 싶었어요. 제가 이상한 오기가 있거든요. 하하. 그래서 거짓말이 아니라 매일매일 학교를 갔어요. 지금도 역시 '놀더라도 학교에서 놀자' 하는 마음으로 가고 있어요. 저는 일단 좋든 안 좋든 먼저 그 공간

에 자신을 적응시켜놓고 싶더라고요. 그래서 발레단 연습 끝나면 밤 9시가 되어도 일단 학교에 들러 책상에 앉아 있다 갔어요. 컴퓨터를 켜고 검색만 하다 가는 한이 있더라도요.

선생님은 타인이 생각할 수 있는 임계점들을 깨가려는 매력이 있으신 것 같아요. 굉장한 노력파이기도 한 것 같고요.

사람들이 저를 굴곡 없이 살았다고 볼 수도 있을 것 같아요. 하지만 정말 의도적으로 노력을 많이 해왔어요. 엄청난 재능이 있는 건 아니라고 여겼기에 공부도 춤도 끈기 하나로 해낸 것 같아요.

최근 가장 기억에 남는 활동이나 보람찬 일이 있다면 무엇일까요?

안무가로서의 도전이 아니었을까 싶어요. 그 안무로 대통령상을 받았는데, 수상 자체보다도 안무가로서 내가 머릿속에 그리고 있는 것들이 후배 무용수들의 도움으로 구현되는 걸 보면서 많은 것을 느끼게 되더라고요. 물론 이 역시 제가 발레단에 소속되어 있기에 가능했어요. 무용수들을 따로 캐스팅해서 이런 공연을 올린다는 것이 현실적으로 되게 힘들어요. 정규 연습시간 내에 넓은 공간에서 연습할 수 있다는 사실도 그렇고, 같은 목표를 가지고 함께 달려왔던 경험이 있는 단원들과 또 하나의 목표와 감정을 공유하면서 새로운 공연을 준비할 수 있다는 점에서도 그렇고, 발레단의 협조가 있어서 가능했던 일이에요.

무용수로서 춤을 추실 때는 느끼는 것을 직접 몸으로 표현하면 되는데, 안무가는 자기 의도를 다른 무용수가 표현해내도록 계속 끌어내거나 전달해야 하는 차이가 있을 것 같아요.

맞아요. 그 부분에서 무용수들과 굉장히 이야기를 많이 나누면서 이 무용수가 무엇을 할 수 있게끔 끌어내줘야 하죠. 단순히 무용적인 동작만 하는 게 아니라 마임적인 요소, 느낌 같은 것까지도요. 제가 무용제 준비할 때 주역 무용수 후배랑 매일같이 울었어요. 그냥 별것 아닌 이야기를 하면서도 울고. 하지만 조금씩 저의

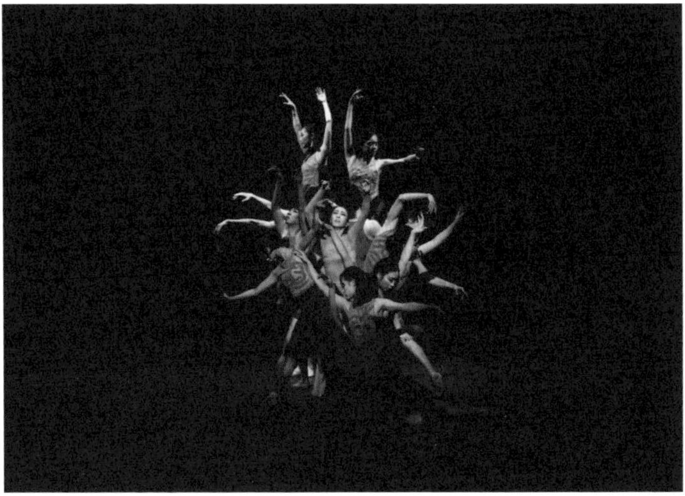

진심이 전달되면서, 무용수들도 제 마음을 알아주고 노력하는 모습을 보여주었어요. 그렇게 합을 맞춰가는 과정들이 저를 더 성숙하게 만든 것 같아요.

힘들지만 또 다른 매력이 있는 분야가 안무인 것 같네요.

네. 그런데 안무라는 게 단순히 머릿속으로만 할 수 있는 게 아니거든요. 스스로 움직이면서 실제화해야 하니까 그래서 일부러 제가 계속 몸을 여러 방식으로 쓰고, 춤도 놓지 않고 있는 것 같아요. 그러면서 예전에는 무심히 넘겼던 것들을 새롭게 보기도 하면서 항상 일상에서 안무 생각을 해요. 이런 소재로 해볼까? 이러면서 생활에서 아이디어도 찾고, 또 발레단에 새로운 안무 선생님들이 오시면 각기 다른 스타일이나 지도 방식을 보면서도 많이 배우고요.

그럼, 안무를 생각하실 때 가장 크게 고려하는 부분은 어떤 건가요?

우선 안무의 소재와 주제를 정하는 부분을 말하고 싶어요. 저는 일상에서 아이디어를 얻어요. 제 고민과 일상에 집중하다 보면 사실은 그게 저만의 것이 아님을 깨닫는 지점들이 있어요. 그렇게 많은 사람이 공감하고, 쉽게 접근할 수 있는 주제를 정하려고 노력해요. 저 자신이 심오하거나 추상적인 것을 좋아하지 않기도 하고요. 하하. 사실, 클래식 발레 부분은 관객들에게 이미 노출이 많이 되어 있지만 상대적으로 모던, 컨템포러리, 창작안무는 대중과의 거리감이 아직 있죠. 클래식 발레에 익숙한 분들은 이질감마저 느끼기도 해요. 저는 그런 간극을 좀 줄이고 싶어요. 창작안무가 갖는 스토리의 힘을 전달하고 대중의 공감을 끌어내는 방식으로요. 무대와 무용수의 몸짓을 통해 관객이 공연의 의미를 생각해보게 하고, 전달하고자 하는 메시지를 이해하도록 하는 것, 그 여정을 즐기도록 하는 것이 안무가로서 저의 목표예요. 그러다 보니 관객이 공감할 수 있는 주제에 집중하고, 또 그런 이유로 저의 일상을 주제로 접근하는 것 같아요.

아무래도 이미 알려진 스토리가 아닌 창작안무이기 때문에 그만큼 소재 선택에 많은 시간을 들일 것 같아요. 어떤 메시지를 전달할지에 대해서. 이 외에 또 특별히 중점을 두는 부분이 있다면요?

특별히 저는 음악과의 조화라는 부분에 많은 신경을 써요. 제가 생각하는 작품 속 장면을 수없이 상상하며 음악을 찾는데 그 작업이 쉽지 않더라고요. 연습하면서 음악을 계속 듣다 보면, 저는 동작과 음악이 자연스럽게 맞아떨어지는 것 같은데, 관객도 그렇게 느껴야 하거든요. 그래서 무용수의 동작과 음악이 어떻게 딱 맞아떨어지면서도 감동을 배가시킬 수 있을지, 전달하고자 하는 스토리와 무대 장면, 음악과의 연결고리를 어떻게 하면 관객이 자연스럽게 느끼도록 할지를 많이 고민하는 것 같아요.

안무가로서 작업한 것을 조금 더 설명해주세요.

2023년 〈preview〉의 경우 저의 주제는 '가족'과 '엄마'였어요. 엄마는 저를 보며 젊은 시절을 추억하고 또 저는 엄마를 보며 저의 나이 들어감을 생각해요. 우리 모두가 인생에서 한 번쯤은 경험하는 순간이잖아요. 2024년 7월에는 〈New Birth〉라는 공연으로 관객들을 만날 것 같아요. 47세 발레리나로서의 나, 무대에서 내려올 준비를 해야 하는 내 상황과 감정을 공유하고 싶었어요. 여전히 무용수로 춤을 추지만 곧 무대를 떠나야 하는, 그러나 춤이 너무 좋아서 안무가로서의 길을 개척해나가는 모습, 춤이 아닌 무언가에 도전할 수 있을까 하는 두려움과 미련이 가득한 지금 저의 상황을 같은 나이대의 많은 다른 직업군의 사람도 겪을 것이라고 생각했어요. 새로운 '제2의 인생'을 준비하는 '나' 같은 사람이 많잖아요. 안무가로서 발레를 통해 관객과 공감하고 서로에게 진정한 위로와 용기를 주었으면 하는 바람으로 준비하고 있습니다.

선생님 자신에게 있어 발레리나로서의 노윤정과 안무가로서의 노윤정, 그 차이가 있다면 무엇일까요?

사실 둘 다 욕심나는 수식어네요. 하하. 아무래도 발레리나 노윤정은 저 자신에게만 집중했다면, 안무가 노윤정일 때는 전체적인 그림을 그리는 작업을 해야 하기 때문에 신경 써야 할 부분이 더 많은 것 같아요. 47세 현역 무용수로서 무대에서 뛰는 게 좀 벅찰 때도 있지만, 그래도 여전히 무대에서 춤추며 사람들에게 관심받는 것이 좋고, 훌륭한 다른 무용수들과 멋진 작품을 만들고 싶은 생각도 변함이 없고요. 하하. 한편으로는 안무 작업 또한 계속 도전하고 싶은 분야예요. 좋은 무용수를 보면 저만의 작품을 만들어 함께하고 싶다는 욕구가 더 생기고…. 퇴단하게 되면 그런 작업을 하고 싶어요. 그래도 마지막까지 무대에 있다 잘 내려오고 싶어요.

제가 선생님께 주목하게 된 이유가 신문에 연재했던 칼럼 때문이기도 하거든요? 그 칼럼 연재는 어떻게 하게 된 건가요?

칼럼은 사실은 재능기부로 시작했어요. 제가 여러 가지 일들을 시도해보고 참여하는 것을 재미있어하니까 그런 저의 성향을 잘 알던 사무실 직원이 제안하더라고요. 한편으로는 무용수라고 단순히 춤만 춘다는 편견을 깨고 싶기도 했어요. 물론 제가 글을 쓰는 사람은 아니다 보니 좀 고민은 되었지만, 부족하더라도 한 번의 무대와 한 번의 공연을 위해 노력하는 우리들의 진정한 모습을 전하고 싶은 마음이 커서 그 제의를 받아들였어요. 발레 음악, 작품 이야기, 무용수들의 이야기…. 이런 무대 밖의 다양한 이야기들을 전문가의 시선으로 전달한다면, 발레와 대중들 사이에 징검다리 역할을 할 수 있겠다는 생각도 했어요. 그래서 한 달에 한 번씩, 일 년 동안 연재했는데, 사실 좀 힘들었지만 발레에 대해 스스로도 더 많은 걸 생각한 시간이었던 것 같아요. 지금 쓰라고 하면 더 잘 쓸 수 있을 것 같은데 하는 아쉬움도 드네요.

얼마 전에 대통령상도 받으시고, 제가 알기로 광주예술상도 받으셨는데, 선생님의 이야기를 들어보니 그런 꾸준함과 열정적인 헌신의 결과이지 않

을까 싶네요. 선생님께서는 어떤 이유에서 수상을 했다고 생각하시나요?

꾸준히, 성실히 하는 것을 주변에서 좋게 봐주시는 분들이 계셔서 가능했던 것 같아요. 어떻게 보면 한 가지 일만 한다는 게 바보 같기도 해요. 제가 무용단 밖으로 나갈 용기가 없어서이기도 한데 박차고 나가서 새로운 것을 시도하는 도전정신보다는 다른 곳에 눈 돌리지 말고 지금 하는 일에 온 정신을 쏟고 최선을 다하자는 성향이거든요. 주변에서는 학원 운영하라는 이야기도 많이 해요. 그런데 아직까지는 무대 위에 있는 '예술가'이고 싶어요.

예술가가 예술가라고 말하니까 너무 멋진데요.

좀 더 목표가 있다면, 내가 사랑하는 단체를 위해 무언가를 하고 싶어요. 제가 이곳을 떠나더라도, 후배 단원들이 더 좋은 환경에서 춤추면 좋겠다는 마음에서요. 복지 같은 부분도 그렇고. 제가 신입단원일 때는 토슈즈 같은 것도 사비로 사야 해서 월급의 절반을 쏟아부었거든요. 지금은 예산이 책정되어서 어느 정도 지원을 받고 있어요. 저야 토슈즈가 쌓여 있지만, 젊은 친구들은 항상 부족해요. 후배들이 더 좋은 환경에서 더 잘할 수 있도록, 언젠가 그런 것들을 지원하는 자리에 설 수 있다면 좋겠어요.

저는 선생님이 하신 말씀 중에 '사랑하는 단체'라는 말이 되게 와 닿거든

요. 선생님께 광주 시립발레단이 갖는 의미는 뭐라고 표현될 수 있을까요?

제 청춘과 바꿨다고 해도 과언이 아닐 것 같아요. 광주 시립발레단이 있었기에 지금의 제가 있기도 하고, 제가 꿈꿔온 것을 이루게 해주었던 곳이기도 해요. 그 꿈은 혼자만의 노력으로만 이루어지지는 않았던 것 같고, 조력자인 선후배들이 있어 가능했죠. 제가 나중에 퇴단하면, 후배들에게 저도 도움이 되는 존재였으면 좋겠어요.

무용수이자 안무가이자 또 대중들에게 발레를 가르치고 알리는 커뮤니케이터 역할까지 여러 활동을 해오고 계신데, 선생님이 예술가로서 스스로 진짜 '예술'을 하고 있다고 느끼는 순간은 언제일까요?

아무래도 사람들에게 작품에 대한 피드백이나 소감을 전달받을 때인 것 같아요. 이번에 〈DIVINE〉을 보고 나서도, 제가 단장도 아닌데 '좋았다'는 표현을 정말 많이 해주시더라고요. 비록 제가 처음부터 끝까지 출연한 것도 아니지만, 누군가 그런 표현을 해주었을 때 엄청난 보람을 느껴요. 저는 무용수로서 관객과의 소통을 정말 중요하게 생각해요. 이러한 반응들을 통해서 비로소 관객들이 나를 '예술가'로서, '무용수'로서 봐준다는 것을 깨달아요. 우리가 같이 만든 이 작품을 완성도 있게 보여주었을 때, '예술'을 하고 있다고 느끼는 것 같아요.

발레는 어떤 매력이 있는 예술일까요?

발레는 무대와 무대 밖의 역동을 상상하게 하는 매력이 있는 예술이라고 생각해요. 무용수들의 몸짓과 무대연출, 음악을 통해 인간의 감각들을 깨우는 경험을 하게 한다는 매력이 커요. 무용수들과 관객과의 공명이 일어나죠. 한편으로는 무대 이외의 요소들에 대해서도 상상하게 하는 매력이 있어요. 무대를 만들기 위한 현장 이야기, 대본부터 안무가 갖는 의미, 무용수들의 노력, 의상부터 조명에 이르기까지 한 장면을 만드는 요소들의 이야기들, 그런 이야기들을 상상하고 맛보면 또 다른 발레를 즐길 수 있어요. 저는 시민들과의 발레 수업에서 이런 요소들에 대한 이야기도 많이 전해드려요. 그럼 또 다른 관전 포인트를 가지게 되죠.

그러네요. 춤을 둘러싸고 일어나는 이야기들, 역동적인 현장 분위기나 선생님의 경험을 들려주는 것 자체도 예술 활동처럼 느껴져서, 발레의 매력을 더 크게 만드는 것 같아요. 저처럼 발레에 대한 이해가 낮은 사람도 그런 이야기들을 통해 그 세계로 들어가는 문을 열 수 있거든요.

끝으로 현역 발레리나로서 앞으로 이루고 싶은 꿈이 있다면 무엇일까요? 혹은 어떤 발레리나로 기억되고 싶으신지 궁금해요.

제가 22년 동안 프로 무용수로 뛰면서 느끼고 배운 것들을 사람들에게 나눠주는 것이 아닐까 싶어요. 발레를 전공하는 학생들은 물론 일반인들에게 발레에 대한 모든 걸 전해주고 싶어요. 발레 전도사 같은? 하하. 지금도 SNS 활동이나 일반인들을 대상으로 하는 수업을 통해 발레에 대한 고정관념을 깨고, 어떻게 하면 사람들에게 더 가까이 다가갈 수 있을지 고민하고 있거든요. 감사하게도 그런 활동 덕분에 더 많은 관심을 가져주시는 것 같아요. 좀 더 사람 냄새가 나고, 인간미 넘치는 발레리나 노윤정으로 기억될 수 있으면 좋겠어요.

평생직장이라는 말이 없어져가는 지금의 시대에도 여전히 하나의 일에 몰두하는 삶을 사는 많은 사람을 볼 수 있다. 한 가지 일을 오래 할 수 있는 힘의 원천은 무엇일까? 어쩌면 그런 개인적인 호기심 때문에 22년째 한 단체에 소속되어 춤을 추고 있는 노윤정 님을 더 만나보고 싶었는지도 모르겠다. 노윤정 발레리나의 모든 활동은 발레로부터 시작해 발레로 귀결되지만 그 무엇보다 다채로웠다. 어쩌면 프로 N잡러라고도 말할 수 있을 것 같다. 시민발레단 수업을 수년째 하고 있고, 칼럼을 쓰고, 박사학위 논문을 준비하며, 광주 시립발레단의 현역 발레리나일 뿐 아니라 몇 년 전부터는 안무가로서의 삶까지 더해졌다. 발레로 할 수 있는 모든 것을 몸소 실천하고 있는데, 인터뷰를 통해 이러한 그녀의 삶이 오래도록 춤을 추고 싶어 하는 후배들을 위한 노력일 수도 있겠다는 생각이 들었다. 내가 나아가는 길이 사랑하는 후배들이 편하게 걷고 뛰는 길이 되도록 단단히 다지는 노력 말이다.

인간 노윤정을 엿본다. 나이를 언급하고 경력을 집약적으로 표현하면 '47세 현역 발레리나'라는 어쩌면 너무나도 뻔한 짧은 어구로 그녀를 나타낼 수 있겠지만, 그 안에는 경력만큼의 많은 의미가 담겨 있다.

안무가로서의 노윤정 님은 우리들의 삶을 있는 그대로 담으려 시도한다. 발레를 통해 우리 시대의 가족을 그렸고, 이번에는 은퇴를

앞둔 이들의 휘몰아치는 감정을 무대 위에 올린다. 모든 이야기는 노윤정 본인에게서 시작되지만 결국 동시대를 살아가는 우리 모두의 이야기이다. 이런 주제를 발레로 표현한다는 것이 생소하게 들리기도 하지만, 예술가는 '바로 우리가 사는 지금을 있는 그대로 보여준다'는 명제를 떠올리게 한다.

지금까지 발레를 표현해왔던 형용사가 아닌 새로운 단어가 필요하다는 생각이 들었다. 앞으로의 나는, 발레리나와 발레리노의 행위에 집중하고 경탄하는 것을 넘어 한 장면 한 장면이 담고 있는 의미를 찾아가는 적극적인 관람객이 될 수 있을 것만 같다.

02

스트릿댄스 '문화'와 '역사'를 만들어가다

스트릿댄스 팀 빛고을댄서스

신승훈(오천5000), 조숙영(로로RORO)
이은지(매기MAGGIE), 김철웅(아이언베어IRON BEAR)
문자융(제이문JAY MOON)

홍성범(위자드WIZZARD), 김혜인(마리드MARID)
박창윤(키키KIKI), 고준서(짐JEEM)
정지욱(코키COKEY), 신선(프레쉬FRESH)

ITGOEUL DANCERS

빛고을댄서스는 다섯 명의 선생님(오천, 로로, 매기, 아이언베어, 제이문)과 여섯 명의 제자(위자드, 마리드, 키키, 짐, 코키, 프레쉬)로 이루어진 스트릿댄스 팀으로, 광주에서 시작하여 국내뿐 아니라 세계를 무대로 활동하고 있다. 매년 배틀라인업을 주최하여 세계를 광주로 모이게 하는, 새로운 문화를 만들어가고 있다.

고을댄서스

SOUTH KOREA
UP5
무빈업댄스스튜

대형 쇼핑몰 앞 작은 무대, 주말 저녁 무렵이 되면 사람들이 모여든다. 중·고등학생부터 성인에 이르기까지 다양한 장르의 댄스팀이 무대 위에 올라 공연을 펼친다. 몇 년간 많은 사람의 환호를 받았던 댄서들의 무대가 어느 순간 조용해졌다. 그 시절을 또렷하게 기억하는 나와 같은 사람들이 Mnet의 〈스트릿댄스〉 시리즈를 보며 느꼈을 감정에는 분명 반가움도 있었을 것이다. 나는 대중문화 평론가도, 댄서도 아닌 그저 평범한 시청자이지만, 〈스우파〉와 〈스맨파〉가 그간 쌓아온 서바이벌 방송의 노하우와 아이돌 가수의 세계적인 인기에 힘입은 새로운 한류에 대한 관심을 기반으로 큰 성공을 거두었다는 것 정도는 안다. 그 안의 대결 구도와 각 팀이 갖는 서사는 모르더라도 말이다.

방송의 여파는 실로 대단했고, 현 대중문화예술에서 스트릿댄스가 가장 큰 인기를 누리고 있다고 해도 과언은 아닐 것이다.

스트릿댄스를 추는 빛고을댄서스의 모든 팀원을 만났다. 광주를 상징하는 '빛고을'과 '댄서스'를 합친 이름에서 팀의 정체성이 드러나는 것 같기도 했지만, 실제 이들이 광주라는 도시에서 만들어나가고 있는 스트릿댄스 문화의 발자취를 따라가 보고 존경심마저 들었다. 방송 덕분에 오천이라는 댄서가 널리 알려지고 배틀라인업이 지금의 규모로까지 커진 것은 어느 정도 사실이지만, 현재 스트릿댄스 씬에 끼치는 이들의 영향력은 분명 몇 번의 방송 출연만으로는 이룩할 수 없었을 것이다.

11명의 팀원을 모두 만나는 일은 일종의 도전이었다. 너무나 꽉 찬 개인 일정을 가진 11명을 한 번에 만나는 것은 애초에 불가능했다. 시간이 되는 팀원들끼리 혹은 개인으로 총 여섯 번에 걸쳐 인터뷰를 진행했다. 아마도 대다수 팀원은 매일 거듭되는 디엠과 메일에 인터뷰를 한 번만 했다고 느끼지는 않았을 것 같다.

이들과의 인터뷰 내용은 편의상 팀을 만든 오천, 로로, 매기와 시작부터 함께한 아이언베어, 제이문 그리고 이들의 제자인 위자드, 키키, 마리드, 짐, 코키, 프레쉬 순으로 담았다.

배틀라인업BATTLE LINE UP

빛고을댄서스가 광주에서 주최하는 스트릿댄스 배틀 행사로 2014년 작은 스튜디오에서 시작해 아시아를 대표하는 스트릿댄스 페스티벌로 발전하였다. 2023년 시즌 8의 경우 16개국 1,050명의 댄서가 참여했고 1만 명 이상이 관람하였다. 2024년 6월에는 시즌 9 행사가 광주 국립아시아문화전당에서 열렸다.

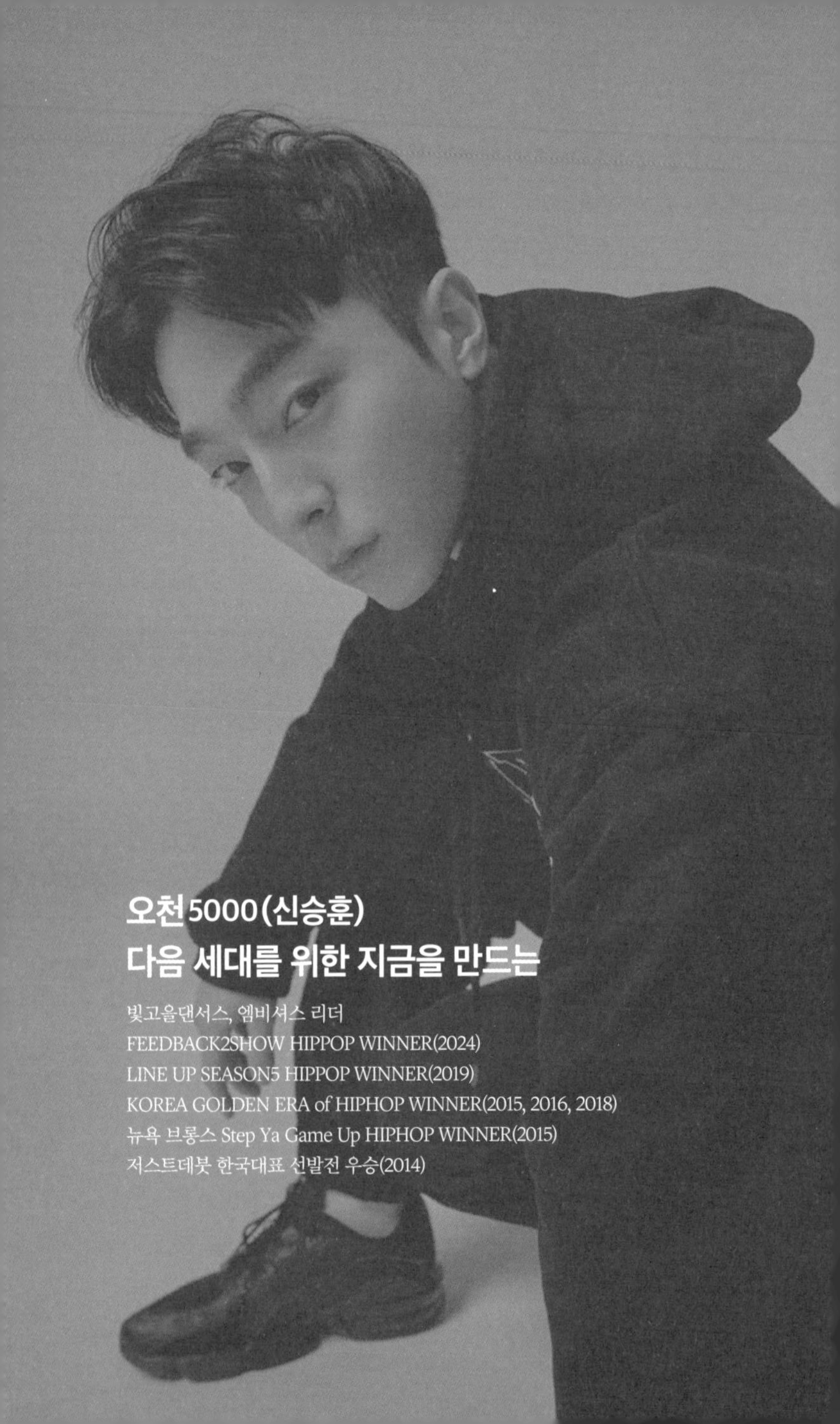

오천5000(신승훈)
다음 세대를 위한 지금을 만드는

빛고을댄서스, 엠비셔스 리더
FEEDBACK2SHOW HIPPOP WINNER(2024)
LINE UP SEASON5 HIPPOP WINNER(2019)
KOREA GOLDEN ERA of HIPHOP WINNER(2015, 2016, 2018)
뉴욕 브롱스 Step Ya Game Up HIPHOP WINNER(2015)
저스트데붓 한국대표 선발전 우승(2014)

너무 만나 뵙고 싶었습니다. 먼저 자기소개 부탁드립니다.

네, 안녕하세요. 저는 엠비셔스Mbitious(오천, 우태, 이호원, 노태현, 김평야, 진우, 타잔)와 빛고을댄서스의 리더로 활동하고 있는 스트릿 댄서 오천입니다. 반갑습니다.

오천 님은 사실 엠비셔스로 너무 유명하신데요.

엠비셔스는 쉽게 말씀드리면 Mnet에서 진행했던 〈비엠비셔스〉* 라는 프로그램으로 인해 만들어진 프로젝트성 그룹입니다. 이후 〈스트릿맨 파이터〉 다음에도 계속 이어서 활동을 해나가고 있는, 여러 안무가와 아티스트가 포함돼 있는 그룹입니다.

프로젝트성 팀인데도 활동을 계속 이어가네요.

네, 이게 어쩌다 보니까 그렇게 되기는 했네요. 저희도 처음에는 프로그램이 끝나고 나서 팀 활동도 끝날 줄 알았는데 재미가 있어서 계속하는 것 같습니다. 아무래도 서바이벌 프로그램을 통해 만들어져서인지는 모르겠는데 힘든 일들을 같이 겪다 보니까 확 가까워진 느낌이 들어요.

---

* Mnet의 댄스 서바이벌 프로그램 〈스트릿 맨 파이터〉의 프리퀄로 2022년에 방영되었다.

제가 알기로는 빛고을댄서스에서도 〈비엠비셔스〉에 참가하라고 전폭적으로 지지했다고 하던데 맞나요?

사실 초반에 전체 멤버한테 의견을 구한 건 아니고 로로랑 많이 이야기했어요. 물론 제 커리어를 위해서 나가기도 했지만, 빛고을댄서스와 배틀라인업에 도움이 되었으면 해서 결정한 일이기도 해요. 저와 저희 팀원들이 지금까지 열심히 해온 것들이 좀 더 공식적으로 인정받도록 무언가 해야겠다는 생각을 늘 했거든요. 광주 스트릿 댄서 중에 이미 유명한 분들도 많은데, 광주라는 도시로 어떤 연결점이 만들어지지 않는 느낌이었어요. 그래서 관심을 조금만이라도 끌어오고 싶었죠. 결정하고 나니 멤버들도 하면 잘할 것 같다고 많이 응원해주었습니다.

이런 프로그램 자체가 스트릿댄스 씬에 어떤 많은 변화를 줬나요?

변화가 없다고는 얘기하지 못하죠. 엄청 큰 변화라기보다는 전반적으로 전보다 많은 분이 스트릿댄스에 관심을 가져주시는 것 같고, 또 댄스 관련 행사를 찾아서 보러 다니시는 것 같은 변화들이 있는 것 같습니다.

오천 님은 사실 댄스 씬에서는 이미 너무 유명한데, 방송을 통해서 일반 대중에게도 많이 알려지셨다고 생각해요. 그런 관심도 분명히 느껴지시죠?

좋은 쪽으로 풀린 것 같기는 한데 제가 막 엄청 유명해진 정도까지는 아니에요. 주변에서 알아봐 주시는 한두 분 정도, 만나면 인사해주시고 하시는…. 팬분들이 다 매너가 좋으시고 빛고을댄서스도 함께 응원해주시는 분들이 많아요. 그래서 아직까지는 좋습니다. 그냥 냉정하게 제가 방송 이전과 이후에 인생이 뭐가 달라졌냐고 했을 때 '이게 달라진 건가?' 하는 느낌은 있어요. 저는 사실 계속 똑같이 하고 있는데 전보다 일반인분도 행사를 많이 보러 와주시기도 하고요. 그러면서 다른 댄서들도 알게 되고, 또 그런 데 재미를 붙이시는 분들이 많아서 그런 점에서는 되게 감사해요. 결과적으로 저에 대한 관심이 다른 댄서에게로도 이어지고 더 넓게는 스트릿댄스에 관심을 가져주시는 거니까요. 제가 다른 지방에 심사를 갈 때도 보러 와주시기도 하는데 정말 너무 감사한 마음입니다.

춤을 시작한 계기에 대해서 여쭤볼게요.

어렸을 때 저는 주변에 놀 거리가 없었어요. 그래서 그냥 혼자 TV에 아티스트들이 나와서 춤추는 거 보면서 따라 하는 식으로 시작했어요. 그러다 학교 동아리 생활로 이어지고, 거기에서 전문적인 프로 댄스팀에 합류하면서 지금까지 해오게 됐습니다.

지금 빛고을댄서스의 대다수 팀원이 팀이 생길 때부터 함께했다고 알고 있어요. 그래서인지 더 끈끈하다고 할까요?

네, 거의요. 기존 멤버에서 바뀐 사람은 없고 같이하다가 각자의 길을 간 멤버가 한 세 명 정도 있는 것 같아요. 멤버들과 정말 많은 시간을 함께 보냈어요. 스튜디오에서 밤새는 날이 좀 많았죠. 단순히 저희가 춤춰서 몸으로 움직이는 거 말고도, 학원 운영이라든지 아니면 기관이나 단체와 협력해서 하는 일들 때문에 밤새워서 문서 작업하는 멤버들도 많았거든요. 저도 여기 스튜디오에 와서 한 6개월 정도 살았던 것 같아요.

그 긴 시간만큼 정말 많은 장면이 스쳐 지나갈 것 같은데요, 가장 기억에 남는 순간이 있으시다면요?

저는 처음에 여기 스튜디오가 완성되기 이전에, 인테리어가 절반 정도 진행된 상태에서 스튜디오가 만들어져가는 과정을 봤을 때가 제일 기억에 남아요. 뭔가 기대나 긍정적인 미래를 꿈꾸는 것보다 이제 어떻게 해야 하지 그런 생각들이 들었어요. 저희가 그때도 많이 어렸는데, 스물다섯 살 정도였거든요. 모든 게 갑자기 시작되어버린 느낌이었어요. 용기처럼 보일 수 있겠으나, 뭐라 해야 할지…. 같이하는 친구들과 그냥 뭐 '이거 하자, 하지 말자' 이런 진지한 얘기도 하기 전에 정신 차려 보니까 이미 뭔가가 시작되어버린 느낌이었어요. 저는 사실 이 친구들하고 스튜디오를 열어서 이런 식으로 운영해봐야지 하는 계획은 있었지만 그렇게 빨리 진행될 거라고는 생각도 못 했어요. 그냥 단순히 연습실 한 칸짜리 하려던 게 친구들과 얘기하다 보니까 학원이 된 거죠.

배틀라인업의 시작에 대해서도 여쭤볼게요.

배틀라인업은 스튜디오에서 작게 시작한 행사였어요. 사실 저희가 배틀라인업 맨 처음에 할 때, 저희끼리 장난으로 나중에 진짜 행사가 잘돼서 커지면 이런 사람도 부르고 저런 사람도 부르고 하면 되게 재미있겠다는 얘기를 하기는 했는데 그게 좀 생각보다 빨리 현실화가 된 거죠. 행사가 갑자기 급속도로 커진 부분은 분명 있지만, 행사의 결이나 본질이 달라졌다고 생각하지는 않아요. 진짜 말 그대로 규모만 커졌고, 우리가 생각한 방향대로 올바르게 발전하고 있다고 봐요.

본질은 달라지지 않았다는 말씀에서 팀원들이 얼마나 노력하고 있는지 알 것 같아요. 배틀라인업이 올해로 벌써 시즌 9인 걸로 알고 있어요.

국립아시아문화전당ACC에서 진행하기 전에 폼을 한 세 번 바꿨어요. 여기 오기 이전에 아르코57파티타운이라는 장소에서도 했고, 그 이전이 지금의 무빈업 스튜디오였고 또 그 이전이 제일 처음 스튜디오였어요. 사실 저희도 행사 관련해서 예를 들어 스튜디오에서 더 큰 공간으로 이동해야 하는 결정을 할 때 되게 불안해하는 성격이거든요. 큰 변화를 주는 걸요. 그럼에도 행사가 잘된 것 같아요.

몇 개국 참가에 몇 명 지원 이렇게 숫자로도 증명되고 있는데요, 그 숫자에 부담감 같은 거는 없으세요?

부담감이 없지는 않지만 거기에 얽매여가면서 일하고 있지 않아요. 저희가 행사를 열면서 중요하게 생각하는 부분들이나 얘기했던 것들을 어찌 됐든 잘만 지켜간다면 별 큰 문제는 없지 않을까 생각해요. 부담감을 느끼기보다는 오히려 긴장을 하죠. 모든 멤버가 엄청 긴장해요. 행사 기간 중에 사고가 안 나야 해서요.

올해는 기간이 조금 더 길어진 걸로 알고 있는데요, 더 재미있는 축제가 될 것 같아요. 또 하나 궁금했던 부분인데요, 심사위원을 모시는 어떤 기준이 있나요?

더 재미있기를 바라고 있죠. 심사위원들이나 초청 댄서들은 저희 기준에서 잘하시는 분들, 그리고 다음 세대 친구들한테 보여주고 싶은 분들을 모시려고 하고 있어요. 다행히 지금까지는 초청했을 때 개인 일정이 맞으면 와주셨어요.

조금 전에 방향성을 말씀하셨잖아요. 팀원들 모두 공통적으로 '이 행사는 없어지지 않을 거고 한국을 대표하는 행사가 아니라 아시아를 대표하는 행사가 될 거다'라고 말씀하셨거든요. 저도 아시아뿐 아니라 세계에서 손꼽히는 스트릿댄스 이벤트가 곧 될 것 같고, 어쩌면 이미 그렇게 된 걸 수도 있다고 생각했어요.

사실 코로나19 이전에는 진짜 전 세계적으로 각 나라를 대표하는 행사들이 많았고 한국에도 그런 행사들이 최소한 서너 개는 있었던 것 같아요. 그런데 코로나19를 거치면서 전 세계적으로 유명했던 행사들과 한국에서도 없어진 행사들이 진짜 많아요. 그래서 배틀라인업이 더욱 저희가 뭔가 어렸을 적에 바라보면서 커왔던 행사들처럼, 다음 세대 친구들이 저희 행사를 보면서 저기는 꼭 한 번 가보고 싶다, 올라가 보고 싶다 이런 생각을 하는 대회가 됐으면 좋겠어요. 또 세계적으로 댄서들이 '한국' 하면 '배틀라인업'을 떠올렸으면 하는 바람도 있습니다.

배틀라인업이 불과 얼마 전까지만 해도 계속 적자였다고 알고 있어요. 그럼에도 유지를 해오셨잖아요. 팀원들에게도 공유된 배틀라인업의 의미랄까요, 그런 게 있었기 때문이 아닐까 생각하는데요.

그런 부분이 아무래도 크겠죠. 멤버 중에 어느 한 명이라도 못하겠다고 하면 어찌 됐든 생각을 해봤을 텐데, 유지한다는 건 본인들이 하고 싶으니까 각자 자리에서 희생하면서 하는 게 아닐까 생각해요. 또 제 생각에는 약간의 책임감도 각 멤버들이 가지고 있고요. 사실 이게 다 공감하겠지만 행사를 치르고 나면 진짜 힘들거든요. 개인의 일상이 적어도 한두 주는 완전히 무너진다고 할 정도로 다른 건 아무것도 못 하고, 또 회복하는 시간도 필요해요. 그럼에도 계속 함께하는 이유는 무엇보다도 모두가 이 일을 좋아하기 때문이라고 생각해요.

제가 빛고을댄서스 팀에 관심을 갖게 된 결정적인 계기이기도 한데요, 오천 님께서 본인 소개를 할 때 늘 '광주에서…'라고 시작하시는 것 같았어요. 제가 예술가들을 소개하는 글에서 출신을 설명하는 것과 그것이 갖는 의미에 대해 한창 생각하고 있었거든요.

사실 매번 소개를 그렇게 하지는 않는데 그래도 뭔가 공식적인 자리에서 저를 그렇게 설명하다 보니 습관이 된 것 같아요.

혹시, 같이 춤을 시작했던 분들이 다 여전히 춤을 추시나요?

아니요, 거의 없죠. 성적 관련 없이 춤이 좋아서 놓지 않는 사람들만 살아남아요. 그래서 조금 웃기게 들릴 수도 있지만, 더더욱 댄서나 댄서를 지망하는 친구들이 안 다쳤으면 좋겠고, 몸을 더 소중히 생각했으면 좋겠어요. 좋아하는 춤을 오래 추기 위해서요.

몸을 더 소중히 생각했으면 좋겠다….

엄청 큰 부상은 아니었지만 몸 상태가 좀 안 좋아져서 두세 달 쉬었던 시간이 있었어요. 거의 제 일상의 전부라고 할 수 있는 춤을 출 수 없는 상황이 너무 힘들었습니다. 그 기간을 겪고 나니 그동안 춤에 대해 생각했던 저만의 관점들이 무의미하게 느껴졌어요. 결국 '몸'을 관리하지 않는다면 오래 춤을 출 수 없겠구나 하고 깨달으면서 그 뒤로 몸을 소중히 해야 한다고 생각했고 또 동료나 후배들에게도 자주 이야기하게 된 것 같습니다.

분명 오천 님이 춤을 배우실 때보다는 스트릿댄스의 영역이라고 할까요? 그런 범위가 넓어진 것 같아요.

스트릿댄스의 규모나 영역이 넓어지기는 했지만 아무리 커져도 결국 여기 한국 안에서의 시장성은 한계가 있어요. 그래서 요즘은 정보를 얻는 면에서는 훨씬 수월해졌지만 이제 파헤치고 나가야 하는 환경이 저희 때보다 더 어려워졌다고 생각해요. 사실 뭔가 뿌듯한 것도 있지만 지금 친구들을 보면 걱정하는 마음이 앞서죠. 이 친구들한테 뭘 해줘야 할까? 어떻게 해줘야 좀 괜찮을까? 이런 거를 계속 생각해요.

다음 세대를 위한 걱정과 고민을 진심으로 하시는 게 느껴져요. 시대적인

흐름에 따른 변화 같기도 한데요. 취미로 춤을 추시는 분들도 점점 많아지는 것 같아요. 그런 걸 보면 어떠세요?

너무 좋죠. 오히려 그런 분들이 더 많아져야 한다고 저는 생각해요. TV나 온라인 등 매체를 통해 스트릿댄스가 많이 노출되면서 전보다는 훨씬 더 많은 대중이 알게 되었지만, 저는 이렇게 취미 생활로 춤을 즐기는 분들이 많아질수록 스트릿댄스에 대한 진입 장벽이 더 낮아진다고 여겨요.

오천 님 하면 배틀러라는 인식이 강해요. 댄서들한테 배틀이 갖는 의미가 있을까요?

결론적으로 말하면 나를 증명하는 자리죠. 배틀 자체가 컴페티션competition의 성격을 띠고 있으니까 두각을 자주 나타내면 나타낼수록 일이 그 사람한테 갈 수밖에 없고요. 물론 배틀을 나가는 것이 여행이라든지, 다른 나라 혹은 지역의 댄스 씬 경험이 목적이 될 수도 있지만 어찌 됐든 모든 대회의 성격은 똑같아요.

그럼 지금까지 참가한 수많은 배틀 중 가장 기억에 남는 장면이 있다면요?

2015년 뉴욕에 갔을 때가 가장 기억에 남아요. 뉴욕 브롱스에서 힙합 배틀 '스텝 야 게임 업' 행사가 열렸는데 그게 역사상 힙합 파티가 처음 열린 그 장소 바로 옆 블록에서 했거든요. 제가 아시아 예선에서 우승해서 아시아 대표 자격으로 브롱스 본선 엔트리에 시드 배정되었고, 운이 좋게 우승을 했어요. 브롱스에서 우승을 하니까 좀 기분이 되게 남달랐던 기억이 있습니다.

오천 님을 국가대표라고 부르던데요. 국가를 대표해서 나가는 배틀은 일반 배틀과는 조금은 다른 느낌일 것 같아요.

국가대항전에서 우승한 적이 있어서 국가대표라고 말씀하시는 것 같아요. 기본적으로 국가대항전이라고 해도 다른 나라 댄서들을 보면 아는 친구들도 있기에 반갑게 인사한단 말이에요. 근데 딱 대회 들어가면 완전 진지해져요. 제가 겪은 대회들은 거의 다 그랬어요. 스포츠 경기에서 메달 따는 것만큼의 명예가 있는 건 아니겠지만, 국가대항전만큼은 상당히 분위기가 흡사하다고 느꼈어요. 긴장도 되면서 약간 경쟁심과 책임감이 들어가게 되죠. 별생각 없이 임한다고 하더라도 무대에 섰는데 뒤에 태극기 올라가 있고 반대편에 다른 나라 국기가 걸린 걸 보면 갑자기 거기서부터 조금 달라지는 태도와 기분을 느낀다고 할까요. 하하. 국기가 걸리니까… 갑자기 잘하고 싶다는 생각이 확 들어요.

또 오천 님께서 직접 춤추시는 것 이외에도 배틀에 저지로, 디제이로 활발하게 참여하시는 걸 봤어요. 빛고을댄서스 멤버 중 디제잉하시는 분들도

있으신데요, 어떤 의미가 있을까요?

그냥 특별한 의미가 있다기보다는 음악과 춤이라는 게 뗄 수 없고 서로 영향을 끼치니까, 자연스럽게 장비를 만져보게 되더라고요. 행사를 주최하다 보니까 어쩔 수 없이 음악에도 아쉬운 부분이 생기고 그것을 좀 보완하려다 보니 그냥 한 번씩 디제잉도 좀 해왔던 게 지금까지 이어진 게 아닐까 생각합니다.

그리고 원래 춤추는 거 이외에도 디자인, 그라피티, 랩 자체가 힙합의 요소이기도 해요. 힙합하는 사람이면 디제잉도 같이하는 게 좋겠다고 여겼고, 또 너무나 많은 사람이 그렇게 잘하고 있는 걸 보니 저 자신에게도 도움이 되겠다고 생각했어요. 실제로 하다 보면 너무 재미있기도 하고요.

빛고을댄서스 멤버분은 서울, 광주뿐 아니라 다른 지역에서도 강의를 하시더라고요. 고정적인 강의가 대부분이고요. 그런데 다들 광주와 다른 지역을 왔다 갔다 하시더라고요. 다른 댄서분들도 다 그렇게 강의하나요.

아니요. 모두가 그렇지 않고 저희가 조금 특이한 케이스이기는 하죠. 사실 서울 안에서만 해도 잘하시는 분들이 많이 계셔서 굳이 타 지방 댄서가 서울에서 수업을 오픈하는 상황이 없어요. 본인 도시를 대표해서 본인 도시에서 수업을 하니까요. 저희 팀원들 중에도 서울에서 살았던 사람이 있어요. 저도 6개월 정도 살았고. 그런데 저의 경우에는 심리적 안정감 이유가 가장 커요. 광주에 오면 마음이 편해요. 매주 왔다 갔다 하면서 강의합니다. 서울에서 살면서 주로 활동하는 멤버도 있기는 한데 그들도 무빈업 수업하러 매주 왔다 갔다 합니다.

그런 점이 좀 더 빛고을댄서스를 특별한 팀으로 보이게 하는 것 같아요. 개개인의 활동을 중요시하면서도 또 그만큼 팀 활동도 활발하게 하잖아요. 그런데 매주 왔다 갔다 하는 게 물리적으로 거리가 있는 만큼 사실 신체적으로 힘들 것 같기는 해요.

물론 힘든 부분도 있죠. 저만이 아니라 멤버 전체가 일정 정도 힘듦을 느낄 거예요. 하지만 그걸 이겨낼 만큼 개인 활동 못지않게 팀 활동을 소중히 여기기에 계속 이어지고 있지 않나 생각해요.

다들 너무 겸손하게 말씀하셔서….

아니요. 그런데 그게 맞는 것 같습니다, 빛고을이 본체이기 때문에. 물론 저도 마찬가지이고요. 팀 활동 이외에 개인적으로 무슨 활동을 하건 팀 활동에 해가 되지 않는다면 그게 가장 좋은 답일 거라고 여기고 또 그래야 다른 활동도 편하게 할 수 있을 것 같고요. 개개인의 역량에 맞춰 더 넓고 다양하게 활동하다 보면 더 유명해질 수도 있죠. 요즘은 브랜딩도 경쟁력이라 필요하기는 한 것 같습니다.

'춤'은 무엇일까요? 춤에 대한 오천 님의 철학이랄까요?

제가 생각하는 춤을 한 단어로 표현한다는 것은 너무 어렵습니다. 저는 춤을 추는 사람이 재미를 느끼는 게 가장 우선이라고 생각해요. 그것으로 인해 어떠한 목표가 생긴다면 그 목표를 이루기 위해 열심히 하는 것, 이게 전부인 것 같아요. 물론 다른 부분도 그렇지만요. 조금 풀어서 말해보면, 처음 춤출 때는 어떤 다른 기준을 생각하지 않고 온전히 춤을 즐기는 것 같아요. 여러 방식으로 시도해보고 또 그런 상황 자체도 즐기고요. 그런데 시간이 지나면서 다양한 관점을 보고, 받아들이고 또 너무 심각하게 신경 쓰다 보면 춤을 즐긴다는 가장 중요한 본질에서 점점 멀어지고 결국은 내가 춤을 통해 무엇을 하고 싶은지에 대한 목적과 비전이 흐려지는 것 같아요. 어떤 의미를 잃게 되는 것 같고요. 그래서 아까 '몸'을 소중히 생각했으면 좋겠다는 맥락과 좀 비슷하지만 결국 춤을 대하는 나의 상태가 온전해야 춤을 즐길 수 있다고 생각하고 있습니다.

오천 님의 앞으로의 계획에 대해 여쭤봐도 될까요?

이제까지 해왔던 대로 빛고을댄서스와 배틀라인업, 지금 하는 거

잘하는 게 일단 목적이고 안 다치고 건강하게 계속 해왔던 걸 하는 게 목표입니다. 10년 후에도 저는 지금의 저와 별반 차이가 없을 것 같아요.

마지막으로, 팀 리더로서 하시고 싶은 말씀 있다면 부탁드릴게요.

우선, 혼자서 해왔다면 해내지 못했을 일들이 대부분이었을 거라는 생각을 하면서 지내오다 보니 각각 멤버들 그리고 빛고을댄서스의 존재에 감사함을 느낍니다. 또 행사를 기획할 때마다 옆에서 큰 도움을 주시는 광주문화재단의 오훈 선생님과 광주KBS 김무성 PD님, 오랜 기간 도움 주신 김민정, 이지연 선생님께도 감사의 말씀 전하고 싶고요! 마지막으로 빛고을댄서스의 춤적인 부분뿐만 아니라 춤을 대하는 마음가짐이나 활동하는 데 있어서 항상 좋은 본보기를 보여주시는 댄서 호진 님께 감사를 드립니다.

로로 RORO(조숙영)
순수한 마음에 열정을 더한

동신대학교 공연예술무용학과 전임교원
광주 프린지 페스티벌 예술감독(스트릿댄스 분야)(2024)
ACC 블랙박스 극장 체험 <신비한 극장> 공연(안무, 연출)(2023)
FEEL THE FUNK 심사위원(2023)
제41회 광주광역시장배 안무상(광주광역시장상)(2022)
HOLIDAY IN WAACKING WINNER(2018)

안녕하세요. 만나서 정말 반갑습니다.

네, 안녕하세요. 동신대학교 공연예술무용학과에서 학생들을 가르치고 있는 빛고을댄서스 왁킹댄서 로로 조숙영입니다.

우선 왁킹댄서라고 하셨는데, 왁킹이 무엇인지 그리고 어떻게 시작하게 되셨는지 궁금해요.

왁킹은 쉽게 설명하면 디스코음악과 함께 탄생한 춤이라고 말씀드리면 될 것 같아요. 화려한 팔 움직임과 포즈가 특징이에요. 제가 춤을 배우기로 마음먹었을 때 힙합을 먼저 배웠어요. 그러다 서울에서 열린 한 대회에서 왁킹을 봤죠. 끼를 떤다고 할까요? 그 점이 저한테 굉장히 인상 깊었어요. 그 당시에는 광주에서 왁킹을 배울 곳이 없어서 서울을 왔다 갔다 하면서 배웠어요.

팀 이름이 빛고을댄서스잖아요. 어떻게 이 이름이 탄생하게 되었나요?

저희 팀은 절반이 선생님, 절반이 제자들로 구성되어 있어요. 저와 오천, 매기, 아이언베어, 제이문이 선생님들인데요, 왁킹의 경우 키키, 짐, 마리드, 위자드가 저의 제자였어요. 코키, 프레쉬는 오천 쌤의 제자들이고요. '빛고을댄서스' 이전에 왁킹을 하는 저와 제 제자들 다섯 명이 '빛고을왁커스'라는 팀명으로 활동했는데 당시 광주에서 왁킹은 저희 팀만 했어요. 기억에 남는 장면이 있는데 제가 제자들이랑 열심히 하니까 그걸 보고 '너희가 광주 왁커스야?'라고 누가 묻더라고요. 당시에는 약간 놀리는 말투였던 것 같은데 '빛고을'이라는 이름이 예쁘고 또 광주를 대표하는 팀이 되고 싶기도 해서 그렇게 빛고을왁커스라는 팀명을 지었어요. 그러다가 힙합, 팝핑, 코레오 하는 멤버들까지 함께하게 되면서 빛고을댄서스란 이름으로 팀명을 사용하게 되었어요. 물론 지금도 왁킹 대회 등 왁커들끼리의 행사가 있을 때는 빛고을왁커스라는 이름으로 활동해요. 빛고을이 광주를 상징한다는 것을 다른 지역분은 많이 모르세요. 해외분은 더더욱 그렇고요. 그런데 오천 쌤이 유명해지면서 빛고을이라는 이름에 대해서도 질문을 많이 받았어요. 그 뜻을 설명하면 다들 멋있다고 반응해주었던 것 같아요.

로로 님이 춤을 시작했을 때와 비교했을 때 요즘 스트릿댄스 씬의 변화랄까, 인기랄까 하는 것을 실감하고 있으실 것 같아요.

맞아요. 정말 엄청나게 실감하고 있어요. 짧은 시간에 세상이 전부 바뀌어버린 느낌이라고 할까요. 저는 그대로 가만히 있었는데, 저 빼고 세상이 다 바뀐 느낌이랄까. 제가 춤을 시작했던 2010년도에도 저희 선배들에 비해서는 스트릿댄스의 영역이 넓어지고 있었어요. 그렇지만 광주는 굉장히 열악한 환경이었죠.

댄스계 전체가 아니라 어쩌면 광주라는 지역의 문제였던 것 같아요. 저희를 알릴 무대가 없었어요. 대회도, 무대에서 춤을 출 행사도 없었어요. 또 제대로 배울 곳마저 없었죠. 문화재단이나 시 관련 공연예술에서는 더더욱 찾기 힘들었고요. 또 어린 저희들이 뭉쳐서 무언가를 하려고 할 때 좋지 않게 보는 시선들마저 존재했어요. 어쩌면 그런 환경들 때문에 저희가 더 열심히 한 것 같기도 해요. 그렇기에 저희와 같이 시작해준 후배들에 대한 책임감을 일찍 가지게도 되었고요.

그런 환경을 개선해 나가자는 의지가 있었다고 해도 쉽지는 않았을 것 같아요.

우리를 둘러싼 벽에 부딪혀도 보고, 깨고 허물어서 우리 영역을 더욱 발전시켜보자는 마음을 먹고 그 목표를 위해 정말 이런저런 일들을 많이 했어요. 당시에는 '댄스'를 전공한다는 것 자체에 대한 인식이 정말 안 좋았던 것 같았으니까요. 저희가 광주에서 하는 문화행사에 참여하고 싶어 행정가를 만나면 저희를 소위 '까진 아이들'로 보는 듯했어요. 그 눈빛들이 지금도 생생히 기억나요. 담당 공무원이나 행정 담당하는 분들을 만나러 갈 때 일부러 깔끔한 옷을 입고 가려고 했던 기억도 나네요. 저희와 어울리지 않는 옷들이었는데 그런 노력들도 번번이 실패했죠. 그래서 '일부러' 우리가 아닌 다른 사람으로 보이려 했던 시도들을 멈췄어요. 원래 우리의 모습, 자유로운 그 모습을 보여주고 우리는 이런 사람들이니 너희가 이해해라 이런 입장을 내세웠어요. 그런데 정말 얼마의 시간이 지나니까 우리의 그런 모습 자체를 더 좋아해주더라고요. 더 전문적인 사람으로까지 보는 시선들이 느껴졌어요.

광주광역시 홍보 영상을 찍은 걸 봤는데요, 감회가 새로웠을 것 같아요.

맞아요. 그 정도로 저희가 광주를 대표하는 팀이 될 수 있었던 가장 큰 이유가 '배틀라인업'이고 그다음은 오천 쌤인 것 같아요. 저는 작은 예술단체의 지원으로는 안 되고, 시나 기업의 후원을 받지 않는 이상 우리가 꿈꾼 만큼의 규모가 있는 대회를 할 수 없다고 생각했어요. 사실 전부터 많은 문화예술 관련 종사자들이나 국회의원들도 배틀라인업에 큰 관심을 보여주기도 했어요. 배틀라인업 때문에 많은 사람이 광주에 모이는 것은 사실이거든요. 그래서 무언가 도움을 주려고 했던 분들은 이미 많았어요. 그런데 정작 예산을 집행하는 곳에서는 왜 이 예산을 써야 하는지에 의문을 가졌고, 설득이 쉽지 않았어요. 그런데 〈스우파〉** 이후에 완전히 달라졌어요.

** Mnet에서 2021년 시작한 댄스 프로그램인 〈스트릿 우먼 파이터〉. '대한민국 최고의 스트릿댄스 크루를 찾기 위한 리얼리티 서바이벌'을 표방했다.

방송의 힘이 엄청난 것 같아요. 오천 님도 〈비엠비셔스〉와 〈스맨파〉에 나오셨잖아요? 방송에 나간다고 했을 때 팀원들의 반응이 궁금했어요.

사실 오천 쌤은 해외에서도 국내에서도 정말 활발하게 활동하고 있어요. '미스몰리'라는 팀이 제가 학교에서 가르치는 학생들인데 〈스걸파〉에 출연하면서 저희보다 유명해졌죠. 심지어 미스몰리와 저희를 비교하는 사람들도 있었어요. 하하. '방송에 나와야 대중들이 아는구나!'라고 느낀 순간이었어요. 오천 쌤도 오디션 프로그램에 나간다는 것 자체에 약간 거부감이 있었는데, 배틀라인업을 더 키워야겠다는 마음으로 출연한 것 같아요.

배틀라인업의 시작에 대해 여쭤보지 않을 수 없을 것 같아요.

음… 저희랑 저희 제자들이 연습할 공간이 필요했어요. 우리가 흔히 '누구누구 라인'이라는 말을 하잖아요. 제자들에게 그런 라인이 되어주고 싶었던 마음이 있었어요. 어떤 책임감이라고 할까요? 아까 말씀드렸듯이 당시에 광주 스트릿댄스 씬이 정말 열악했기 때문에 더 그랬던 거 같아요. 우리가 광주에서 무언가를 하면 제자들이 굳이 다른 지역으로 가지 않고도 배울 수 있겠다는 생각으로 댄서 'HOZIN(호진)' 오빠를 초대했어요. 이 사람이 여기까지 와서 클래스만 하고 가는 게 너무 아까운 생각이 들어서 작게라도 행사를 열어보자는 의견이 모였고 참가자 관람객 다 해서 70명 정도 모여 첫 배틀라인업 행사를 치렀어요. 그냥 저희 연습실에서요. 그게 2014년 1월이었어요. 정말 너무 좋아서 눈물이 났어요. 그 이후로 지금까지 이어졌고요.

사실 개인적으로 제가 석사과정에 있을 때는 학업과 학원 일까지 병행해 행사를 준비하는 게 많이 힘들었어요. 그런데 약간 자존심의 문제였던 거 같아요. 우리를 봐주고 응원해주는 분들에게 잘해나가는 모습을 보여주고 싶었어요. 초대한 손님분들도 '배틀라인업은 가야지'라고 해주시고 다른 행사와는 비교가 안 될 정도로 마음 써주시는 것들이 느껴졌거든요. 심사료를 드리면 오히려 고생했다고 밥값하라고 돌려주시기도 했으니까요. 배틀이라는 것 자체를 저희가 좋아하기는 하는데, 스트릿댄스 배틀은 경연이지만 경연으로만 끝이 아니라 댄서들끼리의 소통으로 그 시간과 순간, 공간을 만들어내기 때문에 엄청 교육적이기도 해요. 저지 쇼 케이스Judge Show Case***가 있어서 공연을 보는 것이기도 하고요. 스트릿댄스에서 배틀은 처음부터 끝까지 심사위원과 참여자, 관객이 모두 자신이 누구인지 드러내고 같이 호흡하는 시간이에요.

*** 스트릿댄스 배틀에서 심사를 맡은 댄서가 춤을 선보이는 것

저도 2~3년 전에 배틀라인업을 알았는데 점점 규모가 커져가는 느낌이 들어요.

2022년 겨울부터 광주KBS랑 하게 되었고 2023년 6월부터는 광주시도 함께해요. 원래는 광주문화재단에서 조금 조금씩 후원을 받아서 했는데 이제 후원 규모가 커졌어요. 사실 그런 지원을 받고 싶었던 것도, 댄서들에 대한 대우가 높아졌으면 하는 바람이 있기 때문이었어요. 이제는 해외 참가자도 점점 늘어나는데 수용 인원이 정해져 있어서 어쩔 수 없이 선착순으로 마감하다 보니까 못 들어오는 분들이 생기기도 했어요.

코로나19 기간 동안에도 배틀라인업을 개최하셨던 걸로 알고 있어요. 문화예술계 전체가 '멈춤' 상태였는데도요.

처음으로 이틀 동안 개최했던 시즌 5를 굉장히 성공적으로 마쳐서 너무 행복했는데 바로 다음 해에 코로나19로 인해 시즌 6을 못 열게 되었어요. 현실을 받아들이기가 너무 힘들었죠. 앞으로 배틀라인업이 어떻게 될지 고민도 엄청 했고 다시 할 수 있을 거라고 서로 위로도 하고 그렇게 일 년 강제 휴식기를 가졌어요. 그런데 코로나19가 끝날 기미가 안 보이는 거예요. 우리는 무조건 해야 '한다'라는 생각으로 회의를 시작했어요.

지켜야 할 수칙들이 많아 너무 힘들었을 것 같아요.

정부지침 다 지키면서 행사를 하기 위해 참여 인원부터, 정말 하나부터 열까지 세심히 신경 쓰면서 준비했어요. 그 결과 언택트 시대에 맞는 배틀 프로그램을 만들게 되었죠. 참가신청을 받고 디제이들이 집에서 각자 예선 음악을 플레이하고 그걸 녹음해서 참가자들에게 오픈했어요. 그러면 댄서들은 48시간 안에 영상을 찍어서 빛고을댄서스 측에 메일로 전송하는 거죠. 이 음악과 영상을 편집해 5시간짜리 예선 영상을 만들고, 그 영상을 공개해서 저희 팀과 심사위원분들만 모여서 실시간으로 예선을 치렀어요. 온라인상에 댓글로 서로 응원하면서 하다 보니 정말 한자리에 있는 것 같은 기분도 들더라고요. 굉장히 재미있었고 또 굉장히 뭉클하기도 했어요. 관객들의 함성소리는 없었지만 그렇게 치열하게 시즌 6을 해냈어요.

대학에서 학생들을 지도하고 있으신데요. 그래서 더 지금 댄서를 꿈꾸는 사람들에게 해주고 싶은 말씀이 있을 것 같아요.

사실 계속 대학에서 일하고 싶었어요. 안정적인 걸 추구하는 저의 성향과 맞기도 했으니까요. 스트릿댄스를 공부한다는 것은 약간 황무지를 개척해 나가는 것 같은 느낌이 들기도 했는데 그런 점에서 춤을 공부한다는 게 너무 재미있어요. 학원에서 오래 학생들을 지도하면서 정말 열심히 준비해서 대학에 갔는데, 춤을 그만두고 진로를 바꾼 경우를 많이 봤어요. 우리가 더 넓은 걸 봐야 한다는 생각이 들었고 내가 할 수 있는 일을 찾아서 그 영역을 넓힐 수 있을까 하는 스스로의 의문으로 대학에 오게 된 거 같아요. 저는 교육과정이 중요하다고 생각해요. 이곳 동신대학교에서 학생들이 다니는 4년간 정말 많은 경험을 해서 춤 그 이상, 플러스알파를 만들어 사회에 나가게 하고 싶어요. 학생들과 소통하고 맞춰나가면서 열심히 하고 있어요. 최근에는 그런 열심을 알아봐주는 것 같기도 해서 매우 보람을 느끼고 있습니다.

교수로서 로로 님의 목표가 있다면요?

학과가 유명해져서 더 유능한 학생들이 입학하도록 해야죠. 현대무용처럼 힙합을 포함해 스트릿댄스도 하나의 학문으로, 예술 분야로 확고히 자리 잡을 수 있다고 봐요. 브레이킹이 올림픽 종목이 된 것처럼 '춤'이 예술로도 스포츠로도 더 전문성을 띠는 분야가 될 것이고 따라서 춤으로 할 수 있는 일들이 점점 더 많아질 것이라고 예상해요. 지금 춤을 추는 학생들한테 이런 흐름을 알려주고 다양한 미래를 그릴 수 있도록 교수로서 최선을 다하고 싶어요.

마지막으로 댄서 로로 님으로서의 계획이나 목표에 대해 여쭤보고 싶어요. 빚고을댄서스를 만든 장본인으로서 분명 어떤 계획이 있으실 것도 같고요.

음… '댄서 로로'로서의 꿈은… 이건 정말 혼자 생각만 하고 입 밖으로는 꺼내보지 않았는데요 '춤에 대한 순수한 마음을 잃지 말자'라는 꿈을 가지고 있어요. 지금이 스트릿댄스의 흐름에 많은 발전을 이뤄야 할 때라 생각해서 어떤 면에서는 조금의 타협을, 어떤 면에서는 조금의 양보를 해야 하는 순간들이 많은 것 같아요. 그래서 더욱 다짐해요. 내 아주 깊은 곳에서 춤을 사랑하는 마음이 사라져서 춤과 너무 멀어져버리지 말자, 멀어지지 않으려 노력하자 하고요.

빚고을댄서스로 꿈꾸는 미래는 지금처럼 함께 스트릿댄스로 많은 일을 해나가고, 또 문화예술로서의 발전을 도모해가면서 잘 먹고 잘사는 거예요. 우리의 젊은 날을 곱씹고 곱씹으면서 같이 재밌게 늙어가는 것…이라고 말하고 싶네요.

매기 MAGGIE (이은지)
빛고을댄서스의 시작이자 미래인

Movinup Dance Studio 공동대표
BATTLE LINE UP 디렉터
JSDC KOREA HIPHOP 2ND WINNER(2018)

반갑습니다. 먼저 간단한 소개 부탁드릴게요.

저는 광주에서 힙합을 하고 있는 빛고을댄서스의 매기 이은지입니다.

매기 님도 빛고을댄서스 창단멤버로 알고 있어요. 어떻게 지금의 멤버들을 만나셨는지 궁금합니다.

저는 고등학생 때부터 춤을 췄어요. 광주 밀리오레 안에 춤 동아리가 몇 개 존재했는데 제 동아리와 오천이 속한 동아리도 있었어요. 공연을 하다 보니까 자연스럽게 교류를 하게 되었고 그때 로로도 만났어요.

대학 졸업 후 한 스튜디오에서 다 같이 강사로 일하다가 제가 개인적인 사정으로 일을 그만두었죠. 그런데 함께 그만두면서 저, 로로, 오천, 제이문 그리고 아이언베어가 모였어요. 가장 괴롭고 힘든 시기에 저를 생각해준 친구들의 선택이라는 걸 알아서 정말 고맙고 미안한 마음이었어요. 어쨌든 저희끼리라도 춤을 추기 위해서는 연습실이 필요했어요. 우리만 연습하기보다는 후배들도 같이 춤출 수 있는 '스튜디오를 운영하자'라는 결론에 이르렀고 돈을 모아 공간을 빌려서 그렇게 시작을 했어요.

사실 굉장히 어린 나이에 학원 운영도, 팀 활동도 시작한 거라고 볼 수 있

는데 중간에 그만두고 싶었던 적은 없으셨나요?

사실 그런 생각을 안 할 수가 없죠. 너무 힘들었던 때가 여러 번 이었으니까요. 돈이 없을 때도 있었고 저희 나이 때문에 무시하는 듯한 이야기를 듣기도 했어요. '뭘 얼마나 대단한데 이렇게 어린 나이에 시작을 하냐'와 같은 말은 흔히 들었죠. 특히 배틀에 나가면 '너무 공격적이야'라는 말도 자주 들었어요. 그래서 저랑 로로랑 배틀을 주최한 대표를 만나 사과한 적도 많았거든요. 하하. 좀 '쎄' 보인다는 이미지 때문에 비난을 많이 받았던 건 사실인데 아이러니하게도 그 점 때문에 일이 더 들어오기도 했어요.

그럼에도 이 팀이 오랜 기간 유지되었잖아요. 그 힘이 무엇이라고 생각하세요?

멤버들의 생각은 각자 다를 수도 있겠지만, 적어도 저는 시작할 때 그 마음이 계속 유지되어서 지금까지 올 수 있었다고 생각해요. 제가 사실 학원 일을 그만두기로 마음을 먹고, 지금 이 친구들이 함께해주지 않았다면 무엇을 하고 있을지 모르겠어요. 춤추는 걸 그만두었을 것 같아요.

지금의 빛고을댄서스 팀원들을 보면 개인 활동도 응원하고 장려하는 느낌을 받아요. 제자들이 선생님이 되고, 국내뿐 아니라 세계적으로 유명한 댄

서들이 되고 있는데 이런 모든 과정을 매기 님은 가장 가까이서 목격하셨잖아요. 어떠세요?

동생들이 너무 잘하고 있다고 생각해요. 완벽하게…. 앞으로는 어떻게 생각이 변할지 모르겠지만, 팀을 시작했을 때의 목표대로 되었다고 생각해요. 이대로 후배들이 계속 선배들처럼 성과를 내주고, 선배들도 또 새로운 길을 개척해주는 걸 반복하면 스트릿댄스가 금전적으로나 정서적으로나 안정이 되는 시대가 오지 않을까 기대하고 있어요.

매기 님의 주 장르가 힙합이라고 알고 있어요.

저는 카리스마 있어 보이는 춤이 좋았어요. 힙합이 그런 매력이 있었고요. '멋있는 척하기 좋았다'라고나 할까요. 하하. 춤을 추면 어떤 쾌감이 있어요. 무슨 생각을 하면서 춤을 추는 건 아니지만, 어느 순간 내가 좋아하는 음악을 몸으로 말하고 있다고 깨닫게 되더라고요. 누군가 '매기라는 댄서가 광주에 있대'라고 말하면 '아, 그 친구 힙합하잖아!'라고 떠올리게 하고 싶어요. '힙합댄서 매기' 어떤 대명사처럼요.

매기 님도 백제예술대학에 다니셨지만 광주로 다시 오셨어요. 그 이유가 있을까요?

저도 모르게 당연히 돌아올 거라고 생각했던 것 같아요. 대학을 마치고 광주에 와서 바로 강사 일을 했죠. 당시 댄서계는 정말 배려와 존중이 없었던 것 같아요. 여자이기에 더 힘든 부분도 분명 있었고요. 아까 말씀드렸듯이 그때의 저를 우리 멤버들이 다잡아 주었고, 저희가 열심히 하니까 처음에 저희를 무시하던 시선들도 어떤 기특함이라고 할까요, 그런 시선으로 바뀌었어요. 이제는 그 시선이 또 부러움의 시선으로 바뀐 것도 느끼고 있어요.

그런 의미에서 멤버들과 팀, 그리고 빛고을댄서스가 주최하는 배틀라인업에 좀 더 각별한 마음을 가지고 계실 것 같아요.

멤버들의 존재, 함께하는 그 자체가 가장 큰 치유라고 말하고 싶어요. 나는 쓸모없는 사람이라는 '존재' 자체에 부정적인 시각을 갖고 있었는데 멤버들 덕분에 그리고 팀으로 뭉쳐서 배틀라인업을 어쨌든 한 회씩 해나가면서 저 자신이 치유되는 경험을 했어요. 당연히 멤버와 팀은 소중한 존재이죠.

치유되는 경험이라는 게 정말 의미가 깊네요. 매기 님이 가지고 있는 그 마음 덕분에 팀도, 배틀라인업도 유지되고 발전되는 게 아닌가 생각돼요. 지금은 무빈업 댄스스튜디오의 원장으로도 있으신데, 학생들을 지도하는 건 어떠세요?

학원에는 중·고등학교 학생들이 대부분이에요. 어리지만 또 굉장히 잘해요. 그래서 저희 팀 내에서 저보다 더 잘하는 팀원에게 배우게 해야겠다는 생각을 하면서도 동시에 제 수업에 환호해주는 학생들을 보면서 더 열심히 해야겠다고 다짐을 해요. 가르치는 일에 엄청난 재미를 느껴요. 물론 입시를 준비하는 학생들인 경우 재미만 느끼지는 않겠지만 학생들에게는 여전히 어떤 순수함이 묻어 있어요. 이번에 저희 학생이 서울의 한 예고에 합격했어요. 그런데 그 학생이 정말 재미난 뒷이야기를 해주더라고요. 다른 학생들에게 '나 광주에서 왔어'라고 하니까 '너 무빈업이야?'라고 대뜸 묻더라는 거예요. 그런 말을 들으니까 저희 학생도 스스로 열심히 해야겠다고 생각했대요. 저도 그 이야기를 듣고 너무 놀라기도 했고 뿌듯하기도 했어요.

광주라는 말만 듣고 '무빈업이야?'라고 묻다니, 매기 님 기분이 너무 좋았을 것 같아요. 인정받고 있다는 뜻이잖아요?

그럼요, 정말 기분이 좋았어요. 저는 춤이 좋아서 어린 나이에 시작하고 대학을 거쳐 지금까지 업으로 삼고 있잖아요. 나름 무빈업과 빛고을댄서스라는 이름으로 인정받으면서 활동하고요. 그래서 그 마음이 학생들에게 투영되어 더 혹독하게 가르치게 돼요. 너희도 할 수 있어, 우리처럼 오래 춤출 수 있어, 이런 생각으로요. 저 역시 항상 긴장해요. 댄서가 정말 많잖아요. 언제든 대중들의 기억 속에서 또는 스트릿댄스계에서 잊힐 수 있다고 생각해요. 사실은 춤추면서 힘든 순간들이 많아요. 앞으로도 지금까지처럼 함께 힘내서 이겨내겠지만 우리의 목소리를 더 당당하게 낼 수 있도록, 또 후배들이 더 역량을 발휘하면서 살 수 있도록 조금 더 성장해야겠다는 생각도 늘 하고 있어요.

인터뷰를 해보니까 팀원 모두가 겸손함을 무기로 가지신 것 같아요. 하하. 요즘은 성인들도 취미로 춤을 배우는 분들이 많은데 매기 님은 성인 강의도 하시나요?

네, 성인 강의도 하고 있어요. 저는 모든 사람이 춤을 췄으면 좋겠어요. 하하. 저희 엄마도요. 취미로 하는 분들 중에도 진짜 즐기면서 하는 사람은 그 즐거움이 그대로 느껴져요. 우선 한 달만 다녀보겠다고 등록했다가, 그다음 달에 일 년 치를 한꺼번에 결제한 분도 있었어요. 저는 그런 분들을 보면 대단하다고 느껴요. 회사에서 충실히 자기 일을 해내고 또 이렇게 취미이지만 열정적으로 배우시니까요. 정말 좋은 자극이라고 할까요? 초심을 다잡게 해줘요. 이 시간에 오는 분들을 위해서 내가 더 열심히 해야겠다, 더 즐거운 시간을 만들어줘야겠다, 하고 다짐하게 되고요.

학원과 팀 활동 이외에 제가 유일하게 오랫동안 한 외부강의가

GIST(광주과학기술원)에서 하는 힙합댄스 수업이에요. GIST 대학에서 만난 친구들은 저한테 에너지를 엄청 많이 주는 순수한 열정가들이라고 말씀드리고 싶어요. 워낙 똑똑해서 춤뿐 아니라 뭐든 잘해내는 친구들이에요. 2016년부터 시작해 벌써 8년째 하고 있는데 연락하고 지내는 분들도 꽤 있고, 제 일을 도와주는 친구들도 있어요.

마지막으로 빛고을댄서스 팀원 매기로서, 무빈업 원장으로서, 인간 이은지로서 앞으로의 계획이 있다면 무엇일까요? 먼저 빛고을댄서스 팀원으로서부터 말씀해주세요.

빛고을댄서스 팀원으로서는 한 명, 한 명에게 조력자가 되어주고 싶었는데 그 부분을 채워주지 못하고 있거나 헤매고 있던 경우가 있어 미안함이 컸던 것 같아요. 지금부터라도 제가 맡은 부분을 더 전문적이고, 효율적이고, 안정적으로 버텨내는 멤버가 되고 다른 팀원들에게 힘을 주는 사람이 되고 싶어요.

무빈업 원장으로서는요?

무빈업 원장으로서도… 죄송한 마음밖에 없어요. 가끔은 몸이 열 개여야 하는데 한 개인 것도 미안해요. 어느 학원보다 스트릿댄스를 사랑하는 댄서들이 모인 곳으로 만들고 싶었는데 학생들이 가끔은 훈련소처럼 느낄 수도 있을 것 같아요. 저는 춤을 사랑하는 모두가, 그냥 취미로 추는 사람들까지 댄서라고 생각해요. 앞으로도 무빈업이 그런 사람들이 모이는 장소가 되기를 바라면서 열심히 운영하려고 해요.

진짜 마지막이네요. 인간 이은지의 앞으로의 계획을 들려주세요.

인간 이은지는 요즘 거의 매일 '앞으로 10년은 뭐하고 살까' 생각해요. 조금 웃기게 들릴 수도 있지만 지금까지의 제 삶에 후회가 없다고 느끼는 참이었거든요. 일부 결과물이나 그 과정에는 후회가 있지만, 미친 듯이 내가 해야 할 일에 빠져 살았고, 또 사랑하는 멤버들과 그 일들을 함께 이루어냈기 때문에 지난 시간이 후회되지도 아깝지도 않아요. 그래서 어떤 '기대'를 하며 앞으로 10년 더 지나 20주년이 되면 그때 어떤 기분일지, 정말 큰 희열을 느낄 수 있도록 뭐하고 살아야 할지 생각해요. 물론 지금의 멤버들과 함께요.

아이언베어 IRON BEAR(김철웅)
새로운 스트릿 컬처를 고민하는

광주X HIP '모두가 빛나는 광주' 영상 참여(2023)
대전 댄스 페스티벌 우승(2021)
한국항공공사 창립 40주년 '하늘을 잇다 마음을 잇다' 초청 공연(2020)
서울 '대한민국 스트릿 미래를 끌어갈 그대들' POPPING 부문 우승(2017)

간단한 소개 부탁드립니다.

네, 안녕하세요. 저는 광주 빛고을댄서스, 글레이어즈Glayers(아이언베어, 페넥, 썬, 스카이튜브, 도현)의 아이언베어 김철웅입니다. 글레이어즈 같은 경우에는 팀원이 전부 광주 출신들인데 서울에서 주로 활동하는, 팝핑popping하는 동생들을 만나서 만든 팀이에요. 광주의 G와 플레이어즈players를 합쳐서 글레이어즈라고 팀명을 정했고 팝핑 관련 행사를 할 경우 그 친구들과 함께합니다.

글레이어즈가 팝핑을 전문으로 한다면 빛고을댄서스는 장르 혼합의 혼성팀인 거네요. 둘 사이에 어떤 차이가 있을까요?

네, 글레이어즈의 경우 팝핑 장르의 전문성을 가지고 댄스를 할 수 있다는 장점이 있죠. 하지만 장르마다 특성이 있어서 한 가지 주제의 공연인 경우 다양한 것을 표현해내는 데 한계가 있을 수 있는데 빛고을댄서스의 경우 혼성, 혼합 장르이기 때문에 그런 부분을 조금 쉽게 풀어나갈 수 있는 게 큰 장점인 것 같아요.

아이언베어 님은 팝핑댄서라고 하셨는데, 팝핑이 무엇인지 또 어떤 매력이 있는지 설명 부탁드릴게요.

팝핑이라는 춤이 이제 근육에 빠르게 힘을 주었다가 이완시키는 팝pop과 관절을 이용해서 추는 춤인데 파워풀하거나 다이내믹하거나 독특한 웨이브, 로봇틱한 느낌들을 표현할 때 되게 좋아요. 저는 파워풀한 그 느낌이 진짜 좋거든요. 근데 이게 신기한 게 초등학생인데도 팝을 알려주면 그 친구가 팝을 줬을 때 그 좋은 느낌을 알고 추더라고요.

어떤 느낌인지 궁금해지네요. 아이언베어 님께서는 좀 더 넓게 말해서 스트릿댄스는 어떤 매력이 있는 예술 장르라고 생각하시나요?

글쎄요…. 춤은 감정인 것 같아요. 내가 생각하고 느끼는 것들을 춤으로 표현해내는 게 매력적이죠. 꼭 신나고 좋은 감정만이 아니라 슬픔이나 괴로움도 춤으로 표현할 수 있어요. 그냥 일상에서 느끼는 감정, 예를 들어 날씨가 좋아 산책하고 싶을 때도 그루브한 음악을 들으며 몸으로 표현해내는 거죠. 그게 바로 춤이에요. 그래서 어떻게 보면 자기 자신의 감정이 쉽게 드러나는 감각적이고 솔직한 예술인 것 같습니다.

처음에 춤은 언제 어떻게 시작하셨는지 궁금해요.

제 춤의 시작은 마이클 잭슨이에요. 우연히 TV에서 마이클 잭슨의 공연을 보고 문워크라든지 독특한 제스처들이 너무 신기해서 그냥 집에서 따라 했어요. 고등학교 때는 평범한 학생이었어요. CA 활동 시간에 댄스동아리를 했는데 친구들하고 같이 연습하는 정도였어요. 저는 성인이 되고 나서 춤을 진로로 정했어요. 오천 형하고 같은 고등학교를 다녔는데 학년은 다르지만 축제 때 공연을 같이 준비하기도 해서 가깝게 지냈어요. 성인이 되고 오천 형이 소속되어 있는 팀에 놀러 갔는데 그 이후 꾸준히 나가고 매일같이 놀고 연습하면서 지금의 멤버들을 만났어요. 그렇게 자연스럽게 빛고을댄서스 시작부터 함께한 일원이 되었어요.

방금 말씀하신 것처럼, 아이언베어 님도 빛고을댄서스의 시작부터 함께하셨는데 배틀라인업이 지금처럼 큰 행사가 될 것이라고 예상하셨나요?

전혀 예상하지 못했어요. 운 좋게 도움을 많이 받았던 것 같아요. 물론 규모가 커지기 이전의 배틀라인업도 분위기가 정말 좋았어요. 그래서 전이랑 비슷한 분위기, 구도를 유지하면서 발전시키려고 행사 규모가 한 단계씩 올라갈 때마다 진짜 신경을 많이 쓰는 것 같아요. 멤버 모두가 긴장을 많이 해요. 무엇보다도 안전사고가 나면 안 되니까요. 어떻게 보면 부담감이 크죠. 저희는 11명이고 오시는 분들은 1,000명에서 1,500명 이렇게 되니까요. 숫자로만 따지면 한 명당 이제 150명 정도를 상대해야 해서 긴장도 하고 부담도 되는 것 같아요.

행사가 커지는 만큼 보람도 클 것 같아요. 어떠세요?

행사를 준비하는 과정은 진짜 힘들어요. 많은 사람을 상대하다 보니까 기도 빨리고, 또 생각대로 안 되면 기운도 떨어지고 그래요. 그런데 막상 또 제가 초대한 사람들이 참가해서 바로 저희가 만든 행사 공간에서 딱 집중해서 춤추는 광경을 목격할 때는 뭔가 마음에 전율 같은 게 느껴져요. 가슴 뭉클한 감동이랄까? 설명하기 힘든 기분이 들어요.

아이언베어 님도 배틀에 많이 참여하신 걸로 알고 있어요. 특히 기억에 남는 배틀이 있나요?

RF잼Radical Forze Jam이라고 원래 싱가포르에서 하다가 작년부터 다낭에서 진행하는 행사가 있어요. 그 행사는 모토 자체가 평화, 화합이에요. 그래서 '경쟁'이 없어요. 물론 배틀 행사니까 기본적으로 경쟁의 형식을 갖추고는 있는데, 본 행사가 끝나면 해변 파티가 하루 종일 있어요. 이 행사에서 컴페티션은 단순히 재미이고 그 뒤에 있는 파티가 주최 측에서 중점을 두는 부분이에요. 반드시 이기려고 힘쓰는 느낌보다는 서로 더 재미있게 할 수 있도록 장려하는 분위기가 많이 정착되어 있어요. 이 배틀이 가장 기억에 남아요.

듣기만 해도 재미있을 것 같은데요. 이렇게 여러 배틀에 참여하면서 보고

경험한 장점들을 배틀라인업에도 참고하시겠어요.

네, 맞아요. 작년부터 배틀라인업 규모 자체가 커지면서, 배틀 이외에 사람들이 여기 광주라는 곳에 왔을 때 어떤 다양한 스트릿 컬처를 즐기게 할 수 있을까를 고민했어요. 다낭에서 영감 받았던 부분을 적용하려고 시도한 부분이에요.

말 그대로 하나의 컬처, 문화를 만들어가는 과정이네요. 그런데 아이언베어 님은 디제이로도 활동하시는 걸로 알고 있어요.

저희 팀에서 오천 형님께서 먼저 하셔서 그냥 저렇게 하나 보다라고만 생각하고 있었어요. 사실 원래 춤췄을 때부터 디깅 digging****을 당연하게 생각했는데 생각보다 많은 사람이 하고 있지 않더라고요. 그래서 '한 번 해보자' 하고 시작했어요. 디제이로 배틀에 참여했을 때는 조금 더 긴장하는 것 같아요. 실수하면 행사에 참가한 모든 사람이 절 쳐다보니까요. 하지만 저만의 선곡 리스트로 사람들이 춤을 추고 즐거워하는 모습을 보면서 디제잉의 매력을 느끼고 있습니다.

빛고을댄서스를 보면 팀 활동뿐 아니라 개인 활동도 활발하게 하도록 장

**** DJ의 경우 자신의 플레이 리스트를 채우기 위해 음악을 찾는 행위를 의미하며, 일반인의 경우 자신이 좋아하는 아티스트에 대해 깊게 알아간다는 의미로도 사용된다.

려하는 것 같아요.

외부에서 플레이어로 활동하는 팀원들이 너무나도 잘하고 있고, 또 팀 내부에서는 각자가 그 뿌리를 잘 지탱할 수 있게끔 많이 노력하고 있습니다. 서로 개인적인 활동을 다 인정해주고, 팀으로 활동해야 할 때는 팀원 모두 각자 역할에 맞게 잘할 수 있게끔 만들어주는 시스템이라고 해야 할까요? 그런 체계를 잘 만들어나가야 한다는 책임감을 모두가 가지고 있는 것 같아요. 그로 인해 생기는 시너지도 모두에게 큰 도움이 된다고 생각합니다. 또 개인적으로는 저희 팀의 이런 모습들이 다른 사람들에게 멋지게 보이는 것 같아 좋습니다.

마지막으로 앞으로의 계획에 대해 여쭤볼게요.

지금처럼 똑같이 열심히 해서 더 좋은 성적을 내고 싶고요. 더 좋은 춤을 추고 싶고, 그러기 위해서 건강했으면 좋겠어요.

제이문 JAY MOON (문자웅)
제자들과 함께 성장하는

광복절 경축식 특별공연(2023)
광주 비엔날레 '제8기후대' 개막식 공연(2017)
FEEDBACK2SHOW SOLO 2ND WINNER(2015)

안녕하세요, 먼저 자기소개 부탁드립니다.

저는 빛고을댄서스에서 코레오그래피Choreography(안무)를 하고 있는 댄서명 제이문, 문자융입니다.

제이문 님은 빛고을댄서스 시작부터 함께하신 걸로 알고 있어요. 그 시작에 대해서 말씀해주시겠어요?

사실 고등학생 때부터 로로랑 제일 많이 붙어 다녔어요. 함께 지내온 시간만큼 그 친구에 대한 믿음이 있었죠. 로로가 학원에서 같이 일해보지 않겠냐고 제안해서 일뿐만 아니라 팀 활동에까지 합류했죠. 저는 저를 끌어줄 사람이 있으면 좋겠다고 생각했기 때문에 로로의 제안이 고마웠어요. 지금까지도 함께하면서 그때 선택을 잘했다고 생각하고 있고요. 꾸준히 활동하다 보니 학원과 팀 안에서 제가 할 역할이 있다는 것도 알게 되었어요.

팀 활동도 그렇고 학원에서 학생들을 지도하는 것도 그렇고, 어떻게 보면 꽤 어린 나이에 시작하신 거 같아요.

지금 돌이켜보면 정말 어렸죠. 그래서 더 과감했던 것도 같아요. 처음을 함께한 친구들과 지금까지 함께여서인지, 어떤 행사를 열고 싶다는 의견을 누군가 내면 그 순수한 마음을 서로 이해하는 것 같아요. 그래서 각자 할 수 있는 만큼 서포트하거나 가능한 합심해서 일을 해나가려고 하고요. 그 마음과 의미가 팀원들에게 공유되는 것 같아요. 아마도 그런 점들이 원동력이 되어서 많은 일을 함께 이뤄내지 않았을까 생각하고 있어요. 물론 그런 사람들만 남은 것 같기도 하고요.

오랜 시간을 함께하고 있으셔서 그 긴 시간만큼 정말 많은 추억이 켜켜이 쌓였을 것 같아요. 빛고을댄서스의 초창기 시절에 가장 기억에 남는 에피소드가 있을까요?

여쭤보시니까 갑자기 떠오르는 게 있어요. 지금의 학원 장소로 옮기기 전에 다른 장소에서 학원을 운영했는데요, 저희가 그 건물 지하부터 지상 2층까지 사용했어요. 당시 저희 멤버들이 사실상 거의 학원에서 살다시피 했어요. 집에도 안 가고. 장마철로 기억하는데 비가 너무 많이 와서인지 오래된 건물이어서인지 지하 천장에서 물이 엄청 떨어지기 시작하더니 정말 바닥에 물이 흥건하게 찼어요. 컴퓨터부터 소파까지 다 젖고, 계단에는 물이 넘쳐흐르고. 워터파크 같았어요. 학생들이랑 다 같이 물 퍼 나르고 이제 괜찮나 싶었는데 다시 비가 내리니까 또 물이 차더라고요. 나중에는 자포자기하고 비가 멈추기만을 기다렸어요. 지금도 비가 많이 오는 날에는 그때 기억이 엄청 떠올라요. 화는 나는데 웃긴, 그런 오묘한 기분과 상황이요.

장마철 때마다 생각나실 것 같네요. 팀 활동을 오래 한 만큼 팀원들과 서로 영향도 주고받았을 것 같아요.

저의 경우에는 오천 형에게 많은 영향을 받은 것 같아요. 리더이고 또 아주 어릴 적부터 형을 보면서 자랐기도 해서요. 그 형은 진짜 춤에 대한 순수함이 있어요. 열정이라고 할 수도 있고요. 삶에 있어서도 바르게 살아야 한다는 태도를 가졌어요. 물론 우리 각자의 생각도 있겠지만 '형처럼 하는 게 맞지, 그렇게 사는 게 맞지'라고 생각하게 하는 어떤 방향성을 제시해주는 거 같아요.

빛고을댄서스가 주최하는 배틀라인업 행사가 점점 하나의 이벤트로 자리 잡고 있다는 느낌을 받아요. 제이문 님은 어떠신가요?

네, 맞아요. 제가 정말 체감하는 부분은 그 행사를 위해서 심사위원은 누구를 섭외하고, 게스트는 누구를 초대할지 회의할 때예요. 점점 유명한 사람들, 세계적으로 활동하는 사람들의 이름이 나오니까 '우리가 이걸 감당할 수 있을까?' 이런 생각을 하면서 준비를 해요. 그런데 그게 현실이 되더라고요. 사실 준비하는 과정이 즐겁지만은 않아요. '내가 행사를 준비하고 있구나'라고 깨달으면서 점점 폐인이 된다고나 할까요? 시작도 안 했는데 벌써 힘든 느낌이랄까? 하하.

빛고을댄서스와 배틀라인업이 광주의 대표성을 갖는 것에 대해서는 어떻게 생각하세요?

전, 좋아요. 광주 배틀라인업이 댄서들 사이에서 진짜 하나의 큰 축제처럼 자리를 잡았는데 앞으로도 일회성이 아닌 계속해서 발전하는 댄서들의 축제, 광주를 대표하는 행사가 되면 좋겠어요.

점점 유명해지는 후배들과 제자들이 나오는 걸 볼 때 어떤 기분이실지 궁금해요.

너무 뿌듯해요. 자기 분야에서 얼마나 최선을 다했는지 지켜본 사람이어서인지 전국을, 세계를 누비는 유명 댄서들이 되어가고 있는 걸 보면 진짜 뿌듯한 감정이 들어요. 빛고을댄서스, 무빈업이 다들 모두 편하게 기댈 수 있는 공간이었으면 좋겠어요. 물론 그럴 거라 믿고 있고요. 어떠한 꾸밈도 없이 각자 에피소드를 이야기하면서 웃고 떠드는, 어쩌면 지금 작가님이 저희 멤버 전부와 인터뷰해서 한 권의 책으로 엮는 것처럼 한 편의 이야기가 만들어지는 그런 공간이 되기를 바라고 있어요.

빛고을댄서스 멤버들은 스트릿댄스의 발전을 우선적으로 생각하는 것 같아요.

하하. 저는 사람마다 각자의 역할이 있다고 여겨요. 누군가는 더 큰 목표를 이루기 위한 길라잡이 역할도 하고, 누군가는 학원에 남아서 학생들을 가르치고, 또 누군가는 지역사회에서 댄스계의 입지를 다지는 역할을 하고. 그렇게 각자의 방식으로 현역을 뛰면서 활동을 하는 거죠. 저는 본인에게 집중하는 걸 좀 좋아하는 성향이에요. 학원을 집이라는 매개체로 삼아서 이 안에서 내가 가르치는 학생들이 성장하고 더불어 저도 같이 성장하는 그런 역할을 하는 게 저에게 더 맞다고 느껴요. 이 안에서 각자 열심히 활동하다가 누군가 도전하고 싶은 게 생기면 서로 서포트하고 응원하는 그런 사이가 된 거 같아요.

코레오그래피를 어떻게 하게 되신 건지 궁금해요.

제가 처음으로 춤을 배운 선생님이 힙합을 하시다가 코레오그래피를 했어요. 그 선생님의 영향을 좀 많이 받은 것 같아요. 또 대학 다니면서 춤의 다양한 장르를 배웠는데 안무를 짜는 게 제 성향에 제일 맞기도 했고요. 그렇게 해서 안무가 쪽으로 방향을 잡고 활동하고 있습니다. 춤 스타일 중에서도 모던한 느낌을 많이 좋아해요. 현대무용의 리드미컬하고 선으로 표현하는 방식이 저에게 제일 잘 맞더라고요. 코레오그래피는 어쨌든 정해진 한 곡에, 정해진 안무를 짜야 하잖아요. 그래서 한 곡의 음악을 파고들어야 하는데 그게 저에게는 굉장히 매력적이에요.

학원에서 입시반을 지도하는 쌤으로도 계시잖아요. 그 일은 매년 앞에 나서서 전쟁을 함께 치르는 기분이 들지 않나요.

맞네요. 저에게 그런 면도 있는 거죠. 입시반 지도 선생으로 진짜 매년 딱 두 가지 생각이 들어요. '어쨌든 학생 본인이 잘해야지'라는 마음과 '내가 더 잘 가르치면 저 친구가 붙지 않을까'라는 걱정이요. 이게 충돌하면 정말 힘들고 괴로워요. 사실 학교는 많아지는데 경쟁률은 더 치열해지고 있어요. 이상하게. 그래서 수시철이 되면 긴장이 되고 '왜 이것밖에 못할까'라는 생각도 해요. 입시반 친구들은 정말 일주일 내내 와서 10시까지 하고 가요. 수업시간이 아닌데도 와서 거의 살다시피 해요. 가르치는 입장에서도 상당히 부담이 돼요.

제이문 님에게 있어 춤은 무엇인가요? 딱 정의하기는 어렵겠지만 춤이 어떤 의미인지 궁금해요.

저의 감정에 호소하고 싶어서 춤을 춰요. 개인적으로 감정이 요동 치던 시기가 있었어요. 평소 타인과 제 감정이나 고민을 이야기하는 편은 아니에요. 그 시기 음악을 정말 많이 들었는데 음악을 들으면서 춤을 추었던 게 저 자신을 치유하는 데 너무 많은 도움이 됐어요. 사람마다 생각이나 감정을 표현하는 방식이나 매체가 다른데, 제가 선택한 건 춤이었어요.

춤을 감정 표현의 방식이자 소통의 대상으로 보시는 것 같아요. 나 자신과 끊임없이 상호작용하는, 감정을 주기도 받기도 하는 그런 대상으로요. 코키 님께서 샘의 안무가 마치 춤으로 가사를 말해주는 것 같다고 하셨어요. 그래서 전달력이 좋은 것 같다고요.

제가 어렸을 때 미술을 했어요. 춤 안무 같은 거 알려줄 때 미술적으로 표현하는 걸 좀 좋아하거든요. 그러니까 '이 노래를 들었을 때 무슨 색깔이 떠오르지 않니, 어떤 장면이 떠오르지 않니' 이러면서 그림 그리는 방식을 예로 들어 설명도 하고요. 또 그런 설명이 편하더라고요. 그게 전달력으로 이어진 것 같아요.

끝으로 제이문 님의 앞으로 계획에 대해 여쭤볼게요.

앞으로의 저도 지금과 다르지 않을 것 같아요. 학원에서 학생들과 함께 지낼 것 같고, 배틀라인업과 다른 행사도 열심히 준비할 것 같고요. 무엇보다도 지금처럼 다 같이 행복하고 건강하게 오래 춤추고 싶어요. 베풀 수 있는 만큼 베풀고 큰 욕심 없이 춤추고 싶고요. 그러기 위해 건강이 제일 우선일 것 같네요.

TOBER 2
Pioneer DJ

Pioneer DJ

위자드 WIZZARD(홍성범)
경계를 없애고 새로움을 확대하는

WAACKERS NIGHT 10th ANNIVERSARY WINNER(2020)
TAIWAN C'est La WAACK WINNER(2019)
WAACKERS NIGHT ANOTHER VOL.1 WINNER(2013)

안녕하세요, 만나서 반갑습니다. 우선 자기소개를 부탁드릴게요.

안녕하세요. 빛고을댄서스에서 활동하고 있는 위자드, 홍성범입니다.

다른 분들에게도 이 질문을 가장 먼저 드렸는데요, 그만큼 궁금했던 부분이기도 해서요. 위자드 님께서는 춤을 시작하게 된 특별한 계기가 있었나요? 언제 어떻게 시작하셨나요?

평범하다면 평범할 수 있지만 저에게는 춤과 관련해서 뚜렷하게 기억나는 장면이 하나 있어요. 제가 초등학교 입학 전인 아주 어렸을 때 집에서 혼자 막춤을 췄는데 가족들이 웃어주던 게 기억나요. 그 이후로 계속 춤을 추고 싶은 순간들이 많았고 초등학교 6학년 때는 네이버 카페에서 댄스동아리를 찾아서 들어갔습니다. 그때 이후로 정말 물 흐르듯이 춤을 향한 여정에 나섰던 것 같아요. 춤에 진지하게 임해봐야겠다고 생각했던 건 중학교 2학년 때 즈음부터였던 것 같아요. 이 문화를 너무 알고 싶었고, 춤을 대할 때 심장이 뛰는 감정을 느꼈어요. 계속해서 많은 것을 느끼며 지금까지 하고 있습니다.

위자드 님은 다양한 장르를 하시는 댄서로 알고 있습니다. 그중에서도 왁킹댄서로 정말 유명하신데요, 위자드 님이 생각하는 왁킹의 매력은 무엇

인가요?

제 성격과 많이 결합되는 부분이 있는 것 같아요. 평소에도 무언가 한 가지에 임할 때 항상 저 자신과의 대화를 많이 하는 편인데 왁킹을 하게 된 순간부터 '나는 어떤 사람인가, 나는 어떤 것을 가지고 있는 사람인가, 나는 어떤 걸 표현할 수 있는 사람인가'라는 부분들에 더 밀도 짙은 질문을 던지는 것 같아요.

꼭 이 장르의 춤이 아니더라도 그럴 수 있다고 생각하실 수 있지만, 저는 외면적인 부분과 내면의 부분을 항상 모든 시간과 장소에서 표현하기에는 어려운 부분이 있더라고요. 누군가와의 대화, 외부 자극보다는 내 안의 생각과 이념들을 내 밖으로 꺼낼 수 있게 도와주는 것, 다시 말해서 왁킹은 저에게 내면에 있는 것들을 저의 외면으로 꺼내주는 매력이 있는 것 같습니다. 저는 생각이 너무 많은데요, 그런 저의 성격과 제 라이프스타일이 왁킹에서 추게 되는 디스코음악과 잘 결합되는 게 제가 느끼는 왁킹의 매력입니다.

최근에 보깅 영상도 몇 번 보게 되었습니다. 키키 님 영상에서도 함께하시는 것을 보았고요. 보깅만의 매력이라고 할까요? 위자드 님의 목소리로 보깅 이야기를 해주신다면요?

보깅의 매력은 왁킹의 매력과 정말 많이 상반되는 느낌이에요.

왁킹은 저와의 대화, 내 내면의 표현이 있다고 하면 보깅컬처, 볼룸문화라고 칭하는 부분은 이 문화에 같이 있는 사람들 그리고 내 하우스의 가족인 아이들과 동료들이 어떻게 그리고 어떤 방향으로 가고 있는지, 어떻게 표현할 수 있는지, 또한 우리의 이 공간을 어떻게 구성할지에 대한 부분이 매력적이라고 생각합니다.
쉽게 말씀드리면 왁킹은 다른 누군가와 함께한다고 하더라도 결국은 '나'와의 대화와 내 안의 내면을 많이 생각한다면 보깅은 '우리'라는 구성이 매력적입니다.

배틀에 엄청 많이 참여하셨던 것으로 알고 있어요. 위자드 님께서 가장 기억에 남는 배틀이 있으신가요?

너무 많지만 그래도 가장 저의 기억에 남는 건… 2013년도에 참가했던 '왁커스 나이트 어나더 볼륨 1'이 제일 기억에 남아요. 처음으로 우승이라는 걸 경험해봤던 이벤트이기도 하고 지방에서 시작해 서울에서 처음으로 많은 사람에게 저의 춤을 보여준 순간이기도 했습니다. 그 이후로 다양한 경험을 하게 힘이 되어주기도 했고요.

또 저지로도 많이 참여하고 있는데… 심사하실 때 가장 중요하게 생각하시는 점이 있으신가요?

심사할 때는 댄서분들이 많이 공감하실 수도 있다고 생각하는데 댄서로서 춤을 추면서 걸어온 길과 경험들, 이념들이 만들어낸 자신이 추구하는 춤이 있어요. 춤이 무엇인지를 매일 생각하는데 가끔은 제가 춤에 고집이 있는 것 같으면서 또 춤에 대해 가진 생각들이 바뀌기도 하는 것 같아요. 저 또한 계속 발전을 하고 있으니까요. 그래서 심사기준이 계속 바뀐다는 아니지만 제가 생각하는 춤 그리고 그 사람이 생각하고 느끼는 춤이라는 부분을 그 순간에 진심으로 표현해주는 것이 저에게는 중요한 것 같습니다.

진심이 통하는 순간이 가장 중요하다는 생각이 드네요, 단순히 잘하는 것을 넘어. 위자드 님이 하시는 디제잉 영상도 보았습니다. 춤의 영역이 디제잉, 패션까지 이르는 것을 빛고을댄서스 팀과의 인터뷰를 통해 저도 배우고 있는 것 같아요. 이에 대한 위자드 님의 생각을 듣고 싶습니다.

아주 어렸을 때부터 음악에 관심이 많았어요. 아버지가 베이스 기타리스트로 밴드 활동을 하셨던 분이라 집에서 음악을 많이 들으면서 자랐거든요. 춤을 시작하고부터도 음악에 관심이 많았고 약간 집착스러운(!?) 부분도 있었어요. 항상 재생 목록을 관리한다든지 음악 디깅을 자주 했죠. 시간이 지나고 보니 정말 자연스러운 현상이었던 것 같아요. 춤을 추면서 음악을 더 많이 알고 싶어졌고 공유하고 싶은 마음이 있어서 디제이를 했어요. 물론 처음에는 우연한 기회로 시작하게 된 것도 있지만요.

패션은 저는 잘 모르겠네요. 하하. 저는 그냥 제가 표현하고 싶은 대로 입는 편이어서요. 결국 필요에 의해서 하게 된 것도 있지만 다 자연스럽게 연결되는 부분인 것 같아요.

배틀라인업에 볼룸행사도 따로 있는 것 같던데요. 어떤 기획 의도가 있는 걸까요?

배틀라인업과 함께하는 볼룸행사는 제가 볼룸문화에 속해 있기도 하지만 역사적으로 볼룸문화는 다른 댄스 장르들과 결합되거나 함께 진행되는 부분이 많이 없었어요. 전에 스웨덴 스톡홀름의 '스트릿 스타STREET STAR'라는 행사에서 보깅과 같이 진행한 자료들이 있지만 지금은 없어진 걸로 알아요. 보깅은 댄스이기도 하지만 동시에 댄스가 아니기도 하거든요. 볼룸은 LGBTQAI+의 공간이기도 해서 지금 하고 있는 스트릿댄스 배틀과 많은 접점이 없었던 것 같아요. 그 부분들을 채워나가서 서로가 함께 존재하면 의미 있지 않을까 해서 시작하게 되었습니다.

마지막으로, 위자드님께 춤은 무엇인지 여쭤보고 싶어요.

춤은 저에게 아마도 엉켜 있는 실타래를 풀어헤치는 느낌이랄까요, 사이다를 마시는 기분과 같아요. 많은 억압과 그로 인해 느끼는 답답함을 해소하는 거죠. 또 아마도 많은 시간과 공간, 사람들을 마주할 수 있는 아름다운 도구이기도 합니다.

이 인터뷰를 한 다음 날 또 이 인터뷰 글을 마주한 10년 뒤에도 저는 저 자신에게 물어볼 것 같아요. '대체 나에게 춤은 뭘까?' 매일 질문하는 것 같은데 아직도 잘 모르겠네요.

키키 KIKI (박창윤)
기꺼이 도전을 즐기는

청하 〈I'm Ready〉 댄서(2024)
STACY 〈Teddy Bear〉 안무(2023)
STACY 〈Bubble〉 안무(2023)
청하 〈Stay Tonight〉, 〈Dream of You〉 댄서(2020)

키키 님, 안녕하세요. 독자님들께 간단한 자기소개 부탁드립니다.

저는 댄서명 키키, 박창윤입니다. 현재 빛고을댄서스와 커밍아웃 그리고 하우스오브준지에 속해 있습니다.

키키 님은 처음에 어떻게 춤을 시작하게 되셨는지 궁금해요.

그냥 일반 청소년들처럼 가수들의 춤을 따라 추는 것을 좋아했어요. 취미로 하다가 본격적으로는 고2 때부터 했어요. 여러 상황이 있었는데… 우선 부모님의 반대가 좀 심했어요. 그래서 취업해야겠다는 생각으로 공고에 진학했는데 동아리를 댄스부에 들어갔어요. 1학년 때는 그냥 취미로 하다 2학년 때 갑자기 춤 아니면 안 되겠다는 생각이 들더라고요. 부모님을 어렵게 설득해 허락해 주셔서 학원에 다니게 되었어요.

빛고을댄서스 이전에 빛고을왁커스가 있었고 키키 님도 빛고을왁커스 때부터 활동하셨다고 들었어요. 빛고을의 의미에 대한 질문을 정말 많이 받으셨을 것 같아요.

네, 사람들이 많이 물어봤던 것 같아요. 제 기억에 제가 학생일 때 어쩌다가 대회를 나갔는데 사실 그때 팀 이름이 없었거든요. 광주에서 왔으니까 빛고을왁커스로 하자고 정말 즉흥적으로 지었던 것 같아요. 로로 쌤은 어쩌면 지역명하고 댄서스를 합쳐서 '광주를 대표하는 팀이 되자'라는 의도가 있었을 것 같기도 해요. 배틀을 나가면 늘 어디서 왔냐고 물어봤거든요. 생각해보면 지역을 특정하는 댄스팀 이름은 없는 것 같아요. 저도 이 인터뷰 요청이 들어오고 나서 생각을 해보았는데, 광주에서 온…이라는 걸 저도 자연스럽게 말하는 것 같아요. 다른 댄서들도 그렇게 말하나 싶기도 하고요. 물론 몇 명 있기는 하겠지만요.

키키 님은 빛고을 활동을 오래 했기 때문에 멤버들, 특히 쌤들의 영향을 많이 받았을 것 같아요.

맞는 거 같아요. 오천 쌤 영향이 제일 컸던 것 같아요. 사실 그렇게 잘하는 분이면 서울에 올라가서 활동할 법도 하잖아요. 그런데 오천 쌤은 늘 배틀이 끝나면 광주로 오세요. 지금도 그래요. 광주가 제일 편하다고 말씀하는데, 사실 저도 늘 그게 궁금했어요. 왜 이렇게 왔다 갔다 하면서 자신의 삶에 고통을 주시나. 하하. 분명 어떤 편안함이 있을 것 같기는 한데 정확히는 그게 뭔지 모르겠어요.

오천 쌤 다음으로 저한테 영향을 준 사람은 아무래도 위자드예요. 위자드가 엄청 어린 나이에 왁킹으로 유명해진 경우인데 '광주에서 춤추는데 너희보다 잘해' 이런 자신감 같은 게 제 눈에 보였어요. 물론 위자드는 그런 마음은 아니었겠지만 적어도 제 눈에는 그랬어요. 그래서 저도, 짐도 영향을 받았던 거 같아요.

배틀라인업에 대해 여쭤보고 싶어요. 키키 님도 지금까지의 여정에 함께 하신 팀원으로서 어떤 생각을 가지고 있으신지요. 어디선가 배틀라인업이 계속 적자였다는 내용도 읽은 적이 있어요.

배틀라인업은 정말 선생님들의 엄청난 기여로 이렇게 성장했다고 봐요. 저희도 얼떨떨할 때가 많아요. 학원에서 시작한 작은 행사가 서울을 포함해 전국, 그리고 이제는 세계의 댄서들이 기다리는 행사가 되어가다니 말이에요.

지금처럼 지원이 없었을 때는 저희 사비를 모았어요, 그런데 돈을 내기 싫었던 적이 없었어요. 그때도 정말 잘해내자고 다짐하고 모두 열심히 했던 것 같아요. 다행히 배틀라인업에 참여했던 사람들이 '되게 재밌더라'라는 말들을 해주었고 그 결과 다음 시즌 그리고 그다음 시즌을 엄청 기다리게 만드는 이벤트가 된 거 같아요. 그러면서 더 신경을 쓰게 되고 마음을 쓰게 되고 더 잘해내고 싶고 더 좋은 배틀을 만들려고 했어요. 여전히 많은 사람이 광주에서 어떻게 이렇게까지 할 수 있나 궁금해해요. 댄서뿐 아니라 일반 사람도요. 서울이 아닌 광주에서 이렇게 큰 행사를 할 수 있고, 또 계속 이어가고 있는 것에 관심이 많아요.

규모가 커졌다는 건 그만큼 준비해야 하는 게 많다는 뜻일 수도 있을 것 같아요.

사실 준비하는 과정은 정말… 즐겁지만은 않아요. 모두가 예민해져요. 잘 끝내야 한다는 생각과 전보다 더 나은 행사가 되어야 한다는 압박감이 있어요. 누군가 스트레스 받는 걸 보면, 또 그게 스트레스가 돼요. 그런데 끝내고 나면 모든 게 다 너무 소중하게 느껴져요. 나에게 남겨진 소중한 재산 같다고나 할까. 실감이 안 날 때도 있어요. 행사 당일에도 '아, 맞다. 나 지금 배틀라인업을 하고 있지' 이렇게 생각할 정도거든요. 행사 준비로 거의 일 년이 다 지나요. 지난 행사가 6월이었거든요. 이것저것 정리하니 10월이더라고요. 지금 12월이잖아요, 얼마 전부터 내년 배틀라인업 회의를 시작했어요. 하하.

일 년을 준비해야 할 만큼 많은 사람의 관심을 받아서인 것 같아요. 키키님께서는 배틀라인업이 어떻게 성공적인 행사가 될 수 있었다고 생각하는지 궁금해요. 단순히 주최측이 아니라 현직 댄서의 입장에서 말씀해주신다면요.

어떤 사람들은 배틀을 연 것에 의미를 두고 그냥 그게 끝인 경우도 있어요. '우리가 배틀을 열었어!' 하고요. 그런데 사실 그게 끝이 되면 안 되잖아요. 배틀을 연 목적이 있고 의의가 있으니까요.

그 목적을 잊지 않으려고 노력하는 것 같아요. 또 저희가 모두 플레이어로 무대에 서본 경험이 있어서 뭐가 좋고 불편한지 잘 알고 있어서 그런 점을 세심하게 신경 써요. 음향, 음악뿐 아니라 물 파는 장소까지요. 우리의 노력을 참가자들이 알아주시더라고요. 참가자들의 사소한 말들에 '그래, 우리가 바로 그런 말이 듣고 싶었어!'라고 생각하기도 해요. 그만큼 정말 하나하나 세심하게 신경 쓰고 있어요.

키키 님도, 빛고을댄서스의 다른 멤버들도 춤을 시작한 이후에 그만두지 않고 계속 댄서의 길을 걷고 있잖아요. 사실 이게 쉽지 않다고 들었어요.

네, 맞아요. 대학교만 봐도 저희 과에 80명이 있었는데 지금까지 여전히 춤추는 친구들은 정말 손에 꼽을 수 있어요. 로로 쌤이 아주 예전부터 '꾸준히 해라, 그럼 뭐라도 된다'고 늘 말씀하셨는데 정말 꾸준히 하니까 뭐라도 되기는 하더라고요. 그래서 저도 항상 제자들에게 말해요. 한 번에 성공할 생각으로 하지 말고 꾸준히 할 생각으로 하라고요. 저 역시 10년 넘게 춤추면서 이 길이 쉽지 않다는 걸 잘 알아요. 남들에 비해 대단한 커리어를 갖고 있다고 생각하지도 않고요. 랭킹으로 보면 저는 아직도 뉴비거든요. 그래서인지 더 학생들에게 많은 각오가 필요하다고 말하고, 정말 댄스가 하고 싶고 댄서가 되기를 원한다면 열심히 하는 수밖에 없다고 해요.

점점 더 춤을 추고자 하는 사람이 많아진 데에는 〈스맨파〉, 〈스우파〉 같은 방송의 영향이 분명 있을 것 같아요.

방송 덕분에 댄서가 전보다 다양한 영역에서 일하게 되기도 했고 또 업계 내에서도 대우가 달라진 면이 있어요. 예를 들면, 공연에서 댄스팀을 더 섭외한다거나, 가수의 안무 시안이 댄서들에게 전보다 더 많이 의뢰가 와요. 또 그게 '누구의 안무'같이 유명해지기도 하고요. 광고의 경우 15초 안에 춤 장면이 들어가기도 하고, 숏폼을 만드는 데 비용을 지불하고 댄서를 영입하기도 하고요. 오천 쌤의 경우도 물론 댄스 씬에서는 이미 유명했지만 방송을 통해 더 많은 대중에게 알려졌고 덕분에 우리 배틀라인업이 일반인의 관심을 받게 된 것 역시 사실이거든요. 일종의 '나비효과'라고 보는데 저는 정말 좋아요. 물론 방송에서 보이는 면만 생각해서는 댄서가 될 수 없지만요.

키키 님의 최근 영상에서 청하 뮤직비디오 촬영과 걸그룹 안무작업을 하는 것을 보았어요. 키키 님께도 새로운 도전이었을 것 같은데요, 그런 작업은 어떠했는지 궁금했어요.

안무 시안의 경우 스테이시의 〈Teddy Bear〉와 〈Bubble〉에 참여했어요. 같은 커밍아웃 크루인 킹키 형에게 시안 의뢰가 왔는데 같이하면 좋겠다고 하셔서 너무 감사했죠. 그래서 저랑 제이미, 킹키 형 이렇게 셋이서 작업했습니다. 저에게는 첫 걸그룹 시안이라 잘해내고 싶은 마음이 컸어요. 케이팝 안무 짜고, 안무 따는 것 둘 다 좋아했는데 마음에 맞는 팀원들이랑 해서 그런지 큰 문제 없이 잘했던 것 같아요.

최근에는 가수 청하의 백업댄서로 참여했습니다. 이 역시 처음 해보는 거라 정말 신선한 경험이었고 무대에 올랐을 때의 그 감정을 앞으로도 잊지 못할 것 같아요. 〈프로듀스 101〉에서 청하를 투표했을 정도로 좋아하는 가수 중 한 명이었거든요. 제가 서울에 올라오자마자 안무가 란 쌤Love Ran이 좋은 기회를 주셔서 청하의 〈Stay Tonight〉라는 작품을 같이했고 그 인연이 이어져서 이번 신곡 〈I'm Ready〉의 뮤직비디오까지 찍게 되었네요.

가수의 안무는 어디에 중점을 두면서 작업하시는지 여쭤봐도 될까요?

심플하면서 기발한 아이디어가 중요하다고 생각해요. 노래의 훅 부분을 바로 떠올리게 하는 아이디어요. 지금은 가수의 안무도 가수보다는 대중에게 더 중점을 두는 것 같아요. 대중에게 어떤 임팩트를 줄 수 있는지 많은 고민을 하고 작업해요.

처음 자기소개에서도 말씀하셨고, 지금 안무 작업에서도 언급하셨던 '커밍아웃'은 어떤 팀인가요?

커밍아웃은 왁킹 선생님 와쿤과 제자들(킹키, 키키, 맵시, 이지, 제이미)로 구성된 팀이라고 할 수 있어요. 그렇다고 왁킹만 하는 것은 아니고요, 저랑 제이미 그리고 이지가 보깅을 하다 보니까 보깅도 접목하게 되었어요. 와쿤 쌤을 만난 것 자체가 제 춤 인생에 있어서 전환점이었다고 생각해요. 저희 모두 군 복무를 마쳤고, 또 새로운 멤버도 합류하면서 전보다 더 활발하게 활동하려고 계획하고 있어요.

일반인인 제가 키키 님의 영상을 보면 깜짝 놀랄 때가 많아요. 동작들을 보면 '아프지는 않나?' 하고 걱정도 되고요.

하하. 사실, 이 무릎을 언제까지 굽힐 수 있을지, 어깨를 언제까지 돌릴 수 있을지 저도 걱정되기는 해요. 근데 춤이 너무 재미있으니까… 관리를 잘해서 정말 오래 하고 싶어요. 춤과 관련해서 요즘은 영상도 올리고 있어요. 사실 저는 다양한 관심사들로 인해 저 자신이 이도 저도 아닌 사람이 되는 건 아닌지 스스로 고민했던 적도 있을 정도였는데요, 그런 고민이 보깅을 하면서 많이 정리되었어요. 결국은 춤… 춤이에요. 보깅은 우리나라에서는 시작된 지 얼마 안 되었어요. 보깅 씬에는 '레전더리Legendary'라는 칭호가 있어요. 이 칭호는 부여받는 건데 아직 우리나라에는 부여받은 사람이 없어요. 제가 보깅 씬에서 레전더리로 남는 게 목표예요. 그런 사람이 되고 싶어요.

'춤'은 어떤 예술이라고 생각하시나요.

제가 생각했을 때 춤은 자기 자신을 꾸밈없이 있는 그대로 표현할 수 있는 예술입니다. 사람마다 너무 다양하게 표현돼요. 한 장르 안에서도요. 그래서 어떤 한계가 없다고 느껴요. 춤을 잘 춘다 못 춘다 이런 개념이 아니라 남녀노소 모두 다 표현할 수 있고 모두 다 즐길 수 있는, 가장 가까이 있으면서도 늘 신선한 예술이라고 생각해요.

마리드 MARID(김혜인)
표현에 깊이를 더하는

LINE UP SEASON.8 WAACKING SIDE WINNER(2023)
HOLIDAY IN WAACKING WINNER(2022)
TAIWAN C'est La WAACK WINNER(2018)
SHANGHAI B.I.S WAACKING SIDE WINNER(2018)

마리드 님, 소개 간단하게 부탁드립니다.

저는 왁킹댄서 마리드, 김혜인입니다. 반갑습니다.

마리드 님께서는 어떻게 댄서의 삶을 시작하게 되셨는지 궁금해요.

저는 원래 댄스스포츠를 했는데 파트너가 군대에 갔을 때 혼자서라도 단련을 해야겠다고 생각해서 재즈댄스를 배우러 학원에 갔어요. 그때 홀에서 연습하던 왁킹댄서들을 보고 첫눈에 반해버렸어요. 그렇게 로로 쌤 왁킹 수업을 들었고요. 댄스스포츠의 경우에는 한 작품을 몇 년 동안 훈련해야 하는데 즉흥적으로 음악을 춤으로 풀어낸다는 것에 충격을 받았던 것 같아요. 그 충격이 매력으로 느껴졌고 정말 순식간에 왁킹에 빠졌어요.

마리드 님을 빠지게 한, 그 왁킹의 매력은 무엇인가요?

춤의 전체적인 감정 표현이 너무 매력적이에요. 춤의 형태도 저랑 잘 맞고요. 아까 말씀드린 대로 댄스스포츠는 작품이라는 게 있고, 움직임에 정답이 있어요. 스트릿댄스의 경우에는 음악에 맞는 춤을 그 자리에서 즉흥적으로 표현하니까 그런 데서 오는 희열이 큰 거 같아요.

최근 방송에서 스트릿댄스를 다루는 프로그램이 많아졌어요. 대표적으로

Mnet의 시리즈가 있고요. 방송 전후, 댄서로서 느끼는 변화가 있으신지요.

제가 느끼기에는 한국 사람은 기본적으로 흥이 있는 것 같아요. 신나는 노래에 맞춰 춤을 추면 다 같이 호응하고 환호하면서 함께 즐기는 건 분명 예전에도 있었어요. 그런데 Mnet을 포함한 방송 매체들이 전보다 훨씬 많이 스트릿댄스를 다루는 프로그램을 제작, 방영해서 대중이 좀 더 스트릿댄스에 익숙해지고 그 결과 춤을 이해하고 봐주셔서 더 공감하면서 호응해주는 것 같기는 해요. 예를 들면 처음부터 '왁킹'이라는 장르를 알고 움직임을 이해하며 봐주시지는 않았거든요. 그런데 방송 이후 '아, 저 춤은 왁킹이고 팔을 많이 사용하는 춤이구나' 이렇게 동작을 이해하면서 더 쉽게 공감해주세요.

사실 저도 방송 덕분에 스트릿댄스에 대한 이해도가 높아졌어요. 배틀라인업 유튜브 영상을 볼 때도 많은 도움이 되었고요. 배틀라인업을 준비하는 당사자로서 배틀라인업의 인기를 실감하시나요?

게스트와 참가 댄서들을 봤을 때 배틀라인업이 성장했다는 것을 확연하게 느껴요. 해외 참가자가 늘고 있고, 게스트의 수도 점점 많아졌어요. 또 아시아권에서 미대륙, 유럽으로 확대되고 있어요. 유튜브를 통해서 댄서뿐 아니라 일반 대중에게도 많이 알려졌고요. 초대해서 와준 댄서들의 입소문을 통해 다른 댄서들도 참여하면서 국내외 댄서들에게 '한국 가면 뭐하지? 광주에서 뭐 할까?'라는 말을 듣게 될 정도예요. 그런 점에서 국내를 넘어 세계로 배틀라인업의 영향력이 커지고 있는 걸 실감해요. 대한민국의 광주라는 도시가 배틀라인업을 통해 외국인들에게 알려지고 있다는 생각이 들고요.

배틀라인업 관련 유튜브 조회수나 댓글이 이전에 비하면 정말 몇 배로 나와요. 조회수 천만이 넘는 것도 있고요. 행사가 끝나면 지인들한테 연락도 많이 와요. 고생했다고, 너무 재미있었다고요. 해외 친구들은 배틀라인업 일정을 미리 물어보기도 해요. 이런 연락을 받으면 정말 보람되고 감사한 마음도 들고, 여러 면에서 신기하기도 하고 뿌듯하기도 해요.

엄청난 보람을 느끼면서 한편으로는 행사가 커짐에 따라 부담이 되기도 할 것 같아요.

배틀라인업 자체는 너무 재미있어요. 저희도 어쨌든 몇 번의 행사를 치르면서 역할을 잘 분배한 거 같아요. 리드하는 사람, 따라가는 사람이 있고요. 사실 저희 11명이 다 자기주장만 내세웠다면 계속하지 못했을 것 같아요. 서로의 의견과 입장을 이해하려고 노력하고, 각자 맡은 역할을 충실히 하려고 했기 때문에 지금까지 올 수 있었던 것 같아요. 저의 경우에는 일주일에 이틀 정도

만 광주에 있어요. 다른 선생님들은 행사 전에는 며칠씩 잠도 못 자고 준비하세요. 그분들이 느끼는 고충이나 피로감은 분명 저와는 다를 거예요. 모두가 정도는 다르지만 스트레스를 받기도 하고 또 그만큼 뿌듯함을 느낀다고 생각해요. 배틀라인업이 계속해서 사랑받기를 바라는 마음은 같을 거고요. 물론, 규모 면에서 커지고 있다는 것에 부담감이 느껴지기도 하지만 또 그 이후의 계획도 있어요. 그래서 키울 수 있는 만큼 키워보자고 생각해요.

지금까지 춤추면서 가장 행복했던 순간, 가장 기억에 남는 순간이 있다면 언제일까요?

빛고을왁커스 멤버들이 같은 행사장이나 각자의 위치에서 열심히 했을 때, 또 그 사실을 알아차렸을 때 우리 모두 잘 버텼고 성장했구나를 느꼈어요. 그때 정말 행복했어요. 로로 쌤과 키키가 심사를 보고, 위자드가 디제잉을 하고, 저랑 짐이 결승에 올라갔던 그날, 가장 행복했던 순간이었어요.

제가 그 순간 함께 있었던 것도 아닌데 잠깐 소름이 돋았어요. 그날, 그 장소에서 멤버 모두가 주고받은 눈빛만으로도 같은 감정을 공유했을 것 같아요. 저는 마리드 님의 춤을 볼 때 동작뿐 아니라 손끝 표현, 표정도 보게 되더라고요. 마리드 님은 굉장히 연구도, 연습도 많이 하는 분이라고도 들

없는데요, 춤을 출 때 어디에 중점을 두시는지 궁금해요.

왁킹음악이 타 장르보다 조금 더 한정적인 것 같아요. 물론 디스코음악도 계속 새롭게 나오기는 하는데, 왁커들이 사랑했던 디스코는 그 시절의 디스코다 보니까 조금 한정적인 느낌이에요. 그러니 표현에 있어서 더 많은 연구를 하게 되는 것 같아요. 같은 노래를 어떻게 새로운 느낌으로 보여줄지를요. 움직임뿐만 아니라 댄서가 가진 모든 역량을 발휘해서 어떻게 무엇을 보여줄지 고민을 많이 하고 또 그렇게 고민을 많이 하는 사람이 돋보이는 것도 같아요. 사람들이 위자드를 보면서 신기해하고 센세이셔널하다고 하면서 위자드의 감각들을 배우려 하고 또 감동받기도 하는데 그게 다 고민하고 연구한 결과라고 생각해요. 물론 위자드는 좀 타고난 것도 있는 것 같지만요.

마리드 님께서 생각하는 본인의 장점은 무엇인가요?

음… 멀리 볼 줄 아는 거라고 말씀드릴 수 있을 것 같아요. 스무 살 때 예선 탈락하고 속상했을 때도 더 나은 나를 위해 나아가는 단계일 뿐 그날의 탈락이 저의 춤의 실패로 다가온 적은 없었어요. 물론 더 빨리 잘하고 싶은 마음에 조급해한 적도 있지만 내 최종 꿈과 목표는 더 미래에 있으니 천천히 이뤄내도 괜찮다 위로하며 지치지 않고 계속 춤춰온 것 같아요. 제 최종 꿈은 죽을 때까지 춤추며 사는 거예요. 춤을 그만두고 싶다고 생각해본 적은 진짜 단 한 번도 없어요. 저는 춤을 출 때 마음이 가장 안정적이라고 느껴요. 기분과 컨디션에 따라 춤이 좋게 나올 때도 있고 안 좋게 나올 때도 있는데 저는 그대로 또 재미있어요. 연습실을 나가는 과정은 힘든데 막상 춤을 추기 시작하면 아픈 곳도 사라지는 것 같아요. 마치 춤이 치료제인 것처럼요.

마치 치료제 같다는 말에서 마리드 님이 춤을 얼마나 사랑하는지 느껴져요. 앞으로의 계획에 대해 여쭤볼게요.

20대에 정말 치열하게 살았어요. 대학 강의도 많이 나갔고 학생들을 지도하는 데 저의 시간을 많이 할애했어요. 지금부터는 저의 나이이기 때문에 가능한 일을 하고 싶어요. 조금이라도 젊을 때 더 배우고, 해외에 나가서 춤추고 또 가르치고 연습하면서 그렇게 저 자신을 성장시키는 데 시간을 쓰고 싶어요. 추후에는 더욱 확신을 가지고 학생들에게 춤과 경험을 나누어주고 싶어요.

본인을 위해 시간을 쓸 계획을 가지고 있으면서 동시에 제자들도 생각하시는 것 같아요. 마지막으로 후배, 제자들께 해주고 싶은 말씀이 있다면요.

제 수업이 듣고 싶어서 타 지역에서 서울로 기꺼이 오는 학생들을 보면 정말 고맙고 더 많이 알려주고 싶은 열정이 생겨요. 제가 제자들과 함께한 시간 중 가장 행복한 순간들이 제 수업을 오래 들었던 제자들과 함께 배틀을 하거나, 큰 대회에서 우승해서 진심으로 축하해주었을 때예요. 제자들의 행복과 저의 가슴 벅참이 동시에 느껴졌던 순간이죠. 제자들이 처음 춤을 췄을 때, 그날의 그 감정을 잊지 않았으면 좋겠어요. 왜 춤을 추기 시작했는지요. 그저 춤이 좋아서 시작했으나 시간이 지나고 생계와 승패에 힘이 들어 그만두려는 친구들을 보면 마음이 아파요. 더 멀리 내다보며 꾸준히 춤추며 행복해하자고 후배들에게 말해주고 싶어요.

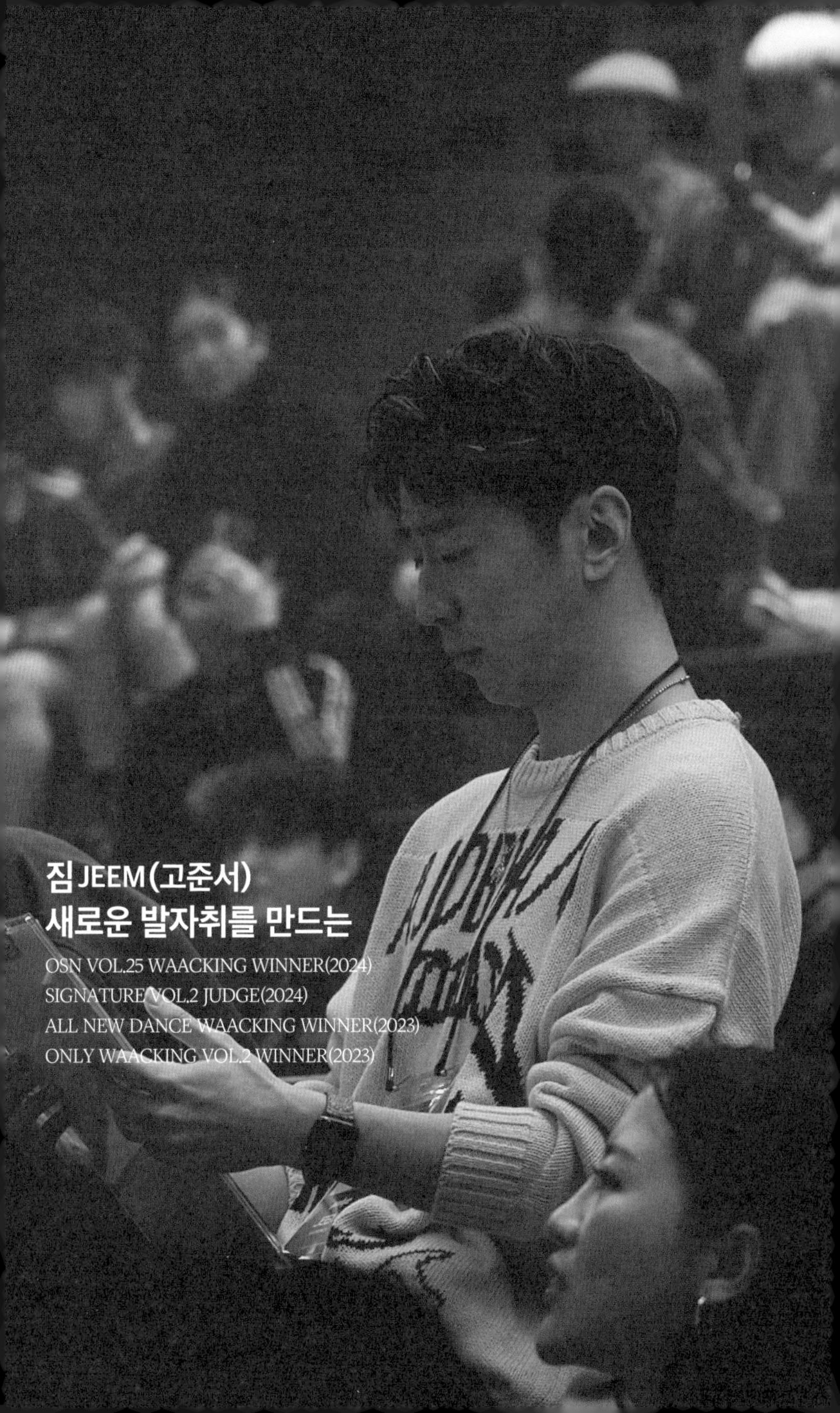

짐 JEEM(고준서)
새로운 발자취를 만드는

OSN VOL.25 WAACKING WINNER(2024)
SIGNATURE VOL.2 JUDGE(2024)
ALL NEW DANCE WAACKING WINNER(2023)
ONLY WAACKING VOL.2 WINNER(2023)

안녕하세요, 간단한 자기소개 부탁드립니다.

저는 빛고을댄서스와 마스터피스Masterpiece(짐, 윤지)에서 활동하고 있는 짐, 고준서입니다.

춤을 그리고 왁킹을 언제 어떻게 시작하게 되셨나요?

열여섯 살 때, 춤이 너무 추고 싶어서 학원을 다녔어요. 초등학생 때부터 춤추는 걸 좋아해 부모님께서 큰 반대는 하지 않으셨어요. 왁킹의 경우는 위자드 형을 보고 시작했어요. 멀리서 그 형이 춤추는 걸 본 순간 '아, 나는 저걸 해야겠다'고 생각했어요. 그런데 그 당시에는 왁킹만을 위한 수업이 없었고 걸스힙합 안에서 한 달에 한 번 정도 가르쳤어요. 그 한 번을 듣기 위해 걸스힙합 수업을 수강했죠. 처음에는 여자 수강생들밖에 없었는데, 성범이 형(위자드)이랑 저, 나중에는 창윤이(키키) 형까지 같이 들었어요. 이렇게 사람이 모이니까 왁킹 클래스가 생겼고, 빛고을왁커스라는 이름으로 활동도 하게 되었죠.

위자드 님이 춤추는 걸 본 순간 해야겠다는 생각이 들었다고 말씀하셨는데, 왁킹에 어떤 매력을 느끼신 건지 궁금해요.

'희소성'이라는 매력을 느낀 거 같아요. 저는 게임 캐릭터 중에 마법사를 좋아하는데 저에게 왁킹이 그런 이미지예요. 이미지가 세고 무거운 춤이 많은 학원에서 팔을 현란하게 움직이는 왁킹이 너무 매력적으로 느껴지더라고요. 그래서 깊게 빠졌죠. 물론 춤 자체를 좋아하기 때문에 힙합, 락킹, 하우스 등 다른 장르도 계속 배웠어요. 그 결과 다른 왁킹댄서들보다 리듬이나 다양한 움직임을 활용하기에 저의 왁킹을 볼 때 장르들이 섞여 있다고 느낄 수도 있어요.

지금 저희가 서울에서 인터뷰를 하고 있는데, 주로 서울에 계시나요?

제가 전역한 지 이제 3개월이 되었는데(2023년 12월 인터뷰) 전역하고 바로 서울로 왔어요. 어렸을 때 저의 선생님들이 했던 활동에 대해서 사실 진지하게 생각해본 적은 없었어요. 그런데 군대에 있으면서 왜 선생님들이 배틀을 나가고, 행사를 열고, 공연하고, 강의하고, 그렇게 열심히 활동하는지 처음으로 생각해봤어요. 나는 앞으로 무엇을 할 수 있을까? 이런 생각도 하고요. 그럼 서울에 가서 선생님들이 하던 것들을 해봐야겠다…라고 결심하게 되었어요. 운이 좋게도 강의 연락이 계속 와서 왁킹과 일본에서 정리된 파티 댄스인 소울댄스 장르 위주로 수업을 하고 있습니다. 배틀도 열심히 나가고요. 그렇다고 서울에만 있는 건 아니고 광주에서 강의도 하고 또 해외도 많이 나가고 있어요.

춤을 추신 이후부터 빛고을왁커스를 거쳐 빛고을댄서스까지 함께하고 있으신데요, 빛고을댄서스는 짐 님께 어떤 의미일까요?

빛고을댄서스는 한 가지 목적으로 만들어진 팀이고, 또 가치관이 맞는 사람들끼리의 팀인 것 같아요. 물론 서로 의견이 안 맞을 때도 많고 싸울 때도 있지만요. 싸우고 나서 이제 헤어져야겠다, 이런 관계가 아니라 서로 이해하고 보듬어주는 거 같아요. 누군가 화를 내면 '아, 지금 힘들구나' 이렇게 생각하고 넘어가게 되더라고요. 가족처럼요.

배틀라인업처럼 큰 행사를 준비할 때 아무래도 마찰이 있을 것 같아요.

여느 회사나 팀들이 그렇듯이 회의할 때 의견 조율이 안 될 때도 있고 사소한 말투에 신경이 곤두서기도 하죠. 배틀라인업 준비 시기에는 모두가 예민해지고 바빠져요. 더 나은 배틀라인업을 만들기 위해서 항상 고민하고 이야기하는데 그러다 보니 목적은 똑같지만 입장이 다른 상황도 많이 생겨요. 모두가 예민해진 상태라 실제로 싸우지는 않더라도 감정은 쓰게 되니까… 속상한 일도 생겨요. 하지만 모두가 그걸 알고 있기에 이해하고, 행사가 끝나면 웃으면서 그때를 이야기하며 풀어내요.

빛고을댄서스가 배틀라인업이나 다른 행사를 준비할 때 가장 신경 쓰는

부분은 어떤 건가요?

정말 다 신경을 많이 쓰기는 하는데… 일단 저희는 참여하는 댄서들을 가장 중요하게 생각해요. 그래서 최대한 편하게 춤출 수 있도록 공간을 충분히 확보하고 바닥도 신경 씁니다. 심지어 참가자들이 와서 짐 풀고 몸 풀고 화장실 갔다가 배틀 나가는 그런 동선까지 다 계산해요. 이렇게 배틀에 최대한 집중하도록 환경을 만드는 데 공을 들인다는 걸 참가하시는 분들이 다 알아주는 것 같아요. 사실 저희도 그런 부분에서 가장 큰 보람을 느껴요. 우리가 세심하게 신경 쓴 부분에 좋은 반응을 해주면 보람을 많이 느끼는 거죠. 물론 관람객들도 최대한 편하게 관람할 수 있도록 노력하고 있어요.

주최자이면서 댄서인 입장에서 같은 댄서들에게서 좋은 반응이 나오면 진짜 뿌듯하실 거 같아요.

맞아요, 댄서들이나 게스트들의 '오늘 행사 너무 좋다'는 한마디에 힘이 나죠. 저뿐만 아니라 저희 팀 모두가 '방금 누가 너무 좋다고 했어' 하면서 함께 기뻐해요.

빛고을댄서스 팀 중 많은 멤버가 소개를 할 때 '광주에서 활동하는'이라고 하는 것 같아요.

광주에서 활동하는 것의 목적이 분명해서인 것 같아요. 사실 저희 멤버 모두가 광주와 서울을 왔다 갔다 하면서 활동했어요. 지금도 그렇게 하고 있고요. 그런데도 자기소개를 해야 할 때는 항상 '광주에서 온, 광주에서 활동하고 있는 누구누구입니다' 이렇게 해요. 배틀 나가면 MC들이 '오, 광주~~' 하고 리액션을 해주세요. 그럼 '오, 맞아. 우리 광주에서 왔어, 헤헷.' 이런 느낌이 있어요. 저의 경우에는 광주에서 춤을 추는 이유가 확실해요. 광주에서 스트릿댄스 문화를 좀 확장하고 싶은 욕심이 있고 그게 목적이기도 해요.

왜 그런 생각을 하게 되신 건가요?

일본 같은 경우는 도쿄, 오사카 이렇게 지역별로 댄스 씬이 좀 활발하고 확고해요. 그런데 우리나라는 우선 모든 게 서울로 모여요. 그런 점 때문에라도 광주에서 잘하고 싶다고 생각했죠.

빛고을댄서스의 노력으로 광주 댄스 씬도 많이 발전한 것 같은데요. 빛고을댄서스 팀 인터뷰할 때마다 이 부분에 있어서는 모두가 한목소리를 내시거든요.

지방 친구들하고 이야기를 나누어봤는데 지역마다 인식이 좀 달라요. 광주 같은 경우, 저희 선생님들 위로는 선생님이 없어요. 거의 대부분 춤을 그만두신 것 같아요. 그런데 대구, 경북, 부산이나 창원 쪽은 50대인데도 여전히 학원을 운영하시거든요. 그럼 그 밑에서 배운 제자들이 서울로 가려다가도 지역에 남기도 해요. 경북이나 경남 친구들이 특히 그런 경우를 많이 봤어요. 최근… 3년 전부터는 광주 친구들이 서울로 대학을 가거나, 서울에서 활동하다가 다시 광주로 돌아오는 경우도 많이 보이더라고요. 이게 광주 댄스 씬이 발전하는 순간이라는 생각을 했어요.

〈스우파 2〉에 마네킨MANNEQUEEN으로 대중들에게 알려진 윤지 님과 팀 마스터피스로도 활동하시잖아요. 스트릿댄스 필드에서 듀엣은 좀 생소하다고 할까요?

남녀 듀엣 팀이 스트릿댄스 필드에 많이 없더라고요. 2017년에 '피드백2쇼'를 나갔을 때 동성팀이 많았고 저희만큼 혼성팀의 합을 보여준 팀은 없다는 생각이 들었어요. 댄스스포츠 선수들(대표적으로 Riccardo & Yulia)에게서 클래식하면서도 새로운 시도를 포기하지 않고, 새로운 시도를 하면서도 근본적인 것들을 지키며 정체성을 드러낸다는 점에 많은 영감을 받았고 그런 방식으로 저희 팀의 색깔도 굳어졌어요. 관람하시는 분이 저희의 '합'을 보면서 무대를 즐겨주시면 좋겠어요. 듀엣만이 표현할 수 있는 요소들을 함께 봐주신다면 보는 것만으로도 즐거움을 느끼실 것 같아요.

최근 대중문화에서 스트릿댄스가 두각을 드러내는 것 같아요. 정말 어린 나이부터 춤을 배우는 학생들을 많이 볼 수 있기도 하고요.

한류의 영향이 있을 것 같고 방송의 영향도 큰 것 같아요. 그래서인지 댄서는 화려한 삶을 살 것이라고 생각하는 학생들이 많은데 그런 사람들은 소수예요. 성공한 그들조차도 정말 힘들었던 시기가 분명 있었고요. 그런 시기를 버텨내야만 한다는 말을 자주 해요. 굶을 각오를 해야 한다고.

사실 춤을 시작하는 시기는 다 다른 것 같아요. 학생 때 취미로 추다가 전공을 하는 경우처럼 어릴 때부터 추는 친구들도 있지만, 대학 다니다가 혹은 직장생활을 하다가 갑자기 춤을 제대로 하고 싶어서 시작하고, 열심히 해서 방송에도 나가는 댄서들도 있어요. 그래서 어린 친구들에게 너무 환상만 갖지 말라고 하면서 다른 일을 하면서도 춤을 계속할 수 있다고도 이야기하죠.

춤은 어떤 예술일까요?

누군가에게는 취미나 유흥일 수 있지만 또 누군가에게는 이상향이자 목표일 수도, 또 누군가에게는 언어를 대신하는 전달의 도구일 수도, 자유로움을 느끼게 하는 매개체일 수도 있어요. 그 사람의 인생이 춤에 그대로 나타날 때도 있고요. 현재 시점에서 저에게 있어 춤은 '인생'이라고 생각해요. 최근 한두 해 동안 했던 생각들이 춤에 많이 표현되고 있다고 느끼고 또 신기하게도 주변 사람들도 그렇게 피드백을 주시더라고요. 그래서 요즘은 인생을 대하는 저의 태도에 대해 조금 더 생각하며 마음을 비우되 다른 한편으로는 마음을 채우며 살아가려고 노력해요.

짐 님의 앞으로의 계획에 대해 마지막으로 여쭤볼게요.

저는 어릴 때부터 '슈퍼 댄서'로 불리고 싶다는 생각을 했어요. 제 춤을 보는 사람들이 '정말 잘한다, 괴물 같다' 이런 생각을 하게 만들고 싶은 거죠. 그런 댄서로 기억되게 앞으로도 지금처럼 열심히 할 거예요.

코키 COKEY (정지욱)
새로운 목표를 위해 나아가는

CANGZHOU JUST PLAY JUST DANCE BEST 16(2023)
광주광역시청 광주XHIP_모두가 빛나는 광주 홍보영상 참여(2023)
HIPHOPPERS NIGHT ANOTHER BEST 8(2023)

안녕하세요. 먼저 자기소개 부탁드립니다.

저는 이름은 정지욱이라고 합니다. 힙합을 하고 있고 닉네임은 코키입니다.

춤은 언제 어떻게 시작하게 되셨는지 공통질문을 먼저 드릴게요.

저는 일본에서 초·중·고를 나왔는데요, 고등학교 때 춤 동아리에 가입했어요. 동아리 친구들끼리 모여서 독학으로 하는 정도였는데, 고2 때 일본의 어떤 퍼포먼스 대회를 보러 갔어요. 거기서 힙합을 보고 너무 멋있다는 생각을 했고 관심을 가졌죠. 그렇다고 해서 춤을 전문적으로 추기 시작한 건 아니었어요. 제가 스무 살 때 가족 모두 다시 한국에 오게 되었는데, 그때 춤을 해야겠다는 생각이 들었어요. 인터넷에서 댄스학원을 검색했고 지금 무빈업의 전신이었던 학원에 등록하고 그 뒤로 계속하고 있어요.

스무 살이면 일반적으로 대학에 갈 나이잖아요? 대학 진학에 대한 고민도 하셨을 것 같아요.

사실 일본에 있을 때 대학에 진학할 예정으로 공부를 열심히 했는데 갑자기 집안 사정이 어려워졌어요. 그래서 한국으로 왔는데, 물론 한국에 와서도 부모님은 제가 공과대학이나 전문적인 기술을 배울 수 있는 대학에 진학하기를 권하셨어요. 그런데 그러기가 너무 … 너무 싫더라고요. 그때 당시 하고 싶은 게 춤밖에 없었고 춤추기 시작하니까 대학도 갈 데가 춤밖에 없었어요.

그럼 빛고을댄서스는 언제부터 함께하신 건가요?

제가 스무 살인 2014년부터 오천 쌤한테 힙합을 배우기 시작했어요. 2016년도에 프레쉬랑 같이 팀에 들어갔고요. 처음부터 팀원이 된다거나 하는 생각은 없었어요. 그 자체를 아예 상상하지 않았던 거 같아요. 팀에 들어오라는 제안을 받았을 때 되게 깜짝 놀랐고, '제가 들어가도 돼요?' 약간 이런 기분이었어요.

코키 님은 그럼 한국에서 사귄 친구 대부분이 무빈업 식구들일 것 같아요.

맞아요, 맞아요. 하하. 이 집단 안에만 있었으니까요. 제가 한국생활에 적응하는 데 가장 큰 도움이 된 곳이고, 이곳 광주에 정착하게 된 가장 큰 이유이기도 하고요.

코키 님도 무빈업에서 수업을 하시잖아요. 춤을 추기로 마음먹고 등록한 학원에서 이제 학생들을 가르치고 있으신 거네요?

사실 제 꿈은 아니었어요. 그런데 어느 날 갑자기 은지 쌤이 물어보는 거예요. 너는 선생님이 될 거냐 뭐가 될 거냐고. 그래서 제가 '저 이거 취미로 하고 있는데요' 했더니 옆에 있던 준서(짐)가 '형,

그런데 왜 이렇게 열심히 학원 나와요?' 하더라고요. 하하.

제가 수업을 시작한 것도 빛고을댄서스 멤버가 되는 것과 마찬가지로 상상해본 적이 없던 일이었어요. 당시 힙합 초급반 평일을 담당하던 선생님이 그만두고 프레쉬도 백제예대에 다니고 있었어요. 숙영 쌤이랑 함께 식사 중이었는데 힙합 수업을 해보지 않겠냐고 제안하셨어요. 제가 처음에는 거절했어요. 애초에 진짜 이 일을 할 생각이 없었거든요. 근데 숙영 쌤이 잘 설득해주셔서 힙합 초급반 강사로 시작하게 되었고 결국 지금도 하고 있어요.

고등학교 때 우연히 본 힙합 퍼포먼스로 관심을 가지게 되었고 그 결과 지금은 힙합댄서로 활동하시는데, 힙합의 매력이 뭘까요?

저는 힙합의 자유로움이 좋아요. 힙합의 자유로움을 언어로 표현하기에는 너무 추상적인 것 같지만요. 우선, 음… 스타일이 저한테 맞았던 것 같아요. 정형화된 게 없는 것이 가장 큰 매력이에요. 또 칼군무까지는 아니어도 다른 댄서들과 합이 딱딱 맞았을 때 오는 쾌감도 있어요.

자유로움에 대해 하나 덧붙이자면, 내 감성이 매일 같지는 않잖아요. 춤이 감정을 드러내다 보니까 같은 노래를 들어도 그때그때 춤이 달라지거든요. 선곡이 달라지기도 하고요. 힙합음악을 듣는 행위 자체가 나와 나의 무브를 힙합으로 만들어주는 것 같아요. 이런 점들이 제가 느끼는 매력이에요.

코키 님이 느끼기에 일본과 한국의 힙합댄스에 어떤 차이가 있나요?

일본은 정통을 이어가는 느낌이 좀 강해서 정리가 되어 있다고 할까, 그런 점이 춤에서도 보여요. 학원을 다니기 전에 '저스트 데붓Just Debout'***** 이라고 세계적으로 유명한 댄스배틀 대회의 한국 예선에서 오천 쌤이랑 더블디double.d 쌤이 한 팀이 되어 2:2 배틀을 했는데 이긴 걸 봤어요. 그런데 제가 알고 있었던 힙합과는 많이 달랐어요. 심지어 처음에는 '이게 힙합인가?'라는 의문을 갖기도 했죠. 배우다 보니까 '이거 정말 재밌다! 좀 더 자유로운 느낌이다'라는 생각이 들더라고요. 그러면서 오천 쌤 스타일에 꽂히기 시작했던 거 같아요. 요즘은 일본 댄서들도 한국에서 개최하는 배틀 대회나 오천 쌤 같은 유명 댄서들의 영상을 찾아보면서 한국힙합에 관심을 갖는 느낌을 받았어요.

코키 님 사진이나 영상을 보면, 빛고을댄서스가 광주에서 정말 다양한 행사에 참여하고 있다는 것을 알게 돼요.

저는 빛고을댄서스가 광주를 대표하는 것에 대해 책임감 자체가

***** 프랑스에서 시작되어 전 세계적으로 25개국 이상이 참여하는 댄스 페스티벌

없었어요. 그런데 점점 시 주최 행사에 참여도 하고, 광주에서 배틀라인업 행사를 계속 개최하면서 샘들을 보고 자연스럽게 배운 것 같아요. 예를 들어 배틀라인업 행사를 해도 거의 제 춤만 생각하고, 내가 어떻게 해야 올라갈 수 있을까… 이 부분만 엄청 생각했거든요. 그런데 쌤들은 개인보다는 광주의 스트릿 씬에 대해 더 많은 생각을 하고 일을 하시더라고요. 특히 오천 쌤, 매기 쌤, 로로 쌤들이 방향 제시를 해주신 부분에 영향을 많이 받았어요.

개인적으로는 그 기준이 배틀라인업 시즌 5예요. 시즌 5 이전에는 그냥 시키는 것만, 하라는 대로 했어요. 물론 성취감은 있었어요. 주변 댄서들의 피드백이 너무 좋았거든요. 그래도 저 자신이 배틀라인업과 저를 분리해서 생각했던 것 같은데 시즌 5 이후로는 스스로 그렇게 생각하지 않게 되었어요.

마지막으로 코키 님의 앞으로의 계획에 대해 여쭤볼게요.

댄서로서 배틀에 많이 참여해서 제 이름을 알리는 게 목표입니다. 배틀은 재미있어서 나가기도 하지만 또 떨어지면 짜증도 나요. 화가 나 포기를 했다가도 다른 사람들이 하는 거 보면, 내가 저 무대에서 하면 얼마나 재미있을까 하고 또 나가요. 동기부여가 되는 참 신기한 존재인 거 같아요. 아! 제가 목표가 하나 더 있어요.

네, 말씀해주세요.

제가 사실 광주 사람이 아니잖아요. 저는 서울에서 태어났고, 일본에서 자랐어요. 성인이 된 이후로 계속 광주에 있지만요. 저희 엄마 고향이 광주와 가까운 곳이어서 일본에서 한국으로 올 때 광주로 오게 되었을 뿐, 저에게는 정말 낯선 도시였어요. 그래서 더욱 '광주를 대표하는 댄서, 예술인이 되어야지'라는 생각이 전혀 없었어요. 그런데 쌤들하고 오랜 기간 함께하고 또 쌤들이 해나가는 걸 지켜보면서 광주 댄스 씬을 더 단단하게 하는 데 기여하고 싶다는 목표를 갖게 되었어요. 쌤들이 지금까지 해오신 일들을 이어나가는, 저희 이후의 세대를 만드는 데 저도 좀 참여하고 싶은 욕심이 생기더라고요. 선생님들이 행사의 경우 한 번씩 맡아서 해보라고 기회도 주고 하시는데, 그래서인지 저는 저 자신밖에 모르는 사람이었는데 점점 쌤들이 하는 일들을 해나가는 사람이 되고 싶다는 마음이 생겼고 그게 지금 저의 또 하나의 목표가 되었습니다.

프레쉬 FRESH(신선)
열정으로 활력을 불어넣는

부산 NEXT-G VOL.1 2on2 mixed Battle WINNER(2024)
중국 YANG WU ZHONG YUAN Battle Hiphop side Battle Guest(2023)
'광주KBS별별다방_빛고을댄서스 브이로그' 방송 패널 출연[FRESH & MARID](2023)
HIPHOPPERS NIGHT VOL.8 Battle in GWANGJU WINNER(2022)

안녕하세요, 간단한 소개 먼저 부탁드릴게요.

안녕하세요. 저는 본명이 신선이에요. 그래서 프레쉬라는 댄서명으로 현재 광주에서 힙합댄서로 활동하고 있습니다.

스트릿댄스를 하게 된 동기와 빛고을댄서스에 어떻게 합류하게 되신 건지를 첫 질문으로 드리고 싶어요.

저는 사실 대전에서 살았는데요, 아이돌이 꿈이었어요. 그래서 오디션을 보려고 춤을 배웠는데, 그때가 열여섯 살이었죠. 학원에서 처음 만난 선생님이 오천 쌤이었어요. 광주에서 대전으로 강의를 오셨던 건데 한 일 년 뒤에 오천 쌤이 그만두셨던 거로 기억해요. 저도 계속해서 오디션을 보다가 잘 안 됐지만 춤을 더 추고 싶어서 백제예술대학을 갔어요.

오천 쌤 수업을 다시 듣고 싶은 마음이 항상 있었어요. 그 수업 덕분에 제가 춤을 좋아한다는 것을 알았고 또 정말 배운 것도 많았거든요. 마침 제가 대학 다닐 때 아빠가 일 때문에 광주에 사셨어요. 방학 때 아빠랑 같이 지내면서 오천 쌤이 계시는 무빈업 댄스스튜디오를 찾아갔죠. 오천 쌤뿐만 아니라 다른 선생님들 그리고 팀원들이랑 엄청 가깝게 지내게 되었고 그러던 중 같이 팀을 해보는 게 어떻겠냐고 제의해주셔서 저도 팀원이 되었고 그 길로 계속 광주에 머무르고 있어요.

빛고을댄서스 제안을 받으셨을 때 기분이 어떠셨어요? 모두가 팀원이 되는 것은 아니잖아요?

맞아요. '내가 잘할 수 있을까'라는 생각도 들었지만 엄청 기분이 좋았어요. 제가 쌤들을 너무 좋아했는데 뭔가 쌤들도 나를 그 많은 사람 중에서 특별하게 봐주셨나 하는 생각이 강하게 들었어요. 처음에는 그저 오천 쌤 수업을 다시 듣고 싶어서 간 거라… 팀원이 된다는 건 상상하지도 못했던 일이었거든요. 저에게 광주에 있어야 할 이유가 생겼다는 게 너무 좋았어요. 그렇게 2016년에 코키 오빠랑 같이 팀에 합류했어요.

그럼 그 뒤로 계속 광주에서 살고 있으신 건가요?

네. 아빠는 다시 서울로 발령이 나셔서 떠나시고 저 혼자 남았어요. 제가 집을 얻어야 하는 상황이었는데 로로 쌤이 같이 살자고 해주셔서 방학 때 얹혀살았고, 팀 합류하고 대학 졸업한 이후에는 매기 쌤이 같이 살자고 해주셔서 7년째 함께 살고 있어요. 쌤들 덕분에 외로움을 느끼거나 하지 않고 재미있게 지내고 있어요.

팀 합류 이후에 기억에 남는 에피소드 같은 게 있을까요?

감사하게도 팀에 처음 들어왔을 때 환영식을 해주었어요. 다 같이 정말 신나게 놀았죠. 그때 개인적으로 놀랐던 기억도 있는데요, 팀원들끼리 한참 대화하다가 한 멤버가 팀에 서운한 점들을 이야기했어요. 사실 저는 분위기가 험악해질까 봐 걱정했거든요. 쌤들이 어떻게 반응하실지 좀 조마조마했는데 불만을 다 듣고 풀어나가는 장면을 보고 놀랐어요. 쌤들이 춤 배울 때는 선배들이 후배들에게 굉장히 엄하게 했다고 들었는데, 쌤들은 후배들한테 절대 그런 위계적이고 강압적인 방식으로 대하지 않으세요. 그런 걸 강요하지도 않으시고요. 팀원이 많다 보니까 의견이 다양한데 늘 잘 들어주세요. 정말 배울 점이라고 생각하고 저도 그런 선배가 되려고 노력 중이에요.

팀이 10년 넘었는데 계속 유지되는 것에 저는 조금 놀랐거든요.

사람들이 엄청 신기해해요. 혼성팀이라는 것도, 다장르 그룹인 것도, 또 말씀하신 것처럼 오랫동안 팀이 유지되는 것도요. 지금 남은 사람들은 이 팀이 없으면 안 되는 사람들이지 않을까 싶어요. 굳이 다른 팀을 하면서도 이 팀을 계속 유지하는 이유가 결국에는 여기 빛고을을 집처럼 느끼고 있기 때문이 아닐까요.

프레쉬 님에게는 진짜 집 같은 느낌이 들 수도 있을 것 같아요.

네, 저는 좀 그게 심한 게 광주에 친구가 없는 상태로 왔고 또 가족도 없어서 의지할 사람이 우리 팀원들뿐이어서 더 그런 마음이

드는 것 같아요. 사실 다른 팀도 만들어서 병행해볼까 시도도 했는데 결국 다시 이곳으로 돌아오게 되더라고요.

스트릿댄스는 관객과의 거리가 아주 가까워서 소통을 좀 더 직접적으로 할 수 있다고 생각해요. 관객들이 보내주는 에너지를 바로 코앞에서 느낄 수 있는…. 관객들과의 호흡이 특히 기억에 남은 공연이 있을까요?

관객들의 환호가 없으면 사실 춤추는 입장에서 댄서들도 너무 재미없고 약간 민망해지거든요. 집중력도 깨지고요. 그런데 어찌됐든 이 분위기를 띄워야 할 사람이 지금 공연하고 있는 나라고도 생각해요. 예전에 한 번 관객석에 앉아 있다가 바로 뒤돌아서 공연을 한 적이 있어요. 관객석 맨 앞줄에 앉아 있다가 음악이 나오고 조명이 비추어지면 그 자리에서 제가 갑자기 일어나 앞에서 춤을 추는 거였어요. 사실 그 공연이 횟수가 총 네 번이었는데 세 번을 그냥 춤을 췄다가 관객들 환호가 없으니까 내가 뭐라도 해야겠다 싶어 마지막 공연 때는 춤을 시작하기 전에 박수를 치면서 소리 질러달라는 제스처를 했는데 정말 거짓말처럼 전과 다른 반응이 오는 거예요. 단순하지만 다른 접근방법으로도 관객과 소통이 가능한데 '내가 너무 어렵게 생각했나'라고 느낀 경험이었어요. 아무래도 공연은 공연하는 저희를 위한 것보다는 보는 사람들을 위한 것이잖아요. 그렇기에 관객들의 분위기를 띄워줄 무언가가 필요하다는 점을 매번 생각해요.

예상치 못한 등장에 관객들도 더 공연을 재미있게 즐겼을 것 같아요. 프레쉬 님이 느끼는 힙합의 매력은 무엇인가요?

저에게 있어서는 음악적인 부분이 가장 커요. 춤도 기본적으로는 음악에 맞춰 추는 것이니까요. 평소에도 물론 힙합음악을 주로 듣지만 다른 장르의 음악도 다양하게 들어요. 각각의 매력이 있어서요. 음악이 없었다면 어떠했을까 하는 생각을 할 정도예요. 그런 점에서 저에게는 음악이 가장 먼저일 수밖에 없는 것 같아요. 대중들이 알고 있는 아티스트들이 발표하는 음악도 있지만, 댄서들이 음악을 만들어 배틀에서 플레이하는 일도 많아요. 특히 힙합은 그중에서도 다른 매력을 가진 다양한 스타일의 음악들이 계속 발전해서 나오고 있어요. 물론 이것저것 부지런히 찾아 들어야 하는 부담감이 있기는 하지만 그런 과정마저도 저에게는 너무 매력적인 부분이에요.

배틀라인업이 점점 유명한 행사가 되어가는데 소감이 어떠세요?

이 스트릿댄스라는 게 우리나라 문화가 아니잖아요. 게다가 서울도 아닌 지방 광주에서 열리는 배틀라인업이 점점 더 커지면서 해외 사람들도 이 행사에 오고 싶어 하는 것이 너무 신기해요. 또

'여기에서 더 커질 수 있을까'라는 걱정도 들면서, 더 커지면 '진짜 우리나라 난리 나는 거 아니야, 케이팝에 이어서?' 이런 상상도 해요. 그래서 저희가 항상 우스갯소리로 회사를 만들자고도 해요. 체계적으로 일을 해서 더 제대로 행사를 이끌어보자고.

준비하는 과정이 무조건 좋지만은 않고 괴로움도 있을 것 같아요.

물론 행사 계획부터 끝까지 예상하지 못했던 일들이 항상 일어나요. 그래서 힘든 점도 있는데 사실은 잠을 못 자는 게 제일 괴로워요. 계획한 대로 일이 진행되면 너무 좋은데 일이라는 게 늘 순조롭게 흘러가지만은 않잖아요. 그래서 행사일이 다가오면 해야 할 일들이 겹겹이 쌓여 있어요. 그럼 행사를 일주일 앞두고부터는 거의 잠을 못 자게 되고, 행사 날은 더더욱 못 자고요. 그렇게 에너지가 완전 소진이 돼서 다시는 이 일을 못 할 것만 같거든요. 그런데 배틀라인업이 끝나면 그 여운이 길게 남아요. 그 좋은 여운 때문에 '우리 다음에도 할 수 있어!' 이렇게 되더라고요.

춤 이외에 관심 있는 분야 혹은 해보고 싶은 일들이 있나요?

저는 티셔츠 디자인에 관심이 있어요. 무빈업 스튜디오 한쪽 벽에 걸린 티셔츠 중에 몇 개는 제가 그림을 그려서 제작했어요. 팀복으로 만든 거기는 한데 몇 번 하니까 또 다른 성취감이 있더라고요. 제 디자인으로 티셔츠를 만들어서 입고 싶기도 하고 또 판매해보고 싶기도 해요. 아무래도 패션도 춤을 표현해내는 요소이기도 하니까요. 생각해보니 티셔츠 디자인도 결국은 춤이 아니었으면 관심을 가지지 않았을 분야네요.

프레쉬 님께 있어서 춤은 무엇일까요?

숨겨진 자아를 꺼내주는 역할이 있는 것 같고 제 인생에서 저라는 사람이 끊임없이 도전하고 발전해나가도록 만들어주는 것 같아요. 항상 함께하고 싶은 존재라고 할까요. 저와 분리해서 생각할 수 없는 그런 존재. 앞으로도 춤과 함께하기 위해 더 노력을 많이 해야 한다고도 생각해요.

정말 인터뷰 내내 춤에 대한 사랑이 느껴져요. 마지막으로 앞으로 어떤 목표가 있으신지 여쭤볼게요.

저는 그냥 '멋진 댄서'로 기억되고 싶어요. 남성 힙합댄서, 여성 힙합댄서 이런 구별이 아니라 그냥 힙합댄서로서 멋지고 파워풀하게 춤추는 댄서 프레쉬로요. 그렇게 되기 위해서 지금처럼 최선을 다할 거예요.

"이루고자 하는 한 가지를 오랫동안 생각하면 언젠가 그 일을 하고 있는 나 자신을 발견한다"는 말, TV 속 누군가가 한 말인데 내 언어인 양 가슴 깊이 새겼고, 자신에게 가장 많이 하는 말이 되었다. 그런데… 이 문장이 빛고을댄서스를 보며 계속 떠올랐다. '그 일'을 이루고 있는 빛고을댄서스 11명을 모두 만난 것은 행운이었다. 빛고을댄서스의 처음을 들은 것도, 개인의 삶의 맥락에서 이야기를 들은 것도, 앞으로의 꿈 이야기를 나눈 것도 그리고 지금처럼 텍스트의 형태로 다른 이들에게 전할 수 있는 것도 모두 행운이다.

인터뷰어로서, 외부자의 시선을 가진 내가 섣불리 말할 수는 없겠지만, 빛고을댄서스의 처음은 불합리함을 읽을 줄 알았던, 그저 춤을 순수하게 사랑했던 청춘들로부터였다. 이상하리만큼 춤에 대한 순수한 마음이, 처음을 만든 오천, 로로, 매기 님에게서 뿐만 아니라 가장 마지막에 팀에 합류한 프레쉬 님과 코키 님에게서까지 느껴졌다. 그리고 이들이 후배들, 다음 세대 댄서들에 대해 갖는 책무성 또한 너무나도 닮아 있었다. 또 수상하리만큼 이들은 겸손했고 상냥했으며 다정하기까지 했다. 지독하리만큼 연습벌레이기도 했고, 본인의 주 장르에서는 모두 다 인정받고 있는 실력 있는 댄서들임에도 계속 배틀을 나가 자신을 증명하고, 피드백 받고, 다시 연습하고 또 도전하기를 반복하는 삶을 살고 있기도 했다.

대중문화예술에서 스트릿댄스가 차지하고 있는 영역이 넓어지고 그 위상이 높아지고 있음은 부정할 수 없을 것이다. 인터뷰를 통해 본 이들은 단순히 춤을 추는 사람들이 아니라 문화를 만들어가고 있는 사람들, 그 변화의 중심에 있는 사람들이었다. 빛고을댄서스가 변화를 이끄는 것은 확실하다. 한국의 지방 대도시인 광주를 아시아의 중심으로 만든 배틀라인업이 그러하고, LGBTQAI+ 보깅컬처를 스트릿댄스와 접목시키는 시도를 하는 배틀라인업 안의 볼룸 행사가 그러했다. 춤 안에서 어떠한 경계도 없이 서로를 존중하는 모습은 팀을 구성하는 팀원들만 보아도 알 수 있었다. 이들은 모두 다르고 또 모두 같았다. 다양함이 정체성이고, 같은 부피의 열정이 정체성이었다. 서로가 서로의 멘토와 멘티가 되어 누구도 춤에 대한 순수함에서 멀어지지 않도록 붙잡아주고 있었다.

빛고을댄서스가 팀으로서, 그리고 팀원들이 각각 개인으로서 펼쳐나갈 예술가로서의 길이 매일 궁금하다. 지금까지 이들이 만든 역사 위에 새롭게 써나갈 역사를 많은 팬과 함께 응원할 것이다.

나가며

김유나 선생님의 〈WE, PEOPLE〉 프로젝트의 두 번째 여정에 동행하게 된 데에는 '예술가' 그리고 '광주'라는 키워드가 큰 작용을 했다. 우선 예술교육 연구자로서, 그 이전에 예술을 사랑하는 한 사람으로서 예술가를 인터뷰하며 그들의 삶의 면면을 엿볼 수 있다는 것이 매력적으로 다가왔다. 동시에 김유나 선생님과 내가 가진 광주에 대한 특별한 인연이 나로 하여금 이 프로젝트에 대한 열정 혹은 묘한 책무감을 불러일으켰다.

내가 광주 시민으로 살았던 기간은 초·중·고를 포함한 유년 시절 13년 남짓이다. 엄밀하게 말해 광주를 '고향'이라고 할 수는 없음에도, 나에게는 언제나 광주에 대한 가깝고도 먼 감정이 공존해왔다. 내가 가진 광주의 정보나 이미지, 감정 등은 대부분 그 시절에 형성되었기에 누군가가 나에게 광주의 최신 정보를 물어오면 주춤한다.

그러나 흥미롭게도 스스로를 '광주 사람'이라는 정체성에 더 가까이 두고 싶어 하며, 광주에서 일어나는 일이나 사건들에 유독 더 마음을 쓰게 된다. 그 이유는 물론 그곳에 가족이 있다는 개인적인 배경도 존재하나, 어쩌면 '광주'만의 독특한 고유 정서가 있고, 내가 그것을 놓고 싶지 않았기 때문은 아니었을까? 그게 무엇일까? 오랜 시간 가져온 이러한 궁금증을 김유나 선생님과 공유하면서, 우리는 그것의 실마리를 '예술'을 경유해 찾아보기로 했다. 광주에서 예술 활동에 종사하는 다양한 사람을 인터뷰함으로써 그들의 이야기와 시선을 통해 광주를 은근하게 그리고 새롭게 들여다보는 것, 우리의 여정은 이렇게 시작되었다.

여덟 팀의 예술가를 인터뷰하는 과정에서 우리는 광주가 지닌 역사적이고 사회문화적인 특수성으로 그들의 예술 활동을 특정 짓고 섣부르게 의미를 부여하기보다는, 광주라는 지역에 거주하며 자기 일을 해나가는 예술가 한 사람 한 사람에게 주목하고자 했다. 그들은 지역이 지닌 유·무형의 자산을 직접적으로 혹은 간접적으로 접하며, 이를 각각의 방식으로 이해하고 해석하고 때로는 적당한 거리를 두기도 하며 자신들의 예술 활동을 지속해오고 있었다. 타 지역에서 전입해 우연히 광주에 머물게 된 몇몇 이들은 예술을 매개로 광주 '사람들'을 만나 함께 시간을 보내고 몸을 부딪쳐가며 변화하고 성장한 자신의 모습을 이야기한다. 날 때부터 혹은 오랫동안 광주에서 머물러오던 몇몇 이들은 자신을 둘러싸온 이야기의 안팎을 넘나들며 경계를 넓히고 새로운 방식으로 자신만의 것을 좇아간다. 자신과 그 주변에 함께 머물렀던 사람들과 더불어서 말이다.

예술가들과 함께했던 대화의 시간, 그들이 펼쳐 보인 풍부한 예술의 세계를 제한된 지면에 모두 담아내기란 불가능하다. 다만 인터뷰를 통해 우리가 느꼈던 깨달음과 통찰의 일부를 다음과 같이 제시해 독자의 탐험에 도움을 준다면 더없이 기쁠 것이다.

첫째, 우리는 우리가 만난 예술가의 수만큼이나 다양한 예술의 모습을 발견했다. 누군가에게 예술은 사람들과 공유하고 싶은 생각을 제시하는 장소이자 언어이기에 끊임없는 연마와 훈련의 시간을 동반한다. 다른 누군가에게 예술은 질문을 던지고 통념을 깨도록 함으로써 사람과 사회를 변화시키는 힘이기에 지켜내고 쟁취해야 하는 것이 된다. 또 누군가에게 예술은 일상을 생동감 있게 채워주며 존재 의미를 더욱 풍요롭게 하기에 마땅히 누리고 향유해야 하는 것이다. 예술은 단지 완성된 작품의 형태로만 굳어져 있는 것이 아니라, 누군가가 살아가는 방식과 태도를 결정하기도 하며 삶을 가로질러 존재하기도 한다. 독자 역시 예술가 한 사람 한 사람의 삶에 예술이 어떤 방식으로 자리하고 있는지를 발견하는 재미를 찾기를 바란다.

둘째, 예술가의 삶을 보면서 우리는 누구나 가슴 한 구석에 지니고 있을 순수함, 뜨거운 마음에 대해 생각하는 시간을 가질 수 있었다. 별다른 것 없어 보이는 일상에서도 색다른 무언가를 발견하는 시선, 사회적이고 정치적인 것들을 시적인 언어로 이름 붙이고 새롭게 혹은 다정하게 바라볼 수 있는 태도, 가치 있다고 여기는 것에 계산하지 않고 기꺼이 자신을 내던져 지켜내고 새롭게 만드는 헌신과 열정 같은 것들이 그것이다. 그러한 마음이 각자의 자리에서 애쓰는 이들의 시간을 얼마나 아름답게 만드는지 엿볼 수 있기를 바란다.

셋째, 우리는 예술가의 삶의 여정에 '공동체'라는 것이 꽤 중요하게 자리하고 있음을 발견했다. 예술가는 '홀로 고독하게' 예술 활동을 하는 것처럼 보일 수 있지만, 우리가 만난 이들은 앞서간 세대를 지켜보며 그들의 자취를 따라 걷고, 동시대 사람들과 함께 그 작업을 누릴 수 있는 방식들을 고민하며, 더 나은 무언가로 자리 잡아가기를 원했다. 자신들이 하는 가치로운 행위가 오래 지속되기를 바라는 마음은 후속세대에 대한 염려와 배려로, 예술 활동의 근간이 되는 생태계에 대한 보존과 개선으로 이어졌다. 공동체에 대한 마음 씀과 책무를 느끼고 고민하는 것. 자신의 고민과 결과물이 뒤따르는 이들에게 희망 또는 밑거름이 되기를 바라는 마음들이 전해져, 독자 역시도 자기 자리에서 '더 큰 우리we'를 상상하는 시간이 되기를 바란다.

우리는 예술가 한 사람 한 사람을 경유함으로써 광주를 새롭게 만날 수 있었다. 광주라는 한 지역의 무엇이 먼저 있었다기보다, 그곳에 거주하는 '사람들'이 먼저 있었음을 발견함으로써 말이다. 지역 예술가이자 주민으로서 그들은 그 지역, 그 공간에 '있으면서' 시간을 보내고 몸을 부딪쳐가고 관계를 맺음으로써 공유할 작은 무언가를 만들어가고 있었다. 그것은 자신의 이야기, 자신이 살아가는 지역에 대한 이야기, 그들이 마주하는 또 다른 이에 관한 이야기가 되어, 예술의 형식으로 다시 태어난다. 이렇게 지역에는 작지만 다양한 형태와 질감으로 존재하는 고유한 목소리들이 있다.

인터뷰를 마무리하며 우리는 각자의 자리에서 충실한 삶의 목소리가 결국은 개인의 독특한 표현이나 생각들로 발아한다는 것을 '사실'로서 목격할 수 있었다. 어쩌면 요즘 주목받는 '로컬 문화', 로컬에 대한 중요성의 부각은 이러한 다양성이 유지되고 번성할 수 있는 근간으로서 '지역'이 얼마나 중요한 가치를 지니는지, 그 지역 주민들 간의 소통 방식으로서 혹은 관광 자원으로서 지역 생태계를 만들어가는 데 얼마나 근간이 되는지를 보여주는 것이 아닐까.

끝으로 이 짧은 소회에 채 담기지 않은 풍부한 몸짓과 정서들이 인터뷰 글에서 그리고 그 행간에서 느껴지기를 바란다. 그리하여

‘예술’이라는 이름으로 살아가는, 동시대의 다양한 삶의 방식들에 접촉하는 그 시간을 함께 누릴 수 있기를 바란다. 머지않아 또 새로운 도시의 예술가들을 만나 그들의 멋과 힘을 생생하게 느끼고 전할 수 있기를 소망해본다.

2024년 5월

서정은